Garotas como nós

Universo dos Livros Editora Ltda.
Rua do Bosque, 1589 – Bloco 2 – Conj. 603/606
CEP 01136-001 – Barra Funda – São Paulo/SP
Telefone/Fax: (11) 3392-3336
www.universodoslivros.com.br
e-mail: editor@universodoslivros.com.br
Siga-nos no Twitter: @univdoslivros

DANA MELE

Garotas como nós

São Paulo
2018

People like us
Copyright© 2018 by Dana Mele
Copyright© 2018 by Universo dos Livros

Todos os direitos reservados e protegidos pela Lei 9.610 de 19/02/1998. Nenhuma parte deste livro, sem autorização prévia por escrito da editora, poderá ser reproduzida ou transmitida sejam quais forem os meios empregados: eletrônicos, mecânicos, fotográficos, gravação ou quaisquer outros.

Diretor editorial: Luis Matos
Gerente editorial: Marcia Batista
Assistentes editoriais: Letícia Nakamura e Raquel F. Abranches
Arte: Valdinei Gomes
Tradução: Ana Death Duarte
Preparação: Tássia Carvalho
Revisão: Mariane Genaro
Projeto gráfico e diagramação: Rebecca Barboza
Capa: Vitor Martins

Dados Internacionais de Catalogação na Publicação (CIP)
Angélica Ilacqua CRB-8/7057

M464g

    Mele, Dana
       Garotas como nós/Dana Mele ; tradução de Ana Death Duarte. – São Paulo: Universo dos Livros, 2018.
       384 p.

       ISBN: 978-85-503-0386-4
       Título original: *People like us*

       1. Ficção norte-americana 2. Assassinato - Ficção
       3. Mistério - Ficção I. Título II. Duarte, Ana Death

18-2019   CDD 813.6

Capítulo 1

Sob o luar prateado, nossa pele reluz como joias. Mergulhar nua nas gélidas águas do Lago Norte após a dança do Halloween é uma tradição da Academia Bates, embora muitas alunas não tenham coragem de honrá-la. Três anos atrás, fui a primeira caloura não apenas a pular, mas também a ficar debaixo d'água por tanto tempo a ponto de acharem que tinha me afogado. O que eu não pretendia fazer.

Pulei porque podia, porque me sentia entediada, porque uma aluna do último ano havia tirado uma onda com a minha cara por causa da patética fantasia que usava, comprada naquelas lojas baratas, e eu queria provar que era melhor do que ela. Fui nadando até o fundo, empurrando e deixando para trás tufos de musgos e algas, e permaneci lá. Afundei os dedos nos lodos macios que se desfaziam, até que meus pulmões se contorceram e convulsionaram, porque, mesmo com a água congelante cortante como facas, não havia som. Uma sensação de paz me inundou. Era como estar encasulada em segurança em um espesso bloco de gelo, protegida do mundo. Poderia ter permanecido lá se quisesse, mas meu corpo não permitiu. No momento em que irrompi na superfície, veteranas gritaram meu nome e me passaram uma garrafa de champanhe choca, mas dispersamos quando a polícia do campus entrou em cena. Essa foi a minha "chegada" oficial à Academia Bates. A primeira vez que me afastava de casa. Eu não era ninguém, mas estava determinada a me redefinir por completo e virar uma garota da Academia Bates; portanto, tão logo dei aquele mergulho, soube exatamente que tipo de garota eu seria. Do tipo que pula primeiro e fica debaixo d'água dez segundos além da conta.

Agora, somos as veteranas, e nenhuma aluna do primeiro ano se atreveu a vir com a gente.

Minha melhor amiga, Brie Matthews, está correndo na frente, o corpo esguio de estrela das corridas cortando o ar noturno com tanta rapidez que o restante de nós não consegue acompanhá-la. Normalmente nos despiríamos debaixo dos arbustos espinhentos que ladeiam o lago perto dos dormitórios da Henderson, nosso ponto de encontro tradicional depois que nos preparamos para o jogo em nossos quartos e saímos juntas aos tropeços pelo gramado, ainda com nossas fantasias. Mas Brie foi chamada antecipadamente por Stanford nesta noite e está com a corda toda. Exigiu que nos encontrássemos com ela às 23h50, dando-nos apenas o tempo entre a dança e o mergulho para nos livrar de objetos de valor, pegar o máximo possível de bebidas e lidar com os dramas de nossas caras-metades. Então nos encontrou na beirada do gramado, trajando apenas um robe de banho, um largo e animado sorriso no rosto, as bochechas ruborizadas e o hálito quente e doce causado pela sidra forte. Ela deixou cair o robe e disse:

— Eu desafio vocês.

Tai Carter corre logo na minha frente, pressionando as mãos sobre a boca para conter a risada. Ainda está com um par de

Garotas como nós

asas de anjo agitando-se atrás dela, e os longos cabelos prateados contorcem-se ao vento. O restante de nosso grupo segue atrás. Tricia Parck tropeça na raiz de uma árvore, quase causando um engavetamento. Cori Gates para de correr e cai no chão, rachando o bico. Vou andando mais devagar, com um largo sorriso no rosto, mesmo que o ar congelante deixe minha pele toda arrepiada. Ainda sinto um tremor por causa do mergulho gélido, mas minha parte predileta agora é ficar aninhada com a Brie debaixo de uma montanha de cobertores, rindo disso depois.

Estou prestes a realizar minha corrida final, cruzando o trecho de musgo morto que se estende da saída de emergência da Henderson até a beira do lago, quando ouço Brie gritar. Tai para com tudo e passo por ela aos empurrões, seguindo na direção do som de respingos de água frenéticos. O som da voz histérica de Brie se torna mais e mais agudo, repetindo meu nome sem parar, cada vez mais rápido. Vou passando afoitamente pelos arbustos, os espinhos entalhando faixas brancas e vermelhas em minha pele, seguro nas mãos de minha amiga e a arrasto para fora do lago.

— Kay — diz ela em meu pescoço, a voz um sussurro, e o corpo gotejante treme violentamente, os dentes batem uns nos outros e vibram. Meu coração espanca minhas costelas enquanto olho para ela, examinando-a em busca de cortes ou sangue. Seus densos cabelos negros, ensopados, colam-se no crânio; a pele morena e macia, ao contrário da minha, está imaculada.

Então Tai agarra minha mão com tanta força que as pontas dos meus dedos ficam dormentes. No rosto dela, que geralmente exibe um genuíno e largo sorriso ou uma risada zombeteira, uma estranha expressão vazia. Viro-me e uma sensação esquisita começa a tomar conta de mim, como se minha pele estivesse virando pedra, uma célula por vez.

Há um corpo no lago.

— Vá pegar suas roupas — sussurro.

Alguém sai correndo atrás de nós, chutando para cima um turbilhão de folhas secas.

Os fragmentos de luar parecem vidro estilhaçado sobre a superfície da água. Na beirada do lago, raízes emaranhadas atingem a parte rasa da água. O corpo flutua não muito longe de onde estamos, uma garota com o rosto virado para cima a poucos centímetros da água. Os olhos estão abertos, os lábios, muito pálidos, a expressão parece quase atordoada, mas não é só isso. Um elaborado vestido branco de baile a envolve como pétalas. Os braços estão expostos e há longos cortes de cima a baixo nos pulsos. Pego, meio inconscientemente, meu próprio pulso, e então me encolho quando sinto a mão de alguém em meu ombro.

Maddy Farrell, a mais jovem do nosso grupo, me entrega meu vestido. Assinto com a cabeça em um movimento duro e visto o modelo larguinho preto por cima da cabeça. Sou Daisy Buchanan, de *O grande Gatsby,* mas meu vestido foi remodelado a partir da fantasia que Brie usou no ano passado e é um número maior do que uso. Agora gostaria de ter optado por me vestir de astronauta. Não apenas está congelando, como também me sinto nua e vulnerável no tecido transparente e fino.

— O que vamos fazer? — pergunta Maddy, olhando para mim, mas não consigo desviar o olhar do lago para responder à pergunta.

— Chame a dra. Klein — diz Brie. — Ela entrará em contato com os pais da menina.

Eu me forço a olhar para Maddy, cujos olhos grandes brilham por causa das lágrimas, e faixas escuras e irregulares

Garotas como nós

escorrem por sua face. Aliso seus macios cabelos dourados, de modo tranquilizador, mas mantenho uma expressão calma. Parece que meu peito vai explodir, e uma sirene soa em algum lugar no fundo da minha mente, mas a silencio com imagens criadas em minha cabeça. Uma sala de gelo, sem som, segura. Nada de choro. Uma gota de lágrima pode ser o floco de neve que inicia uma avalanche.

— Primeiro, a escola. Depois, os tiras — respondo.

Não há propósito algum em alguém ver no *feed* de notícias que a filha está morta antes de receber o telefonema. Foi assim que minha mãe ficou sabendo da morte de meu irmão. O assunto estava entre os mais falados nas redes sociais.

Maddy pega o celular e digita o número da diretora enquanto o restante de nós se reúne e se aconchega no escuro, os olhares fixos no corpo da garota morta. Com os olhos e lábios abertos como se no meio de uma frase, ela parece muito perto de estar viva. Perto, mas não tanto. Não é o primeiro corpo morto que vejo na vida, mas é a primeira vez que o corpo quase parece olhar diretamente para mim.

— Alguém a conhece? — pergunto, por fim.

Ninguém responde. Inacreditável. Nós seis, em separado, provavelmente detemos o maior capital social do que o restante das alunas juntas. É provável que conheçamos praticamente todas que há entre nós.

Mas apenas alunas podem participar da Dança do Esqueleto. Em outros bailes, temos permissão para trazer alguns rapazes e outros acompanhantes de fora do campus. A garota no lago tem a nossa idade e está bem vestida e maquiada. É um rosto familiar, mas não consigo situá-lo na minha memória. Especialmente não assim. Então me inclino para a frente, segurando os braços para impedi-los de tremer tanto, e dou outra olhada nos pulsos dela. É uma visão horrenda, mas encontro o que estou procurando: um fino e reluzente tubo de neon.

— Ela está usando a pulseira. Estava no baile. É uma das nossas.

Estremeço enquanto as palavras saem de meus lábios. Tricia estuda as ondulações no lago sem erguer os olhos, até olhar para o corpo novamente.

— Eu a vi por aí. É uma aluna da Bates. — Ela torce os sedosos cabelos pretos distraidamente e então os deixa cair sobre a réplica perfeita do vestido de baile de Emma Watson, em *A Bela e a Fera*.

— Não mais — diz Tai.

— Não tem graça. — Brie olha feio para ela, mas alguém precisava quebrar a tensão mais cedo ou mais tarde.

A cena me lança de volta para mim mesma novamente, pelo menos um pouco. Fecho os olhos e visualizo as paredes de gelo dobrando-se ao meio, a espessura triplicando até que não há mais espaço para sirenes em minha mente, não há nenhum espaço para que meu coração soque de modo caótico e descompassado no peito.

Então me levanto, mais ereta, e olho para a fantasia de Maddy, a Chapeuzinho Vermelho com um vestido escandalosamente curto e uma capa que parece quentinha.

— Pode me emprestar sua capa? — Estiro um dedo e ela desliza o tecido quente dos ombros ossudos e pálidos, entregando-o para mim. Sinto-me só um pouco mal. Está frio, e sou um ano mais velha do que Maddy. Ela terá sua vez.

Um som agudo e alto enche o ar, e espirais de luzes vermelhas e azuis movem-se, ruidosa e rapidamente, na nossa direção, do outro lado do campus.

— Isso foi rápido — murmuro.

Garotas como nós

— Acho que a própria Klein decidiu notificar os tiras — afirma Brie.

Cori surge da escuridão segurando uma garrafa de champanhe, os olhos verdes como os de gato parecendo reluzir com a parca iluminação.

— Eu poderia ter chamado Klein. Mas ninguém pediu.

Cori nunca perde a oportunidade de mencionar a conexão de sua família com a diretora.

Maddy abraça a si mesma.

— Desculpe-me. Falei sem pensar.

— Típica Notória — comenta Tai, balançando a cabeça. Maddy olha feio para ela.

— Isso não vem ao caso. Ela estará aqui logo. — Brie envolve Maddy com um dos braços. O robe de banho de Brie parece grosso e macio, e Maddy esfrega a bochecha nele. Estreito os olhos e jogo a capa de volta para ela, mas erro o alvo e a capa vai parar no lago.

Tai cutuca a massa ensopada de água com um graveto e a pesca, jogando-a aos meus pés.

— Eu me lembro dela. Julia. Jennifer. Gina?

— Jemima? Júpiter? — digo irritada para ela, torcendo a capa para secá-la da melhor forma possível.

— Não sabemos qual é o nome dela, e ninguém nem mesmo a reconheceu a princípio — diz Brie. — Seria enganoso dizer à polícia que a conhecíamos.

— Não consigo olhar para o rosto dela. Sinto muito. Não consigo. Então... — Maddy puxa os braços para dentro do vestido, e, com a pele branca como giz e a maquiagem escura dos olhos borrada, fica parecendo uma sinistra boneca sem braços. — Deveríamos mentir?

Brie me olha buscando ajuda.

— Acho que Brie quer dizer que deveríamos simplificar tudo dizendo que não a reconhecemos e deixar as coisas assim.

Brie aperta levemente minha mão.

A polícia do campus chega primeiro, freando o carro na frente da Henderson e saindo estrondosamente de dentro dele na nossa direção. Eu jamais os tinha visto se moverem daquele jeito, e isso é assustador de um jeito meio patético. Não é como se fossem tiras de verdade. O único trabalho deles é dirigir pelos arredores e dispersar festas.

— Afastem-se, moças. — Jenny Biggs, uma jovem oficial que com frequência nos acompanha pelo campus quando está tarde e que faz vista grossa para nossas noitadas particulares, nos conduz para fora do caminho. Seu parceiro, um oficial bem grande, passa por nós andando rápido e começa a caminhar na água. Um gosto amargo se forma sob a minha língua, e afundo as unhas nas palmas das mãos. Não há nenhum motivo real para isso, mas me sinto protetora em relação ao corpo. Não quero as mãos de macho dele tocando na garota.

— Acho que vocês não deveriam mexer na cena do crime — sussurro para Jenny, na esperança de que ela intervenha. No decorrer dos anos, Jenny vem sendo realmente legal com a gente, fazendo brincadeiras e piadas e contornando regras quase como uma irmã mais velha.

Ela olha com pungência para mim, mas, antes que diga algo, os tiras de verdade chegam, uma ambulância acompanhando-os. Os paramédicos se dirigem ao lago antes dos tiras, e um deles mergulha na água em busca do parceiro de Jenny.

— Não se aproximem da vítima — ladra uma das oficiais, uma mulher alta com um sotaque carregado de Boston, vindo meio que correndo em direção à margem do lago.

Garotas como nós

O oficial da polícia do campus, agora afundado até a cintura na água, vira-se e colide com o paramédico.

— As Olimpíadas da incompetência — murmura Tai.

Outro oficial, um camarada que parecia um sósia baixinho do Tony Soprano, acena com a cabeça para dispensar Jenny, como se ela fosse uma criada.

— Tire esse cara daqui — diz ele.

Jenny parece um pouco ofendida, mas acena para o parceiro, que, relutante, segura no braço do paramédico. Eles o acompanham até a margem, soltando fogo pelos olhos para os tiras da cidade.

A oficial, a mulher que ordenou o cancelamento da missão de resgate, de repente olha para nós. Ela tem queixo pronunciado, olhos que se assemelham a contas miúdas e brilhantes, e sobrancelhas finas demais que a fazem parecer um desenho inacabado, como se fosse uma tarefa das aulas de Introdução à Arte.

— Vocês são as meninas que encontraram o corpo.

Sem esperar a resposta, ela nos conduz até a margem da água enquanto mais oficiais chegam para isolar a área com uma corda. Eu e Brie trocamos olhares questionadores e tento olhar nos olhos de Jenny, mas ela está ocupada protegendo a cena do crime. As alunas começam a sair dos dormitórios. Até mesmo as madrinhas — mulheres adultas encarregadas de cada dormitório — saíram e foram até os limites das recém-erigidas barreiras de segurança e fitas de isolamento da polícia. A tira alta mostra um lampejo de um sorriso constrito.

— Sou a detetive Bernadette Morgan. Qual de vocês, meninas, deu o telefonema?

Maddy levanta a mão.

A detetive Morgan retira o celular do bolso e mostra a tela de vídeo para nós.

— Tenho uma memória terrível, meninas. Vocês se importam se eu gravar isso?

— Claro que não — responde Maddy, e então volta os olhos rapidamente para mim, com uma expressão pedindo desculpas.

A detetive Morgan parece notar a cena com interesse e se direciona para mim com um lampejo de um sorriso torto antes de se virar novamente para Maddy.

— Você não precisa da permissão da sua amiga.

Tai olha para baixo, de relance, para o celular dela.

— Ah, meu Deus, isso é um iPhone 4? Não sabia que eles ainda fabricavam esses modelos. Ou que a lei permite que se gravem nesses aparelhos as declarações de menores de idade.

O sorriso da detetive se ilumina mais.

— Declarações de testemunhas. Tenho a permissão de vocês ou precisaremos ir à delegacia e chamar seus pais?

— Vai fundo — diz Tai, abraçando a si mesma e tremendo.

As outras assentem, mas hesito por apenas um nanossegundo. Jenny é um caso à parte, mas, normalmente, não boto muita fé em tiras. Passei metade do meu oitavo ano na escola falando com diversos oficiais de polícia, e foi uma experiência infernal. Por outro lado, eu iria extraordinariamente longe para evitar o envolvimento dos meus pais nisso.

— Tudo bem — concordo.

A detetive Morgan ri. Sua voz é anasalada e ríspida.

— Tem certeza?

O frio está começando a me cansar e não consigo evitar a impaciência e a irritação que saturam minha voz.

— Sim. Vá em frente, Maddy.

Bernadette, no entanto, sem terminar de falar comigo, aponta para a capa ensopada e embolada de Maddy em minhas mãos.

Garotas como nós

— Você retirou isso da água?

— Sim. Mas não estava lá quando chegamos aqui.

— Como foi parar lá?

Sinto meu rosto aquecendo apesar do frio da noite.

— Eu a joguei lá dentro.

A detetive suga a bochecha e assente com a cabeça.

— Como se faz normalmente. Precisarei ficar com ela.

Merda. É assim que as coisas começam. Coisinhas como essa. Estendo a capa para a mulher, mas ela chama alguém por cima do ombro e um homem baixo usando luvas de nitrito azul aparece e coloca a capa dentro de um saco plástico.

Ela se volta novamente para Maddy.

— Do começo.

— Nós viemos até aqui para nadar. Brie corria na frente. Eu a ouvi gritar e…

— Quem é Brie? — A detetive Morgan aponta a câmera do celular para nós, uma por uma. Brie levanta a mão.

— … e encontramos um corpo flutuando na água perto dela. Então Kay me disse para chamar a dra. Klein antes de chamar a polícia — finaliza Maddy.

— Não, eu não disse isso. — Minha voz sai dura e tremida. — Foi a Brie.

A detetive Morgan vira-se em minha direção e passa a câmera por mim da cabeça aos pés, bem devagar, analisando cuidadosamente minha pele cheia de marcas.

— Você é a Kay — ela afirma, com um sorriso estranho.

— Sim, mas, na verdade, foi Brie quem falou para chamar a dra. Klein.

— Por que isso vem ao caso?

A pergunta me pega desprevenida.

— Não vem?

— Diga-me você.

Pressiono os lábios. Sei, por experiência própria, como a polícia pode pegar declarações e depois distorcer as palavras, transformando-as em algo que a pessoa não quis dizer.

— Desculpe-me. Nós estamos encrencadas?

— Alguma de vocês reconheceu o corpo?

Olho para as outras, mas ninguém responde prontamente. Maddy está toda rígida, balançando-se de um lado para o outro, os braços ainda dobrados dentro do vestido. Com uma expressão estranha de fascinação, Cori observa a polícia lá embaixo na margem do lago. Tricia está cabisbaixa e seus ombros desnudos tremem. Tai apenas me observa, inexpressiva, enquanto Brie assente para que eu continue.

— Não. Nós estamos encrencadas?

— Espero que não. — A detetive Morgan faz um sinal por cima da nossa cabeça para outro oficial, e dou uma olhadela para Brie.

Na verdade, Brie parece preocupada, e me pergunto se eu deveria estar também. Ela faz um gesto de "boca calada" sobre os lábios, e movimento a cabeça bem de leve em sinal de entendimento, em seguida erguendo as sobrancelhas para as outras. Tai mexe sutilmente a cabeça, assentindo, e Tricia e Cori cruzam os mindinhos, mas Maddy parece bem assustada.

Nesse exato momento, vejo a dra. Klein abrindo caminho em meio à multidão, uma mulher baixa, porém temível, de algum modo impecavelmente vestida e calma até mesmo a essa hora e sob essas circunstâncias. Ela dispensa um oficial com um minúsculo aceno de mão e se dirige diretamente até nós.

— Mais nenhuma palavra — diz, colocando uma mão no meu ombro e a outra no ombro de Cori. — Estas meninas estão sob

Garotas como nós

meus cuidados. Na ausência dos pais, sou a guardiã delas. Portanto, não podem questioná-las sem a minha presença. Entendido?

A detetive Morgan abre a boca para protestar, mas é inútil discutir quando a dra. Klein assume cem por cento seu lado diretora.

— Essas alunas acabaram de testemunhar um evento horrível e a srta. Matthews está ensopada e correndo risco de ficar com hipotermia. A menos que vá questioná-las lá dentro, você terá de voltar em outra hora. Ficarei feliz em encaixar seus horários durante o horário de funcionamento da escola.

A detetive Morgan exibe, novamente, um sorriso sem dentes.

— Sem problema. Vocês, meninas, passaram por muita coisa. Tenham uma boa noite de sono, hein? Não permitam que uma minúscula tragédia arruíne uma grande festa. — Ela começa a caminhar para longe e então se vira de novo para nós. — Entrarei em contato.

A dra. Klein nos conduz na direção dos dormitórios e volta correndo para a beirada da água.

Viro-me para Brie.

— Vadiazinha ela dizendo aquilo.

— É — concorda Brie, parecendo perturbada. — Quase soou como uma ameaça.

Capítulo 2

Na manhã seguinte, a notícia havia infectado a escola toda. Embora meu dormitório fique do outro lado do campus, ainda acordo com os sons das sirenes lá fora e os choros mesclados com soluços abafados lá de cima. Abro os olhos e vejo Brie empoleirada na beirada da minha cama, o rosto grudado na janela. Ela já tomou banho, vestiu-se e está bebendo café na minha caneca na qual se lê: EU ♥ AS MENINAS DO FUTEBOL DA BATES.

Quando olho para a caneca, um calafrio percorre minha coluna. Temos um jogo crucial na segunda-feira e marquei um longo treino esta manhã para me preparar. Pulo da cama, prendo meus cabelos espessos e ondulados em um rabo de cavalo apertado e visto uma legging.

— Jessica Lane — diz Brie.

Sinto um frio glacial na pele, e meus ombros se contorcem.

— O quê?

— A garota no lago.

— Nunca ouvi o nome.

Gostaria que Brie não o tivesse dito.

Na noite passada, acordada ao lado de Brie na minha estreita cama do dormitório, quase não conseguia apagar da mente o rosto imóvel e plácido da garota. Agora preciso me focar. Quero tirar cada partícula da noite anterior da memória. Fui forte durante três anos, e não racharei nem me estilhaçarei com isso. Um floco de neve.

— Eu a conhecia. Ela estava na minha classe de Trigonometria. Sinto uma sensação podre e corrosiva no estômago.

— Talvez não tenha sido a melhor das ideias dizer à polícia que não a conhecíamos.

— Não pense demais nisso.

Ela se senta ao meu lado e enrola um dos cachos de meus cabelos no dedo.

— Quero dizer, eu mal sabia quem era ela, mal sabia mesmo. Não podíamos contar tudo aos tiras. Eles fechariam o cerco e arruinariam por completo nossa vida.

Brie tem os próprios e muito diferentes motivos para ficar com um pé atrás com a polícia. Para começo de conversa, os pais dela são advogados top de linha de defesa criminal, e a filha está seguindo o caminho deles. Provavelmente Brie conhece mais a fundo as leis criminais do que qualquer estudante de primeiro ano de Direito. Tudo que você disser pode e será usado contra você no tribunal. Desde que ganhou no clube de debate, na fase regional, no ano passado, Brie fez uma versão — que se tornou um mantra — da citação "dance como se ninguém estivesse vendo; envie um e-mail como se um dia ele pudesse ser lido em voz alta em um depoimento". Em segundo lugar, Brie já vivenciou na pele o racismo. Nunca na Bates, disse ela, mas até mesmo eu havia notado como as coisas são diferentes fora do campus. Uma vez, quando dispersaram uma festa fora do campus, um tira passou

Garotas como nós

direto por mim, uma menor de idade agarrada a uma garrafa aberta de cerveja, e pediu a Brie que fizesse o teste do bafômetro. Ela segurava uma lata de refrigerante na mão. Ainda assim, eles a fizeram passar pelo teste do bafômetro.

Suspiro.

— E você não pode contar nada à Maddy, a não ser que queira que a escola inteira fique sabendo.

— Isso não é justo.

Ser ou não justo não é a questão aqui. No ano passado, sem querer, Maddy liberou on-line os nomes das novas recrutas do time de futebol antes que nós pudéssemos "sequestrá-las" de seus quartos em nossa tradicional cerimônia de iniciação. Essa tradição, além de divertida, é o que nos consolida como um time. Quando se tira da equação o medo da noite da iniciação, elimina-se a euforia do momento em que a pessoa descobre que foi escolhida. Você é boa o bastante. Mas, não. Maddy vazou na internet os nomes que lhe enviei por e-mail, e eu aprendi o mantra da Brie do jeito difícil. Envie um e-mail como se um dia ele pudesse ser lido em voz alta em um depoimento. Ou postado em um fórum da comunidade para toda a escola ver.

Talvez não estejamos sendo completamente justas com a Maddy. Algumas semanas atrás, Tai começou com esse novo apelido de "Notória", que honestamente não entendo. No entanto, não serei a única a admitir isso, mesmo que ultimamente Brie tenha andado pouco amigável em relação a Maddy, e eu não tenha conseguido determinar exatamente o porquê. Ela não é tão espirituosa como a Tai nem tão estudiosa como a Brie, e em nosso grupo tem a reputação de ser a burrinha da turma, embora, na verdade, seja brilhante. Ela não apenas tem a segunda média mais alta na classe do primeiro ano, como é a capitã do time de hóquei sobre grama, e ainda faz o design de sites para todos os times esportivos. Maddy não ganha nada com o tempo que dedica a isso, o que nos faz parecer melhores. Acho que só lhe falta um certo cinismo, presente no restante de nós, e as pessoas tendem a ver isso como uma espécie de fraqueza. Ela me lembra da minha melhor amiga lá de casa, Megan Galloway. Apesar dos dissabores da vida, toda a visão do mundo de Megan se pautava no lado bom. Embora seja um tipo de visão perigoso, sinto inveja disso.

Às vezes tudo que vejo são pontos escuros, até mesmo quando fecho os olhos.

— Seja como for, o corpo foi identificado. Os pais ligaram. Está em todos os noticiários. — Brie aponta para o teto, e olho para cima, levemente desorientada. O choro parece se intensificar.

Coloco a mão na boca e faço um gesto, indicando o andar superior.

— Aquele era o quarto dela?

Brie assente com um movimento de cabeça.

— Acho que sim. O dormitório está marcado e isolado com fita da polícia, e há pessoas chorando lá em cima faz umas duas horas. Não consigo acreditar que você tenha dormido enquanto isso acontecia.

— Essa sou eu.

Sou uma pessoa notória por conseguir dormir quando desligo o meu cérebro, e ninguém sabe disso melhor do que Brie. Por dois anos, antes de conseguirmos privilégios de alunas do último ano, ela foi minha colega de quarto, e ainda dormimos no quarto uma da outra com frequência.

Brie abre um largo sorriso, que logo em seguida desaparece.

— Fazia mais de uma década que não ocorria um suicídio na Bates.

— Eu sei.

Garotas como nós

Ela tem tato o suficiente para não mencionar que, quando a mãe dela estudou aqui, havia uma epidemia de suicídios. Uma ala inteira da Henderson permaneceu fechada por quase trinta anos.

— Como você não a conhecia? — pergunta Brie.

— Talvez ela passasse muito tempo fora do campus.

Visto um suéter e pego minha identidade do campus e as chaves, mas hesito, com a mão na maçaneta. Olho de relance para o calendário pendurado acima da minha cama. Meus pais o deram a mim em setembro, com os dias de jogo já bem circulados de vermelho. Três olheiros estarão no jogo de segunda-feira para me ver jogar e, ao contrário de minhas amigas, caso não me ofereçam uma bolsa de estudos para a faculdade, não poderei contar com o dinheiro da minha família. Não sou o tipo de aluna usual da Academia Bates, aquela que vem de uma família rica da Nova Inglaterra. Estou aqui em razão de ter uma bolsa de estudos "plena", um código para atleta, pois minhas notas não são boas o bastante para salvarem a minha vida, e minha família não tem como pagar meus estudos. Ainda assim, essa é uma circunstância extenuante e treinar hoje talvez passe uma má impressão. Até meus pais entenderiam isso.

Viro-me para Brie.

— É melhor cancelar o treino?

Ela me olha com um daqueles olhares que dizem "eu honestamente não estou julgando você".

— Kay, o treino já foi cancelado.

— Eles não podem fazer isso.

— É claro que podem. Não administramos a escola. Esportes, música, teatro, todos os departamentos não acadêmicos ficarão fechados enquanto seguir a investigação.

Jogo-me de volta na minha cama, com a cabeça zunindo.

— Você deve estar brincando! Segunda-feira é o dia mais importante da minha vida!

Ela coloca o braço em volta do meu ombro, puxando-me para sua calidez.

— Eu sei, docinho. Não é o fim. Só está em modo de espera.

Derrubo minhas chaves no chão e enterro a testa no ombro de Brie, os olhos ardendo.

— Não posso ficar chateada, não é?

— Você deveria ficar chateada. Apenas não processou plenamente com o que, de fato, está chateada. A noite passada foi traumática.

— Você não entenderia. — Afasto-me dela e pressiono os nós dos dedos nos olhos. — Não posso ir para casa. Mesmo que ainda não estivesse matriculada em uma faculdade, não haveria absolutamente nada em jogo para você.

— Isso não é justo nem verdade.

Estudo os olhos sinceros cor de mogno e o cenho perpetuamente franzido de minha amiga. Seus cabelos macios, que parecem uma nuvem, emolduram-lhe o rosto quase como uma auréola. Ela sempre está tão arrumadinha e ajuizada. Meu quarto, que é uma bagunça épica, ou mesmo a minha vida, ambos não são lugar para ela. Brie tem cérebro, aparência, dinheiro e uma família perfeita.

— Você não entenderia — sussurro de novo.

— Esse caso vai ser aberto e fechado — afirma Brie, levantando-se e olhando, com ar contemplativo, pela janela de novo. — Claramente foi um suicídio.

— O que estão investigando então?

— Acho que querem saber se foi crime.

— Assassinato?

Garotas como nós

— É geralmente isso que eles investigam quando a morte é violenta.

As palavras ecoam em meu cérebro. Foi uma morte violenta. A garota parecia tão calma, tão serena, mas a morte é algo pungente e severo. É violenta por definição.

— Aqui?

— Existem assassinos em toda parte, Kay. Em lares de idosos e prontos-socorros. Até em delegacias de polícia. Toda parte onde deveríamos estar em segurança. Por que não em um colégio interno?

— Porque estamos aqui há quatro anos e conhecemos todo mundo.

Brie balança a cabeça.

— Assassinos são pessoas. Eles comem da mesma comida e respiram o mesmo ar que nós. Não anunciam sua presença.

— Talvez anunciem se você estiver prestando atenção.

Brie entrelaça os dedos nos meus. Minhas mãos estão sempre frias, ao contrário das dela, sempre quentinhas.

— Foi suicídio. Em alguns dias, o departamento esportivo estará em funcionamento de novo. Você será recrutada. Sem dúvida.

O modo como a palavra *suicídio* sai da boca de Brie com tanta facilidade é chocante. Há veneno nisso, erodindo partes minhas que mal se mantinham inteiras e as quais não quero que minha amiga veja.

— Agora eles vão nos bombardear com reuniões sobre sinais indicadores de um suicídio e sobre não nos matarmos e merdas do tipo. Porque isso realmente é muito útil depois do fato consumado.

Quando se considera o histórico da Academia Bates, acho que aconselhamentos são úteis até certo ponto. Mas realmente ferram tudo para a pessoa que se foi e para todos os que gostavam dela.

Brie hesita.

— Bem, antes de o fato se consumar, deveríamos ser mais legais com as pessoas. Você deveria pensar nisso.

Olho bem nos olhos dela e procuro a sombra do meu eu em algum lugar ali em suas profundezas. Se existe uma melhor versão minha em algum lugar por aí, ela está na mente de Brie.

— O conceito do que é ser legal é subjetivo.

— Falou como uma verdadeira garota da Academia Bates. Nós somos uma espécie tão egoísta. Quão fechada em si é preciso ser para não notar que alguém está prestes a implodir?

Por apenas uma fração de segundo, acho que ela está falando de mim.

Mas não. Está falando sobre a Jessica.

Inspiro novamente.

— Você ainda não está concorrendo à presidência. Não precisa ser a melhor amiga de todo mundo. Só minha.

Agarro-a em um grande abraço de urso e faço cócegas nela.

Brie solta um suspiro e aninha a testa na minha nuca. Permito--me um momento de serenidade, inspirando o cheiro dos cabelos dela, um momento no universo alternativo em que sou uma boa pessoa e nós estamos juntas. Então me forço a me sentar direito.

— Você tentou ligar para a Justine?

Ela pega o celular do bolso, digitando enquanto fala.

— Ela não está atendendo. Nos sábados, costuma dormir até tarde.

Justine é a namorada de Brie. Por regra, eu e Brie nunca namoramos ninguém da Bates, embora eu tenha recentemente me separado do meu ex, o eminentemente infiel Spencer Morrow. Tai tinha pensado nesse título enquanto o repudiava fervorosamente depois que ficamos sabendo que havia me

Garotas como nós

traído. Por algum motivo, isso me fez gargalhar e se tornou o apelido dele. Ouço uma voz fraca, grave e de quem acabou de acordar do outro lado da linha, e o rosto de Brie se ilumina. Ela me empurra para longe, e o quarto de repente se torna mais frio e mais vazio enquanto minha amiga se levanta desordenadamente, pegando o café e correndo para o corredor. Eu gostaria que Justine dormisse até mais tarde nos sábados. Na verdade, gostaria que ela dormisse o fim de semana todo. Vou até a janela, tomando cuidado para não tropeçar no campo minado de roupas e livros escolares e equipamentos de treino. O dia de lavar roupa é só amanhã.

Lá fora, como se fosse dia de mudança, as pessoas se deslocam em grupos de um lado para o outro, mas não são apenas alunas e suas famílias. Uma fileira de furgões de noticiários se estende pelo meio-fio, ao lado dos quais um bando de mulheres perfeitamente vestidas caminha, ansiosas e ladrando ordens para caras altos com *steadicams* amarradas em volta da cintura. Há dezenas de pessoas vestindo camisetas de um azul berrante combinando com um logotipo que se assemelha a uma cruz dentro de um símbolo de infinito e dois corações conectados. Multidões de habitantes desmazelados da cidade, os quais parecem moradores de rua, perambulam pelos arredores com os olhos turvos, alguns inclusive chorando. Caos total. Parece que as pessoas das camisetas montaram uma mesa e estão distribuindo café e *bagels*.

Talvez eu devesse ir até lá em vez de ir ao refeitório. De qualquer forma, será impossível chegar até elas nessa zona.

Subo a escada de dois em dois degraus, na esperança de não me deparar com a família de Jessica, que presumo estar aqui para tirar as coisas do quarto dela. Na porta da frente, vejo Jenny, parada, mantendo guarda, e lhe lanço um sorriso.

— Conseguiu dormir um pouco? — pergunto-lhe.

Ela balança a cabeça negando.

— Tenha cuidado, Kay.

— Quer um café ou algo do gênero?

Ela abre um fraco sorriso.

— Seria ótimo.

Dou um pulo até a mesa onde as pessoas vestidas com as roupas com o logotipo azul servem café e entregam *bagels* e pego duas canecas vazias. Estou prestes a enchê-las quando um cara parado atrás da mesa retira as canecas da minha mão. Encaro-o, chocada. Conheço o rosto dele, mas não sei seu nome. É um aluno da Easterly High School, como Spencer e Justine, e uma presença frequente nas festas de elenco. Como Justine é a estrela na maioria das produções teatrais deles, eu o vi pelos arredores algumas vezes, mas nunca no palco. Provavelmente é um dos caras que cuidam da parte técnica.

Ele tem os braços musculosos cobertos por tatuagens, do pulso ao cotovelo, as quais agora estão à vista. Usa um piercing no lábio inferior, e os cabelos escuros e ondulados lhe caem sobre os olhos como se ele tivesse acabado de sair da cama. Vestindo calça jeans apertada e suéter preto detonado, o sujeito parece um astro de rock decadente, respirando com o nariz entupido, como se tivesse cheirado cocaína, os olhos vermelhos. Então noto o lenço de papel embolado em sua mão e me pergunto se não estava chorando em vez de cheirando carreiras em uma manhã de sábado.

Minha empatia momentânea dissolve-se no instante em que ele abre a boca.

— Tchau-tchau, agora.

— Sinto muito, devo pagar isto aqui?

Ele apenas me olha com um ar de ódio. Esse cara é um antissocial, um total esquisitão, e poderia até ser meio que gostoso, se

Garotas como nós

não fosse a *vibe* de artista torturado e a atitude de superioridade moral. Certa vez, em uma festa de elenco, eu e Spencer tentamos falar com ele, que apenas nos olhou de rabo de olho por um minuto inteiro antes de dizer "faz sentido" e sair andando sem responder à minha pergunta.

— Isso não é para você — diz ele por fim.

Olho ao meu redor, confusa.

— Para quem é exatamente?

Ele faz um gesto, apontando para a multidão sem dizer palavra alguma.

— O quê?

O antissocial solta um suspiro e estreita os olhos escuros. Então se inclina para perto de mim e sussurra, parecendo envergonhado:

— Nós estamos aqui pelo pessoal da Jessica. Os sem-teto.

— Ah. — Endireito-me. — Achei que fosse por causa da multidão.

— Aquela é a multidão — diz ele.

Olho ao meu redor novamente e me dou conta de que o sujeito está certo. As pessoas da multidão não apenas parecem moradores de rua, elas *são* sem-teto. A maioria ali provavelmente vem de abrigos. Volto a olhar para o cara cujo braço é coberto de tatuagens.

— Por quê?

— Eles estão em luto pela morte de uma amiga que perderam. Ao contrário de algumas pessoas. — Então faz um floreio no ar com as mãos. — Volte para o seu covil.

Observo as canecas de café que ele tirou de mim e, então, olho para trás, na direção de Jenny.

— Posso pegar só uma dessas?

Ele me olha com desprezo.

— Não. Não pode. Vá até o Starbucks.

— É uma caminhada de uns oito quilômetros até lá. E o café não é para mim. — Aponto para Jenny. — Aquela é a oficial Jenny Biggs. Ela estava de plantão quando o corpo foi encontrado e não dormiu desde então. Você consegue imaginar ficar acordado tanto tempo assim depois de encontrar uma garota morta, uma garota que jurou proteger?

Ele solta um suspiro e serve o café, entregando-o a mim.

— Tudo bem. Se eu vir você bebendo esse café, vou colocá-la na lista negra.

Reviro os olhos.

— Do seu abrigo?

— A sorte pode mudar bruscamente, Kay Donovan.

— Ok, Hank.

Ele parece confuso.

— Meu nome é Greg.

Dou-lhe uma piscadinha.

— Agora eu sei. E puxe as mangas do suéter para baixo; o tempo está congelante.

Vou serpenteando em meio à multidão e entrego o café a Jenny, que o vira como se fosse uma dose de tequila.

— Espero que eles descubram rápido o que de fato aconteceu, criança. — Ela me lança um sorriso encorajador, mas não olha em meus olhos, o que é um pouco perturbador. Noto que está batendo com o celular na coxa e me pergunto se recebeu alguma notícia enquanto eu falava com Greg.

— É provável que isso aconteça? — pergunto, sabendo que ela não me responderá. Jenny dá de ombros e faz um gesto na direção do dormitório.

— Obrigada pelo café.

Garotas como nós

Retorno ao meu quarto, engulo umas barrinhas energéticas e uma água vitaminada e, então, abro o laptop e acesso o Google em busca da notícia. Fico sabendo que a família da Jessica é de moradores locais, e que ela criou uma ONG que ajuda os sem-teto a encontrar empregos fornecendo-lhes treinamento básico em computação por meio de um programa de ensino on-line projetado por ela mesma. Bem impressionante para uma aluna do ensino secundário, mesmo que seja da Academia Bates. Não há muito além disso. As histórias dos noticiários relatam que foi encontrada no lago pouco depois da meia-noite; causa da morte, indeterminada. Leio mais vários artigos. Sem menção aos pulsos dela.

Nenhum dos artigos diz que há suspeita de crime, mas um deles afirma que a morte está sendo investigada. Olho de relance para as datas de jogos remanescentes circuladas em meu calendário. O tempo está passando. Cada uma das datas representa um prazo desesperadamente importante, e não há motivo algum para acreditar que a investigação será resolvida a tempo de os jogos recomeçarem, de modo que eu seja vista e analisada pelos olheiros. Meus pais vão surtar.

Bem nesta hora meu telefone vibra e olho para ver quem é. Meu pai. Hesito, mas atendo.

— Oi, pai.

— Como foi o treino, mocinha?

— Eu tive de cancelá-lo.

— Por quê?

— Houve uma morte. Uma aluna.

— Ah, mocinha. Uma das suas colegas de time?

— Não, outra menina.

Sento-me na cama e puxo os joelhos para cima até o peito.

Geralmente falo com meus pais no domingo, e fico um pouco nervosa por ele estar me ligando fora do cronograma. Como se fosse soltar uma bomba sobre alguma coisa.

— Hummm.

— Está tudo bem?

— Talvez você devesse apenas se ater ao cronograma. Mantenha a pose. Sabe, para o bem das meninas mais jovens. Para dar o exemplo.

De repente me passa pela cabeça que meu pai provavelmente leu sobre a morte da Jessica e esse é o motivo de me ligar.

— Não cabia a mim fazer isso, pai. A escola suspendeu as atividades esportivas enquanto estiverem investigando a morte.

— O quê? — Ouço a voz da minha mãe no fundo. Que ótimo. Eu deveria saber que ela estava ouvindo minha conversa com papai. Não se pode mencionar morte perto da minha mãe. Afundo as unhas na nuca para me punir por cometer esse erro. — Pergunte a ela sobre segunda-feira. — Ouço-a pegar o telefone. — E quanto ao jogo de segunda-feira?

Encolho-me toda e fecho os olhos.

— Está cancelado. E não há absolutamente nada que eu possa fazer. Estou tão aborrecida quanto você. Acredite em mim.

Ouço meu pai soltar um xingamento no fundo.

— Isso é inaceitável — diz a minha mãe. — Você falou com a dra. Klein?

— Não, mãe. Não fui falar com a diretora. O escritório dela está fechado.

— Nem mesmo tentou? Quer que eu tente? Isso não é hora de ficar sentada e esperar que o melhor aconteça. Precisamos seguir o plano.

Garotas como nós

— Alguém acabou de morrer — digo, baixinho. Mas deliberadamente. Porque preciso que o telefonema acabe.

Ela começa a dizer algo, mas as palavras se derretem em um baixo suspiro.

Mordo o lábio inferior. Segue-se um longo silêncio. Então minha mãe se pronuncia de novo, com a voz tremida:

— Tem alguma outra coisa de que queira falar, querida?

— Não — respondo, prendendo a respiração até sentir meu rosto prestes a explodir.

— Nós nos falamos de novo em breve — diz ela.

Meu pai volta para o telefone.

— Hora de usar a cabeça, mocinha. De fazer telefonemas, de escrever cartas. O que for necessário para garantir suas ofertas. Você deu duro demais para deixar que tudo se vá assim. Sobreviverá a isso como faz com todo o resto. Certo?

— Certo.

Desligo o telefone e finalmente solto a respiração, em um imenso ufa! Em seguida, soco o colchão e abraço o travesseiro junto ao peito. Gostaria que o Spencer não fosse eminentemente infiel. Gostaria que Justine não tivesse enfim acordado, para que eu pudesse ligar para a Brie e desabafar. Gostaria que meus pais apenas calassem a boca e me ouvissem uma vez na vida. Nada disso vai acontecer do jeito que quero. Não tenho como jogar na segunda-feira. Não tenho controle algum sobre a situação. Maldita seja você, Jessica Lane.

Então me sento e me forço a inspirar fundo para me acalmar. Sei como foi a morte, vi o corpo, e sei que a família dela é de moradores locais. Pulsos cortados, escola muito exigente. Se a polícia não é capaz de abrir e encerrar um caso de suicídio, significa que estão fazendo tanta coisa que não conseguem fazer nada direito. Mas eu não. Eu vi acontecer. Estava lá, impotente, enquanto aquilo girava ao meu redor, lento demais para que as peças parassem de se mexer até que todo mundo estivesse arruinado. Minha melhor amiga e meu irmão mortos, meu pai devastado, minha mãe preparada para jogar a vida fora. E eu envolta em gelo.

Fechei os dedos no celular e coloquei-o no modo silencioso, enquanto a voz de minha mãe ecoava em minha cabeça. Consigo consertar isso. Consigo. Antes que o próximo jogo seja cancelado.

Um *ping* me alerta da chegada de um novo e-mail e dou uma olhada para a tela do computador. A linha do assunto diz: "Atualização sobre a Bolsa de Estudos Esportiva". Meu coração começa a bater acelerado; puxo o laptop para perto de mim e abro a mensagem.

> Prezada Kay,
> Lamento informá-la de que certas atividades desagradáveis de seu passado chegaram ao meu conhecimento e, assim, sua elegibilidade para uma bolsa de estudos esportiva está correndo risco. Eu mesma não terei como ir para a faculdade, então receba a minha mais sincera compaixão. Portanto, se concordar em me ajudar a concluir meu projeto final, posso ignorar suas transgressões.
> Clique no link no final deste e-mail e siga as minhas instruções. Quando tiver completado cada tarefa, um nome desaparecerá da lista de alunas. Se não conseguir completar alguma tarefa dentro de 24 horas, um link para o site, bem como provas de seu crime, será enviado a seus pais, à polícia e a todas as alunas da Academia Bates.

Garotas como nós

Se for bem-sucedida, ninguém jamais saberá o que você fez.

Muito cordialmente,
Jessica Lane
P.S.: Correndo o risco de soar clichê, falar com a polícia não será bom para você, Kay. Nunca foi, não é?

O e-mail foi enviado da conta da Jessica da Academia Bates. Por um momento, passa por minha cabeça que ela ainda está viva, e não sei se rio ou se choro. Tudo foi um engano imenso e surreal, e deixamos uma vítima sangrando sozinha em um lago. É um milagre e, além disso, provavelmente somos culpadas de tentativa de homicídio ou algo do gênero. Ah, meu Deus, estou bem ferrada. Então me acalmo. Sem sombra de dúvida, sei que Jessica está morta. Provavelmente escreveu a mensagem antes de morrer e programou para que fosse enviada agora. Também é possível que outra pessoa tenha enviado o e-mail usando a conta dela. Mas a ideia é tão tortuosa que não consigo sequer considerá-la. Pelas palavras do e-mail, parece que ela sabia que ia morrer. Seu projeto *final*. Não ir para a faculdade. Ou talvez eu estivesse interpretando as entrelinhas pelo fato de ela ter morrido. Os exames finais estão se aproximando e há toneladas de motivos pelos quais as pessoas não vão para a faculdade. Segundo os artigos que li, Jessica estudava na Bates com uma bolsa de estudos.

No fim das contas, isso poderia convencer os tiras de que ela tirou a própria vida. Se eu levasse o e-mail para a polícia, possivelmente colocaria um fim na investigação agora mesmo.

Mas o *post scriptum* me causa um calafrio.

No fim da página, há um link que diz "meu projeto final". Clico nele.

A tela fica em branco por um bom tempo e, então, surge a imagem de uma rústica cozinha interiorana com um fogão de ferro fundido. Lentamente, letras aparecem como na névoa embaçada na janela de vidro do fogão até que o nome do site esteja claro como cristal:

A vingança é um prato: Um guia delicioso para derrubar seus inimigos.

Clico no link freneticamente, mas o site é protegido por senha. *A vingança é um prato.* O projeto final da Jessica era a vingança. E ela o enviou diretamente para mim. Tento mais uma vez em vão abrir o site, e então empurro o laptop para o mais longe possível de mim. No entanto, não consigo tirar os olhos da mensagem.

Gostaria que o Spencer não tivesse ferrado as coisas entre nós. Por ser um gamer devotado, além de atleta, ele seria capaz de hackear e entrar no site sem esforço algum. Rolo a listagem de meus telefonemas recentes. Ele sempre esteve tão presente na lista que isso me deixa deprimida. Continuo esperando que me ligue para se desculpar novamente, para saber como estou, para me dizer que algo aleatório o fez lembrar-se de mim. Mas, aparentemente, nada disso acontece.

Jogo meu celular em cima da cama e volto para o laptop. Faço o login na rede da comunidade da escola e busco entre os nomes dos alunos alguém que possa me ajudar. A Academia Bates é forte nas áreas de Ciências, Tecnologia, Engenharia e Matemática (STEM), e um número expressivo de alunos entende pelo menos um pouco de codificação. Maddy, Brie e Cori, todas fizeram cursos com altas cargas horárias de matérias de STEM. Poderia tentar falar com a Maddy — ela fez a maior parte das aulas de codificação —, mas hesito. Pela ameaça na carta, não quero minhas amigas nem um pouco perto do projeto de Jessica, principalmente Maddy. Prefiro que as pessoas com quem interajo socialmente não se envolvam nisso. Quanto menor a credibilidade social, melhor. Só como precaução caso fiquem sabendo de algo e eu só tenha minha palavra contra a deles.

Nola Kent. Há um pontinho verde ao lado do nome, indicando que ela está on-line. Hesito antes de lhe enviar uma mensagem pessoal. Dois anos atrás, quando Nola tinha acabado de ser transferida para a Bates, eu, Tai e Tricia fomos um pouco duras com ela, na maior parte do tempo agindo pelas costas da garota. Talvez tenhamos inventado um apelido para ela, ou um boato ou outro. Mas isso foi séculos atrás. Provavelmente Nola se sentiria mais sem graça do que eu se a história toda viesse à tona. Não é nossa culpa se ela se veste como uma mistura de agente funerário e boneca assassina. Além disso, como tem vindo a alguns jogos de futebol desde então, imagino que não guarde ressentimentos.

"Oi, você está aí?"

Aperto *enter* e espero.

Sua foto de turma aparece junto com reticências para mostrar que está respondendo. Nola é bem baixinha e magra, com longos e grossos cabelos escuros que parecem sobrepujar o restante do corpo. A pele é branca como porcelana, e os olhos de um azul brilhante são tão redondos que lhe dão sempre um ar de assombro.

Garotas como nós

A palavra que me vem à cabeça quando penso em Nola Kent é *levemente*. Ela não é muito coisa alguma, ou isso era o que pensávamos quando começamos a implicar com ela. No fim, descobrimos que tem uma peculiaridade extremamente valiosa: a capacidade de criar o caos com códigos e sistemas.

"Oi."

"Estou tendo problemas para entrar em um site."

"É protegido por senha?"

"Sim."

"Você tem a senha?"

"Não."

"Deveria ter?"

"É uma longa história."

"Conte-me."

Solto um suspiro. Preciso saber o que Jessica achava que tinha de informações sobre mim, e o que quis dizer com o papo de inimigos e vingança. E Nola é minha melhor aposta para descobrir a verdade e manter as informações em sigilo.

"Vamos nos encontrar."

"Em que lugar? Tá tudo cheio."

"Biblioteca."

"Dentro de cinco minutos."

Saio sorrateiramente pela entrada de trás do dormitório para evitar as multidões e me dirijo colina abaixo até a biblioteca. Do lado de fora, o ar tem cheiro de madeira e sidra, como deveria ser num sábado de início de novembro. Os sons dos repórteres e dos que estão em luto pela morte de Jessica ainda soam da frente do prédio. Alguns deles começam a entoar hinos religiosos, enquanto outros continuam a conversar. É como uma mistura de um velório a céu aberto com um gigantesco happy hour com bebidas servidas nas traseiras dos carros. Tosco, bizarro e sinistro. Além da multidão de pessoas de luto pela morte da garota, não há, na verdade, muitas alunas lá no gramado entre os dormitórios e o pátio, e diminuo o ritmo dos passos, chutando as folhas mortas, contemplativa. Este deveria ser um grande dia. Treino até as cinco, jantar com Brie e Justine, e então todas nós tomaríamos uma decisão definitiva em relação ao fato de ser possível, algum dia, confiar novamente no Spencer. Quero dizer, a resposta talvez pareça bem óbvia. Segundo Justine, uma fonte extremamente confiável de fofoca na Easterly, ele me traiu com uma aluna da Bates na cafeteria em que tivemos o nosso primeiro encontro oficial. Mas todos mudam. Todo mundo fez coisas de que se arrepende no passado. Levante a mão se você nunca fez algo assim. Certo.

Vou até o andar superior da biblioteca, onde é menos provável que encontre alguém, e envio a Nola uma mensagem de texto para lhe avisar que cheguei. O andar de cima é totalmente retrô, abrigando fitas de VHS, microfilmes e um velho catálogo de cartões escolares. Mesmo parecendo um cemitério de mídias velhas, tudo deve ter algum valor, ou a escola não os guardaria; além do mais, tenho certeza de que ninguém vai se dar ao trabalho de subir até aqui. Encontro uma confortável poltrona de veludo verde comida pelas traças, provavelmente tão velha quanto a coleção de fitas de VHS, e me acomodo nela, abrindo o laptop apoiado nos joelhos.

— Oi.

Garotas como nós

Um estridente gritinho, ainda que baixo, escapa de meus lábios. Nola está empoleirada em uma prateleira logo acima da minha cabeça, toda vestida de preto como o maldito Corvo.

— O que você está fazendo aí em cima?

Ela pula para baixo com agilidade e apoia o queixo no meu ombro, esticando um pulso ossudo para digitar no meu teclado.

— Esperando que sua bunda lenta se mexa.

Então me cutuca com o ombro até que abro espaço na poltrona e cedo o computador a ela completamente. Nola inspeciona o site de vingança e então volta os olhos gigantescos para mim.

— Por que estamos bisbilhotando o site de uma garota morta?

Mexo-me na poltrona, sentindo-me desconfortável. Estou perto demais de uma pessoa que mal conheço, e minha ideia agora soa completamente idiota, até mesmo para mim.

— Como disse, é uma longa história. Você pode apenas aceitar com boa-fé que é realmente muito importante que eu entre nesse site?

Ela estreita os olhos.

— Por quê?

Hesito por um momento. Jessica me instruiu a não falar com os tiras, mas não mencionou nada sobre Nola Kent.

— A Jessica me pediu que fizesse isso.

Ela faz uma pausa.

— Vocês eram amigas?

Existem momentos em que mentiras se fazem necessárias.

— Próximas, mas não melhores amigas.

— Por que ela não lhe deu a senha?

— Olha, preciso ler o que está no site. Jessica me deixou uma mensagem e não tenho nenhum outro jeito de acessá-lo. São basicamente as últimas palavras dela.

Nola fecha o laptop.

— Isso não foi muito convincente.

— O que quer?

— Você não tem dinheiro — ela diz isso sem maldade. Se tivesse dito de uma forma mais cruel, doeria menos.

— Você não precisa de dinheiro — retruco.

É verdade. Ela é igual às outras. Embora não se vista como elas nem aja como elas, sua família é a tradicional família cheia da grana da Nova Inglaterra. Minha declaração parece pegar Nola despreparada, e ela hesita antes de responder.

— Coloque-me na sua equipe quando começar a treinar de novo.

Fico boquiaberta.

— Mas… você nunca nem mesmo vai a um treino.

Ela dá de ombros, o rosto inexpressivo.

— Eu não disse que estava interessada. Disse que queria entrar.

Olho-a ainda mais boquiaberta.

— Não tenho esse tipo de poder. O treinador é quem toma essas decisões.

É óbvio que ela não está nem um pouco convencida.

— Você tem influência.

— Eu teria que cortar alguém que deu muito duro para estar no time.

— Bem — diz ela devagar —, essa é a opção que estou lhe oferecendo.

Considero a situação. Não tenho tanta influência. Como capitã, faço de tudo, menos comandar o time. Na Bates, professores e treinadores encorajam as alunas a assumir plena responsabilidade e liderança em nossas organizações. Odeio a ideia de cortar alguém que fez por merecer o lugar no time. Por outro

Garotas como nós

lado, preciso da ajuda de Nola. Com relutância, dou minha mão a ela, que a aceita e aperta com dedos frios.

— Excelente — diz. — Eu sempre quis ser incrível. — Então me lança um olhar de zombaria. — Posso ser incrível agora, certo? — Solto as rédeas e lhe cedo totalmente o uso do meu laptop, sentindo-me desconfortável. — Não feche nenhuma janela.

— Entendi.

Ela o abre e digita com dedos leves. Então aparece uma janela nova e começa a fazer o download de alguma coisa.

— Ei! — Vou agarrar o computador, mas ela o puxa com tudo para longe do meu alcance.

— Relaxa. Não vou destruir seu sistema operacional jurássico. Só estou fazendo o download de um programa que uso o tempo todo e que é muito bom para crackear senhas. Jessica era uma programadora relativamente sofisticada, mas há limites para o quanto a mente humana pode conjurar em termos de combinações…

— Você a conhecia?

— Apenas das aulas de Ciências da Computação. Nunca nos falamos. — Ela roda o programa e digita com fúria, e então se vira para mim, triunfante. — Está vendo?

A palavra *Labrador* está em destaque na tela.

Encaro-a.

— Você conseguiria descobrir as minhas senhas assim com tanta facilidade?

Ela me devolve o laptop.

— Não me pergunte se não quiser saber.

Clico no blog e digito a senha. O forno se abre e lá dentro o título do blog surge novamente em letras ardentes:

A vingança é um prato: Um guia delicioso para derrubar seus inimigos.

Clico no título e seis categorias aparecem abaixo: aperitivo, entrada, prato principal, entrepratos, acompanhamento, sobremesa. Clico na seção de aperitivos e vejo a imagem de uma bola de tênis queimada com uma receita para uma Galinha queimada *Tai*. Ao mesmo tempo, um ícone de um *timer* de forno surge em um pop-up, marcando 24:00:00, e a contagem regressiva começa imediatamente. Clico no *timer*, mas não consigo pará-lo nem alterá-lo.

Nola tenta digitar alguns comandos e dá de ombros.

— Talvez o link só fique no ar por 24 horas?

Mas entendi a mensagem. Esse é o tempo de que disponho para completar a tarefa.

Clico na próxima receita, mas surge uma mensagem de erro em um pop-up, dizendo:

Forno em uso. Volte a visitar a cozinha quando o timer retornar ao zero.

— Adorável — diz Nola.

Enquanto analiso a receita, os cantos de meus lábios começam a se voltar para cima. Isso só pode ser uma piada.

Pegue uma galinha, branca e vermelha
Zombe dela até que esteja bem mortinha
Marque-a com um 3,5
Queime-a se ela ainda estiver viva,

Garotas como nós

Estufe-a com vergonha de Sharapova
Leve-a para fora e fique vendo a galinha pegar fogo.

Nola olha para mim de rabo de olho.

— Não sou nenhuma expert em imaginário poético, mas parece que Jessica tinha grandes planos para Tai Carter. O que a Tai fez para ela?

Franzo o cenho.

— Não acho que realmente se conheciam.

Quando encontramos o corpo, Tai não conseguia nem mesmo se lembrar do nome da garota. Quanto dano é possível causar a alguém cujo nome você sequer sabe?

Nola dá de ombros.

— Poesia me dá enxaquecas. Essa coisa de que tudo tem um significado, pelo menos, segundo o sr. Hannigan. Mas analise o texto verso por verso, no estilo do Hannigan, começando com o título. — Ela passa um dedo embaixo do texto, assumindo a entonação levemente irlandesa do nosso professor de Literatura Inglesa. É uma infelicidade o fato de Nola não ter as feições asperamente belas dele, porque isso poderia amenizar a imagem perturbadora. Os dedos dela são esguios e delicados, e as unhas estão pintadas com uma cor de berinjela brilhante, e, enquanto espia a tela no laptop, a luz que emana dele a faz parecer mais pálida e mais magra.

— Galinha queimada *Tai* — ela lê. — A não ser que estivesse se referindo à sua garota, Tai está escrito errado, pois deveria ser Thai, como em frango Thai. Queimada. É um blog de comida, mas é sobre vingança, certo? E galinha pode ser comida, mas também significa "covarde".

— Tai não é covarde — digo.

Nola olha para mim, interessada.

— Ah é?

Tenho interesse zero em defender minhas amigas para Nola Kent, mais do que para qualquer outra pessoa.

— Acredite em mim — afirmo.

Nola parece desapontada.

— Ok — diz ela, revirando os olhos. — *Acredito* em você. — Então passa para o próximo verso. — "Pegue uma galinha, branca e vermelha." As cores da Bates, obviamente. "Zombe dela até que esteja bem mortinha." Bem, não a conheço tão bem quanto você, mas sua amiguinha querida não tem meio que uma reputação de ser a irritante e engraçadinha que sabe de tudo?

Abro um largo sorriso.

— Isso mesmo.

Tai não é apenas engraçada, ela é incisivamente esperta. Isso torna tudo mais pé no saco ainda quando ela dirige suas observações sarcásticas para a gente. Tai será a próxima Tina Fey ou Amy Schumer, não há dúvida alguma. No entanto, até mesmo Tina Fey admitiu ser uma menina malvada durante o Ensino Médio. Não estou chamando a Tai disso. Mas a verdade dói, especialmente quando as pessoas riem disso. E a Tai é democrática. Todo mundo tem sua vez. E eu sou a menina que sempre pega tudo emprestado. Isso é o que ela tem para mim. Um tipo de náusea gélida me invade quando ela me pega pra vítima, mas todo mundo tem sua vez. As pessoas riram quando dei a Lada Nikulaenkov o apelido de Hodor, porque ela tem mais de 1,80 metro de altura e é tão tímida que nunca a ouvem falar, exceto para corrigir os professores quando pronunciam errado o nome dela. Mas eu não seria capaz de fazer isso se eu não tivesse que forçar um sorriso toda vez que Tai ressalta que não tenho como pagar as roupas que visto. É uma via de mão dupla. O que é justo é justo.

Garotas como nós

— Além disso — diz Nola ainda —, houve aquela insuportável zombaria de *Henrique V* sobre a qual Hannigan tanto falou no mês passado. Bolas de tênis, não foi?

— Ah, meu Deus! — Tenho essa tendência de me preparar intensivamente para as provas e então deixar que as informações fiquem em segundo plano no meu cérebro, mas Shakespeare realmente escreveu um discurso em que usou a palavra *zombar,* em inglês, *mock,* repetidamente para imitar o som que as bolas de tênis fazem batendo na quadra. — Então acho que Jessica gostava mesmo de poesia.

— Ah, sr. Hannigan — diz Nola, arqueando a sobrancelha.

— Pare com isso. — De repente, me sinto envergonhada por estar discutindo sobre Jessica de modo tão casual, como se ela fosse apenas outra colega de classe de quem tivéssemos a liberdade de reclamar. E daí se ela curtia uma paixonite por um professor? Hannigan é a melhor escolha se precisássemos optar por um professor. Ele é novo na Bates, além de ser extremamente sexy e, às vezes, paquerador. Houve rumores a respeito de algo que passou de um flerte, mas sem nenhuma prova. Não acredito nisso. Mas aquele sotaque… Volto para a "receita" e leio a próxima linha. "Marque-a com um 3,5." Os números são a média de nota da Tai, é de conhecimento público. Postam as médias das alunas no Grande Salão para nos motivar/humilhar.

— "Queime-a se ela ainda estiver viva" — continua Nola, que olha para mim.

— Queimar, de queimar o filme. Um insulto. A especialidade de Tai. Ultrapassar a linha divisória entre o engraçado e o doloroso.

— Como uma queimação de filme é diferente de uma zombaria?

— Zombar é um esporte. Queimação de filme é mortal.

— E então temos a vergonha de Sharapova. Que me parece algo saído de um teatro comunitário ruim.

— Sério? Maria Sharapova é uma superestrela do tênis. Houve um escândalo imenso uns anos atrás, quando ela foi suspensa por doping. Mas é complicado, porque ela tomou uma droga que também é um medicamento legítimo.

— Seja como for, não estou nem aí para isso. O que isso me diz é que sua amiguinha Tai está agindo como a Sharapova. A pergunta principal: como a Jessica soube disso?

— Bem, *se* isso fosse verdade, bastava ela hackear a conta de e-mail da Tai para saber de qualquer coisa mencionada lá, certo?

Dance como se ninguém estivesse vendo.

Nola assente com a cabeça.

— Jess era uma codificadora. Aqueles programas de treinamento em habilidades computacionais eram realmente maneiros.

— Mas não creio que a Tai tenha feito isso. Garotas como nós não usam drogas. É expulsão automática.

Nola me presenteia com um sorriso levemente desdenhoso.

— Garotas como vocês?

Sinto meu rosto corar.

— Tai pode virar profissional um dia. Eu e minhas amigas temos muito a perder.

— Que fatigante ser alguém — diz Nola.

Penso em meu irmão. Depois que ele morreu, os artigos nos jornais focaram-se apenas em suas realizações atléticas, e não mencionaram o tipo de pessoa que ele era, se bom ou não. A morte de Megan foi tratada de modo um tanto quanto diferente. Ela não era nem uma estrela dos esportes nem a aluna de uma escola preparatória de prestígio. Houve artigos publicados sobre ela, mas não falavam de suas realizações, de suas esperanças e de seus

Garotas como nós

sonhos, tudo que a tornava especial. Falavam apenas do que lhe havia acontecido.

— Nós temos tudo a perder — digo. — A Academia Bates é um bilhete premiado. Não se joga isso fora.

O sol começa a se pôr lá fora, e raios cor-de-rosa e cor de laranja entram filtrados pela janela do sótão, iluminando o rosto pálido de Nola e fazendo seus olhos reluzirem.

— Por que Jessica fez isso?

Capítulo 4

Antes de procurar Tai, passo no quarto da Brie para deixar a fantasia de *Gatsby* lá. Paro um pouco diante da porta ainda sem bater, para ver se há sinais de que ela está ocupada, e ouço suas risadinhas abafadas.

Está com visita. Justine. Que ótimo. Aliso as finas e sedosas camadas do tecido e deixo-o no chão polido de madeira, ao lado da porta do quarto, então me dirijo às escadas. Odeio ser aquela que pega coisas emprestadas constantemente (e de vez em quando as rouba), que sempre depende de amigas, conhecidas e até mesmo de alunas aleatórias, para compor meu guarda-roupa durante as horas que nos permitem não usar nossos uniformes. Mas é necessário. A fantasia de *Gatsby* é uma das coisas mais extraordinárias que já vesti. O tecido deixou minha pele elétrica. Achei excitante ser uma pessoa como Daisy Buchanan. Elegante, insinuante e astuta, além de sexy e um pouco perigosa.

Sinto-me triste por devolvê-la a Brie, mas é um item muito extravagante para "esquecer" de devolver.

Quando ponho os pés do lado de fora, o sol já está sangrando sobre o lago, uma explosão em tons de laranja e vermelho através dos galhos escuros, dando a ilusão de que é o começo do outono. Cruzo o pátio em direção ao complexo esportivo, e neste momento o sino da capela soa uma melodia que não reconheço. Volto o olhar contemplativo para trás, para o contorno do campus principal, excepcionalmente incrível ao pôr do sol — como uma mistura de uma das universidades da Ivy League e Hogwarts, com uma bela arquitetura gótica, torres altas e finas e charmosos chalés elisabetanos.

Na quadra de tênis, Tai está treinando sozinha sob a luz que se desvanece. A escola tem quadras internas, mas Tai gosta de treinar em todas as condições climáticas, já que nem todas as escolas possuem quadras internas. Sua forma é perfeita enquanto ela se movimenta em um arqueio e acerta a bola. Os músculos do meu peito relaxam conforme me aproximo da quadra, e sinto meus ombros caírem como por reflexo. Tai não tem motivo algum para trapacear. Ela está tão acima do restante do time que, na verdade, é vergonhoso ver as outras treinarem. Meu coração afunda no peito de novo. Por que ela é tão boa?

Jogo as mãos para cima, junto ao alambrado, e solto um grunhido como se fosse um zumbi, ao que Tai gira e arremessa a raquete de tênis na minha direção.

— Que diabos, Kay! Por um segundo, achei que você fosse aquela garota do lago. — Ela balança os cabelos úmidos, soltando-os do rabo de cavalo, e penteia-os com os dedos. A roupa de tênis de Tai é imaculadamente branca, destacando a assinatura escarlate da Bates.

Garotas como nós

As palavras tiram o sorriso do meu rosto.

— Cedo demais para piadas.

— Não apareça assim sorrateiramente perto de mim.

Ela pega de volta a raquete e a analisa em busca de arranhões.

— Quer ir jantar?

Tai faz uma careta.

— As pessoas vão chorar e agir com todo aquele melodrama, como se a mãe delas tivesse morrido.

É a cara da Tai dizer uma coisa dessas. Mesmo perdendo a mãe quando era caloura, ela fala com naturalidade, e ficaria furiosa se eu demonstrasse um pinguinho que fosse de compaixão. Dou um soco no braço dela.

— Alguém *de fato* morreu.

— Mas, tipo, não era ninguém importante.

— Sério, Tai.

Ela sorri, os lábios assumindo a forma distinta e assimétrica de um v. Tai tem a pele tão firme que parece que os cabelos estão sempre bem puxados para trás, até mesmo quando soltos em volta do rosto; nariz e maxilar definidos; e cílios e sobrancelhas tão leves que desaparecem sem maquiagem.

— Estou falando sério. Os amigos dela devem estar tristes. Mas me lembro da garota. Ela não tinha amigos na Bates. Era local.

— Então não nos sentimos tristes com a morte dela porque não era rica?

Tai revira os olhos.

— Não foi isso que eu disse. Jessica Lane era uma ladra.

Rio alto.

— Tudo que li diz que ela era a Madre Teresa de Calcutá.

— Bem, não era. No primeiro ano, morávamos no mesmo andar, e a minha mãe me mandou uma bela caixa de sabonetes de grife da Provença.

— A Jessica roubou seus sabonetes?

Tai abre um largo sorriso, envergonhada, mas consigo ver que, de fato, está chateada. Não é com muita frequência que ela menciona a mãe.

— Não tenho como provar, mas sumiram, e ela estava com o cheiro deles. E não vi de novo a minha mãe depois daquilo, então aqueles sabonetes eram importantes para mim.

Entrelaço um braço no dela quando nos aproximamos do pátio e dos dormitórios.

— Ok. Ela era uma ladra.

Tai fica quieta por um instante.

— Então roubei o disco rígido dela.

— Por quê?

— Eu o devolvi. Só que não fiz isso até que tivesse passado o prazo para os trabalhos que tínhamos de entregar. — Ela solta um suspiro. — Esse é o tipo de coisa que incomoda a gente depois que alguém morre. Mesmo que tenha feito por merecer.

Uma brisa sopra meu cachecol para meu rosto e solto o braço do dela para arrumá-lo. É agora ou nunca. Basta perguntar.

— Preciso do seu conselho.

Mentira. Às vezes mentir é necessário.

— Claro.

Inspiro fundo e contemplo os arredores do campus. O sol já se encontra abaixo do horizonte, pintando a arquitetura gótica da quadra em contraste com um plano de fundo azul aveludado. As luzes emitidas dos postes que ladeiam a trilha de pedra são de um suave amarelo brilhante, como jarros cheios de milhares de vaga-lumes gentilmente se movendo de um lado para o outro acima de nós.

— Você consideraria tomar alguma droga que melhora o desempenho?

Tai passa os olhos claríssimos por mim com um traço de condescendência.

— Quem não faria isso? Se não for pego, não é diferente de beber café para estudar por mais tempo.

Sinto a garganta apertar e tento esconder a ansiedade. A resposta não traz bons presságios.

— É um pouco diferente.

— Por exemplo, Meldonium, a droga que pegaram a Maria Sharapova tomando. É perfeitamente legal.

— Não nos Estados Unidos.

Enfio as mãos nos bolsos. Não me lembro de como agir de modo casual. Mãos são os maiores obstáculos. Não tenho o que fazer com elas. Essa era a parte mais difícil de controlar nos treinos de futebol. Meu reflexo era agarrar a bola, proteger o rosto, debater-me. Mãos são uma parte muito nossa. Elas nos entregam.

— É prescrito o tempo todo na Rússia. Apenas aumenta o fluxo sanguíneo, o que melhora a capacidade de se exercitar.

— É, mas é banido por um motivo. A droga lhe dá uma vantagem.

Ela para de andar e fica cara a cara comigo.

— Você não está atrás de conselhos.

Solto um suspiro e encaro os olhos de Tai.

— O que quer que eu diga?

— Nada. Não vou falar sobre isso.

Ela começa a sair andando.

— Você precisa se entregar.

Tai gira, os olhos arregalados como luas cheias à luz do poste.

— Como?

— Alguém sabe. Estão tentando me chantagear para entregá-la, e, se fizer isso primeiro, vai ficar menos feio para você.

O rosto dela fica pálido.

— Ficar menos feio? A política é de tolerância zero! Eu serei expulsa. Contei-lhe porque confiava em você e sei que também precisa melhorar o seu jogo. A princípio, achei que estivesse me pedindo ajuda.

Minha boca parece feita das folhas secas sobre as quais estamos caminhando.

— Não, sinto muito.

— Isso tem a ver com a Georgetown? Eu vou ligar para lá agorinha mesmo e recusar a oferta. Kay, nem mesmo estamos competindo pelo mesmo esporte. Você entende, não é?

— Não tem nada a ver com isso. Estou lhe dizendo a verdade.

Ela balança a cabeça.

— Uau. Kay, sei que você é ameaçada pelo sucesso, mas isso é demais até mesmo para você.

— Ou talvez seja você quem esteja com medo demais de perder competindo de forma justa. — Vejo algumas pessoas abrindo as janelas e baixo meu tom de voz. — Estou falando tremendamente sério. Alguém sabe. Como acha que fiquei sabendo?

— Então me diga quem é. — Ela se aproxima, ameaçadora. — Caso contrário, sei que é coisa sua.

Balanço a cabeça negando.

— Eu contaria a você se pudesse, mas a pessoa também sabe de algo sobre mim. Por favor, Tai. Acredite quando digo que a situação é ruim. Se você se entregar, é possível que a escola seja leniente.

Existem todos os tipos de mentira. Aquelas que são autopreservadoras e as anestésicas.

— Se alguma coisa acontecer comigo, a culpa será sua — diz ela, mas ouço a súplica em seu tom de voz.

Começo a caminhar novamente em direção ao salão do refeitório. Sei que, se eu disser mais alguma coisa, vou começar a chorar feio.

Mas então ela diz:

— Tudo bem. Mas, Kay? Não importa o que aconteça comigo, você sairá da Bates sem nenhuma honra, nenhuma bolsa de estudos e nenhum futuro, e vai voltar para o buraco de onde saiu rastejando antes de chegar aqui. Posso ser expulsa da Bates, mas ainda assim entrarei em uma das faculdades da Ivy League ano que vem. Mas, ei, talvez, se não passasse tanto tempo pegando minhas roupas emprestadas e tentando transar com a Brie, você fosse realmente uma ameaça.

Viro-me devagar e fico diante dela, com meus pensamentos correndo rápido demais para pegar um e processá-lo. Diga algo. Não diga nada. Acabe com ela. Perdoe-a.

— Eu *sou* uma ameaça — digo, baixinho. Ela não faz ideia do quanto.

Tai avança até seu rosto ficar a poucos centímetros do meu.

— Todo mundo tem as próprias prioridades. As minhas são ser bem-sucedida e ficar famosa. As suas são brincar de se fantasiar e não fazer sexo.

Um soco no estômago.

No jantar, o salão inteiro do refeitório está bastante sério e ninguém conversa muito. As noites de sábado são sempre bem quietas porque a maior parte das veteranas consegue permissão prévia para comer fora do campus; nesta noite, porém, parece que todo mundo ficou, em sinal de solidariedade. A sra. March, nossa supervisora, a julgar pelo rosto cor de beterraba e os olhos vermelhos, passou o dia todo chorando. Está quieta, sentada em um canto e comendo devagar. Sinto que deveria dizer algo a ela, mas não sei o que há para ser dito. Não tenho certeza de que "Sinto muito por sua perda" seria algo apropriado, porque a perda não é bem dela. A administração e o quadro de funcionários da Bates vivem dizendo que a Academia é uma família, embora não funcione bem assim. Somos mais como um time, mas isso também não é completamente verdade. Nós somos dois times. Os professores e os funcionários são um time, e as alunas, outro. A partir daí fica mais complicado, e digo isso com a moderada autoridade de uma capitã de time há dois anos. Apesar do que a treinadora martela em nossa cabeça desde quando somos criancinhas correndo freneticamente pelo campo, chutando ou driblando, nem todos os membros de um time são essenciais.

Por isso há cortes. Por isso há pessoas nos bancos. Por isso o constante medo do fracasso se agiganta durante toda a temporada, assim como no verão, na baixa temporada, antes da temporada, no sono na noite antes de um grande jogo. Até mesmo como capitã de time, sei que decisões ruins podem nos afundar e que assim viramos não essenciais em um piscar de olhos. Erros fazem a diferença. Jessica pode ter feito parte do time das alunas, mas não sentirei a perda dela. Sinto-me mal em relação a isso. Mais vazia do que mal.

Depois do meu arranca-rabo com a Tai, decido me sentar sozinha e evitar mais drama. Ela pode ter a custódia de nossas

Garotas como nós

amigas nesta noite. Não possuo energia para mais uma batalha. As redondas mesas de carvalho do salão do refeitório acomodam seis pessoas, e a maioria está lotada. Pego uma pilha de cinco pratos vazios e os espalho na mesa para que as pessoas percebam que não estou procurando companhia. Algumas colegas do time de futebol oferecem-me acenos de solidariedade conforme passam por mim, e escuto alguns "Sinto muito mesmo" sussurrados bem baixinho por algumas alunas do primeiro e do segundo ano, que provavelmente presumem que eu esteja de luto ou algo do tipo. No entanto, durante a maior parte do tempo, sou deixada em paz. Depois de alguns minutos, porém, um par de braços envolve minha cintura e sinto a bochecha da Brie junto da minha.

— Como está você, docinho?

Os sentimentos maléficos se dissolvem. Ergo um sorriso para ela.

— Terrível. Justine foi embora?

Ela se acomoda no lugar à minha frente.

— Ensaio. A vida continua na Easterly. Então, fiquei sabendo que você atacou a Tai no pátio.

Solto um suspiro na mão.

— Claro. Ataquei a Tai no pátio. Com um castiçal.

Ela se inclina para a frente, e seus olhos praticamente reluzem. A única coisa de que Brie gosta mais do que chocolate meio amargo com caramelo salgado é de fofoca.

— Kay — Brie fala meu nome de maneira sedutora e meus olhos se focam nos lábios dela.

— A Tai está se dopando — digo, sem pensar.

Ela tamborila os dedos na mesa e mordisca o lábio inferior.

— Tem certeza?

— Sem sombra de dúvida.

— Não estou chamando você de mentirosa... é só que... não parece algo que a Tai faria. — Brie não acredita em mim. Não a culpo por isso. Eu também não acreditei.

— Isso não quer dizer que ela não tenha feito.

— Vamos bancar as advogadas — sugere com empolgação. Esse é um dos jogos prediletos da Brie. Gosta de exibir como é esperta e faz parecer que a situação é divertida. Na opinião dela, a verdade e a justiça naturalmente prevalecem. E, geralmente, ela vence.

— Tudo bem.

— Você é a promotora, e eu, a advogada de defesa.

— Ok...

Será difícil. Não posso contar à Brie a existência do blog da vingança, e não tenho nenhuma outra evidência física.

— Tai Carter é uma das mais talentosas jogadoras de tênis que a Academia Bates já teve. Ela é melhor do que todas as outras jogadoras com quem já jogou. Não há dúvida alguma de que tem um talento natural inacreditável. Mas Tai suplementa isso. Não tenho evidências físicas, mas tenho certeza de que podemos consegui-las. O fato é que Tai admitiu que usa Meldonium, a mesma droga que dá uma incrementada no desempenho e que fez Maria Sharapova ser suspensa por dois anos. E uma confissão é a mais maldita evidência de todas.

Brie fica boquiaberta.

— A defesa desiste. Mas como você soube?

— E-mail anônimo.

— Sinistro. Obviamente é bem mais provável que alguma menina do time de tênis o tenha enviado. Mas me pergunto por que o enviaram a você. Por que não à própria Tai?

— Querem que eu a entregue. Se não fizer, eles fazem.

Garotas como nós

— O que vai fazer?

Dou de ombros.

— Falei para a Tai que ela deveria se entregar. Muito provavelmente a Bates seria leniente com ela. Essa é a total extensão do meu dito ataque. Ela surtou pra cima de mim.

Brie olha para a "nossa" mesa. O restante de nossas amigas está reunido, aos sussurros. Tricia me lança um olhar de reprovação.

— Isso não vai terminar bem.

Quero tanto contar a Brie sobre o blog da vingança. A história de Tai é só o começo. Mas não posso me arriscar a envolvê-la nisso. Decido escancarar as coisas.

— Você sabia que a Tai conhecia a Jessica?

Brie ergue um dos ombros e descansa o queixo na mão.

— Ela disse que não a conhecia.

— Tai roubou o disco rígido da Jessica e fez com que ela entregasse um trabalho da escola atrasado.

— E daí? Você acha que a Jessica está por trás disso? Quando recebeu esse e-mail?

— Eu só o abri hoje.

— E foi anônimo. — Ela estremece. — O *timing* é infeliz. A Tai sabe disso?

— Se alguma vez a Jessica a ameaçou, Tai achou que fosse ficar entre elas. Ficou totalmente surpresa quando mencionei a história. *Além do mais,* ela pareceu admirada de eu achar que não havia nada de errado com o fato de usar o Meldonium. Embora eu acredite que a tenha feito perceber isso.

— Que isso fique entre nós. — Brie esfrega a testa, cansada. — Tai já era — diz ela em voz baixa. — Não acho que haja uma maneira de contornar isso. Mas você está certa, poderia ser melhor se ela se entregasse. Talvez, se eu falar com ela... — Brie vira-se de volta para mim, de repente. — Você não contou a mais ninguém?

— É claro que não. — Tai surtaria se descobrisse que Nola também sabia. Não que ela algum dia vá me perdoar, de qualquer forma.

— Porque a Tricia e a Cori vão te infernizar. E especialmente a Maddy. — Ela faz uma leve careta.

— Por que não gosta da Maddy?

Brie ergue as sobrancelhas.

— Não coloque palavras na minha boca.

Ela olha por cima da minha cabeça e acena para uma mesa de membros do clube de debates. São as únicas garotas no campus que usam terninhos quando não estão com uniforme. Fico com dor de cabeça só de olhar.

Hesito.

— É só impressão minha ou parece que todo mundo ultimamente anda um pouco contra Maddy?

Ela volta rapidamente os olhos para mim.

— Contra?

— Não me parece que Maddy goste do novo apelido dela.

Brie assente.

— Talvez as pessoas parem de usá-lo agora que a Tai tem problemas maiores com que se preocupar.

— Mas, tipo... Notória? B.I.G., como o rapper, ou o quê?

Brie cai na gargalhada.

— Acho que tá mais para R.B.G. Maddy não é exatamente uma entusiasta do hip-hop.

— O que é Notória R.B.G.?

O sorriso dela desaparece.

Garotas como nós

— Ruth Bader Ginsburg — responde, com pressa. — Uma juíza da Suprema Corte.

— O que ela tem a ver com a Maddy?

— Pergunte para a Tai. — Brie solta um suspiro, afundando o rosto em formato de coração na mão. — Odeio os apelidos dela. Não podemos simplesmente deixar a Maddy em paz?

Às vezes, não entendo a Brie. Ela tem zero inimigos, raramente fala merda de alguém. Mas, quando o faz, é sempre da última pessoa em quem eu algum dia pensaria, e de tal forma indireta que nunca consigo entender o que exatamente fizeram para deixá-la emputecida. É como se estivesse me cutucando para que eu adivinhasse, de modo que ela não precise sujar as mãos. Não estou a fim disso nesta noite. Por sorte, não tenho de fazer esse jogo.

— A polícia já foi fazer o acompanhamento das investigações com você?

Fico inexpressiva por um instante.

— Não liguei para a polícia.

— Que bom. Porque isso faria as coisas ficarem bem esquisitas para o seu lado. Talvez esquisitas de um jeito culpado.

Eu me dou conta de que Brie não está se referindo ao site de vingança, mas, sim, à detetive da cena do crime.

— Então você acha que ela fará o acompanhamento?

Brie responde que sim com um movimento de cabeça.

— Nós éramos as únicas testemunhas.

Minha expressão deve refletir exatamente como me sinto ao encarar a polícia, porque Brie empurra a bandeja para o lado e olha nos meus olhos.

— Repita comigo: não vou para a cadeia.

Jogo um papel embolado nela.

— Você não vai ser presa.

— Cada uma de nós tem um álibi.

— Não é exatamente um álibi sólido — ressalto. — Nós nos separamos por uma meia hora entre a dança e o lago. Tricia ligou para o namorado, Tai foi buscar mais drinques, eu fui tirar minhas botas sexy e colocar outros sapatos...

Brie revira os olhos.

— Então todas nós seríamos suspeitas. *Se* tivesse tido um homicídio. Mas isso não aconteceu.

— Então por que ainda estariam investigando a morte dela?

— Porque se passaram menos de 24 horas, Kay. Se aquela detetive ligar para nós de novo, todas diremos apenas que estávamos juntas o tempo todo. Problema resolvido.

— Bem, então tenha certeza de que todo mundo receba essa mensagem, Brie. — Hesito. — Não pareceu que aquela detetive estava meio que me destacando um pouco do grupo?

— Paranoia. Seja como for, eu disse que não levasse essa investigação tão a sério. — Ela empurra a cadeira para trás e olha pelo salão do refeitório. — Vou lá falar com a Tai.

Acompanho o olhar contemplativo dela e vejo Nola deitada em um banco na lateral da sala, com o laptop aberto sobre o peito. Ela ergue um pé descalço em uma estranha forma de aceno, exibindo delicadas meias pretas sob a saia.

Brie volta a olhar para mim, com ar inquisitivo.

Aceno com o garfo para Nola e evito os olhos de Brie.

— Está me ajudando com a lição de casa.

— Por que não pediu ajuda *a mim*?

— Você não tem as habilidades necessárias.

Abro um largo sorriso de flerte.

— É mesmo? — Ela desfere outro olhar para Nola. — Interessante.

Garotas como nós

— Ela não é tão esquisita assim.

— Desde quando?

— Foi você quem disse que deveríamos ser mais legais com as pessoas.

— Com a Morta-Viva? — pergunta Brie em um sussurro.

Olho ao redor do salão do refeitório para ter certeza de que Nola não pode nos ouvir.

— Foi a Tai quem inventou esse apelido.

— Que você usou.

— Você riu.

Ela abaixa o olhar.

— Não foi engraçado.

— Isso também aconteceu séculos atrás, e ninguém mais o usa. Exceto você, ao que me parece. Então, tem algum problema se eu estudar com Nola?

Brie dá risada de repente, e eu me sinto melhor. Sou fisicamente incapaz de ver o sorriso dela sem sorrir também em resposta. É bioquímico.

— Meu Deus, não. Só me sinto mal por ela. Isso é totalmente egoísta da sua parte — Brie ressalta.

— Nem tanto — digo. — Fizemos um trato. Vou… — Faço uma pausa. Brie não aprovaria que eu persuadisse a treinadora a chutar alguém para fora do time a fim de dar lugar a Nola. — Dar aulas de futebol a ela.

Brie parece totalmente não convencida, mas ergue um copo de leite para fazer um brinde com o meu.

— Muito bem jogado, Kay. — E sorve um gole do leite, pensativa. — Mas traia a hacker e será seu funeral.

Do outro lado da mesa, Abigail Hartford para de falar e olha com uma expressão de ódio para Brie pela péssima escolha de palavras, e então, rapidamente, olha para baixo, ruborizada. As pessoas não fazem isso com a Brie. Ela é legal demais. No entanto, Brie parece mortificada.

— Você sabe o que quero dizer — ela sussurra, e depois se levanta. — Ok, vou voltar para a outra mesa.

— Sim. Falando nisso, a Justine virá à cerimônia fúnebre amanhã?

Brie balança a cabeça negando.

— Não vou sujeitá-la a uma situação dessa. Caminhar pelo campus hoje de manhã já foi bem ruim. Tente andar em meio àquele festival apinhado de gente de luto na Capela Irving.

— Seria divertido.

— Por quê?

— Eu queria perguntar a ela sobre um cara da Easterly. O sujeito faz teatro. Você não deve conhecê-lo, mas ela definitivamente o conhece.

— Desafie-me e vamos descobrir, sexy.

— Ok. Chama-se Greg. É alto, tem os braços cobertos de tatuagens, uma atitude irritante e acho que possivelmente ele conhecia a Jessica.

Ela abre um largo sorriso.

— Você não sabe de nada; que coisa mais adorável. Greg Sinistro era o namorado da Jessica. Até eu sei disso.

— Então você *realmente* conhecia a Jessica — digo, irritada com o tom de Brie. — Além do fato de que ela fazia aula de Trigonometria.

As bochechas dela ficam levemente ruborizadas.

— Só por meio da Justine. Há outra coisa que você queira me perguntar?

Garotas como nós

— Acho que não.

Ela se debruça por cima da mesa, e brinca com a pulseira da amizade que nunca abandono. É uma das poucas relíquias que me permito usar lá de casa, uma simples faixa de camurça com um coração em chamas na parte de dentro. Megan a fez para mim em um acampamento no verão.

— Não se preocupe com a Tai — diz Brie. — Todas nós já passamos por isso.

Sempre sinto uma chicotada emocional quando ela está falando em Justine e passa a me tocar.

— Que foi?

— Ela não é muito legal às vezes. Quero dizer, sei que lá no fundo ela é legal. Mas as coisas que diz… não são. Não se pode simplesmente colar o rótulo da comédia em tudo e esperar que as pessoas fiquem de boa. Já chorei por causa de algumas coisas que ela disse.

— Tipo o quê? — Ela balança a cabeça negando. — Não vou repetir aquelas palavras. Jamais.

— Por quê?

Brie olha direto nos meus olhos.

— Porque, se nós brigássemos, você saberia exatamente o que dizer para me destruir. E se dissesse aquelas coisas, nossa amizade estaria morta, sem nenhuma chance de ressuscitar.

— Não consigo acreditar que ela a magoou tanto assim e você nunca contou nada.

Brie engole tão em seco que parece que sua garganta ficou árida.

— Você chegou perigosamente perto de ultrapassar esse limite, Kay.

Rompo nosso contato visual. Simplesmente não consigo.

— Mas você e a Tai ainda são amigas.

Ela coloca o guardanapo no canto da mesa e começa a alisá-lo e dobrá-lo metodicamente em triângulos cada vez menores.

— É assim que as coisas funcionam com a Tai. Todas nós simplesmente toleramos. Nenhuma de nós é melhor do que ela. Todo mundo tem um lado sombrio.

Empurro o meu prato para longe, com o estômago embrulhado, o pânico começando a me dominar enquanto me pergunto se existe a possibilidade de que meu nome esteja no blog da vingança. Afinal de contas, o nome de Tai estava lá, e fazemos parte do mesmo grupo. Sou culpada por causa de algumas provocações e também de humilhações, especialmente no começo do ano e na temporada de testes, mas nunca fiz nada propriamente mau.

Quase nunca.

À noite, saio para correr na pista interna. Sempre prefiro correr na trilha em volta do lago, cercada pelo aroma convidativo de pinheiros, mas nesta noite me sinto abalada demais para correr lá fora sozinha. Quando retorno ao dormitório, pego meu celular no escuro e digito o número da Justine. Ela atende e posso ouvir Sia tocando alto no fundo.

— Aguenta aí! — ela grita ao telefone. Então abaixa o volume da música. — Ei, Kay.

— Oi. Quero lhe pedir um favor.

— Está tudo bem com você?

A voz suave sugere um toque de preocupação.

— Está. Seguindo com a vida. Você tem o número do Greg?

— Newman? Weiss? Vanderhorn?

— O Greg Sinistro. — Encolho-me ao pronunciar as palavras.

— Cheio de tatuagens, piercing no lábio, dr. Encara-os-outros-
-pra-caramba?

— Sim! Ele mesmo.

Ela ri.

— Você poderia descrevê-lo fisicamente em vez de lançar um apelido aleatório pra cima de mim.

— Desculpe-me. Foi assim que Brie se referiu a ele. Presumi que fosse um lance daí. Pode me passar o número do sujeito?

— Aguenta aí. Vou pegar minha agenda de contatos.

Ouço o som de papéis farfalhando.

— O que quer com o Julgador Supremo?

— Só lhe fazer algumas perguntas sobre a srta. Lane.

A voz dela fica suave de novo.

— Ah, querida, precisa conversar?

— Não, estou bem. Só quero retornar logo à normalidade. Levar a investigação adiante.

— Aqui está.

Ela lê o número para mim.

— *Muchas gracias.*

Desligo e ligo para Greg. O telefone toca cinco ou seis vezes e então cai na caixa-postal, desligo e tento novamente. Ele atende no primeiro toque.

— Alô? — A voz soa irritada e grogue.

— Oi. Aqui é a Kay Donovan, querendo falar com o Greg… — Não finalizo a frase, pois não sei o sobrenome dele.

— É Greg Yeun quem está falando. Esta não é uma hora muito boa.

— Ok. Desculpe-me.

— Espera. Kay Donovan? — Ele continua irritado. — Como conseguiu o número do meu celular?

— Com a Justine Baker.

Greg resmunga alto.

— O que quer?

— Ligo de novo depois.

— Agora já acordei.

— São oito e meia em uma noite de sábado.

— Estou acordado desde as quatro da manhã. E você?

Mordo a língua.

— Desculpe por incomodá-lo. Andei pensando que fui muito rude com você hoje. Então, sinto muito por aquilo.

— Claro.

— Além disso, ouvi dizer que você e a Jessica estavam namorando e estou tentando saber um pouco mais a respeito dela. Sei que esta é a pior hora possível, mas...

Ele solta um suspiro.

— Você é repórter do jornal da escola ou algo do gênero?

— Não. Estou conduzindo uma investigação pessoal.

Greg solta uma bufada.

— Então é uma futura detetive.

— Não exatamente. Eu... me importo muito com o que aconteceu com a Jessica. É verdade. Talvez pareça estranho, mas é pessoal para mim, mesmo que não fôssemos amigas.

— Nós namoramos, mas tínhamos terminado.

O ex-namorado sempre é um suspeito. Praticamente todo mundo sabe disso.

— Será que por acaso poderíamos nos encontrar?

Garotas como nós

Ele faz uma pausa.

— Agora?

Olho para meu relógio de pulso.

— Claro. — Não tenho permissão para sair do campus, mas estou com muita adrenalina para me preocupar com isso. Eu e a Brie já saímos de fininho até a rua perto do ponto mais afastado do lago e fomos de bicicleta até a cidade uma dezena de vezes. Não haverá problema se formos discretos.

— Tudo bem — diz ele. — Onde podemos nos encontrar?

— Você conhece o Cat Café?

— Vinte minutos.

Capítulo 5

Passo alguns minutos revirando o meu closet antes de sair para me encontrar com Greg. A moda tem a reputação de ser uma coisa frívola, mas é uma forma de arte que entendo. A moda tem o dom de transformar corpos e ambientes, de ocultar ou seduzir, de partir corações ou de alegrá-los. Na primeira vez que vesti meu uniforme escolar, quase chorei. Tranquei-me no quarto da minha mãe e passei uma hora analisando-me no espelho de corpo inteiro de cada ângulo. Experimentei uma dezena de posturas diferentes, centenas de expressões, até mesmo tons, alcance e cadências de discurso. O uniforme tecnicamente caía bem em meu corpo, mas não *na minha pessoa*. E, quando, por fim, coloquei na mala o blazer azul-marinho ajustado, a saia xadrez, a camisa branca com uma faixa de babado ao longo dos botões, cujo tecido era mais macio do que quaisquer dos lençóis em que eu já havia dormido, junto com a gravata escarlate, acabei me sentindo uma pessoa diferente.

Agora, se eu me vestir um pouco como o Greg, pode ser que tenha uma chance de ganhar a confiança dele. É uma coisa subconscientemente sutil. Mas funciona.

As pessoas confiam naquelas que são como elas. Portanto, escolho uma calça jeans preta de patchwork de Alexander McQueen, que Tricia nunca terá de volta, e uma camisa escura com gola. Puxo os cabelos e prendo-os em um coque apertado, o que me faz parecer levemente mais velha, e um pouco com uma detetive de polícia de um daqueles seriados como *Lei e ordem* ou *Como defender um assassino*. Jogo um caderno dentro da mochila, junto com o laptop, e pego os óculos de leitura, só por garantia. Nem mesmo preciso deles, mas me dão um ar de estudiosa. Depois de um instante de consideração, decido vestir o sobretudo azul-marinho de lã. Quase nunca o uso no campus, pois é grande demais, está rasgado e costurado em diversos lugares, de modo geral, parece um trapo rejeitado até em um brechó. Mas é mais quente do que a consideravelmente mais elegante jaqueta bomber da Balenciaga que a Tai me deu de presente no Natal passado, e não pretendo encontrar ninguém importante nesta noite. Além disso, o casaco me dá, de certa forma, segurança. Era do meu irmão, e me sinto estranhamente próxima a ele quando o uso.

Na escrivaninha onde fazemos o check-out lá embaixo, sorrio para o segurança e escrevo *biblioteca* no quadrado onde devo registrar para onde vou, e, então, saio de fininho e me dirijo ao lago.

Está até mais frio hoje à noite do que na noite passada, mas, nesta, há a vantagem do meu casaco quente de lã. O céu está límpido e a lua e as estrelas se refletem na água parada. Evito o lugar onde Brie encontrou o corpo de Jessica e dou a volta correndo pela margem, certificando-me de ficar sob a proteção dos arbustos, para não ser vista. Agora não seria uma boa hora para ser pega saindo de fininho da escola.

O Cat Café sempre foi meu local predileto de encontros clandestinos. Do campus até ele dá para ir tranquilamente

Garotas como nós

caminhando, embora não seja tão perto a ponto de ser frequentado por muitas alunas ou professores. É um lugar minúsculo onde servem apenas café puro, chá e café descafeinado. Como há sete outras cafeterias na cidade, esta não tem muito movimento. É um ótimo lugar para não ser surpreendida. Além do mais, é barato. O ambiente é todo decorado com pinturas cafonas e bibelôs de gatos, e como música ambiente sempre toca baixinho *big bands* das antigas. Empurro a porta para abri-la e um miado gravado soa. O ar cheira a grãos de café e incenso, e abajures no estilo da Tiffany's filtram a luz, deixando-a cálida e em tons alaranjados. Olho em torno, procurando Greg, enquanto uma garota de cabelos pretos como o breu com um corte *pixie* e maquiagem dramática nos olhos anota o meu pedido, mas não o vejo ali.

— Fique à vontade, querida. — A funcionária estala o chiclete e me entrega o café.

— Obrigada. — Levo-o até o balcão e o encho de creme e açúcar. Enquanto estou mexendo o café usando um palitinho de plástico com um gato sorridente na ponta, ouço o miado gravado e me viro. Greg passa pela porta, todo ensopado. Eu nem sequer havia percebido que estava chovendo.

Ele olha para mim.

— Ótima noite para uma caminhada.

— Acho que escapei por um triz da tempestade.

— Talvez a pegue no caminho de volta.

Ele abre um sorriso sem entusiasmo e se acomoda em uma mesa no canto sem pedir nada. Carrego meu café e minha mochila até lá e arrumo meu laptop para tomar notas. Greg saca um sanduíche da própria mochila e olho-o com repulsa enquanto dá uma mordida no pão.

— Que foi? — ele me pergunta, com a boca aberta.

— Você não deveria trazer comida de fora para um restaurante — sussurro com um furtivo olhar para a garçonete, que está se apoiando no balcão e lendo uma revista de snowboard.

— Por que não? Eles não servem comida aqui. Não estou fazendo concorrência.

— Então já esteve aqui antes. Com a Jessica?

Ele confirma com um movimento de cabeça.

— Entre outras pessoas.

Pergunto-me quem seriam tais pessoas. Por algum motivo, fico surpresa com o fato de que várias alunas da Bates o namorariam. Greg simplesmente não parece o tipo das meninas de lá. Deixo os dedos pairando sobre o teclado.

— Então, como você e a Jessica se conheceram?

— Tinder. — Ele me observa para ver se reajo de alguma forma à resposta, mas faço um aceno para que continue a falar. — Faço muito trabalho voluntário e ouvi falar da organização dela em um flyer na minha igreja. Apareci em um evento, e começamos a conversar.

Digito enquanto ele fala.

— E então, quando foi isso?

— Cerca de um ano atrás. Mas não começamos a namorar até o Ano-novo.

— No recesso?

— Nós dois moramos aqui o ano inteiro — responde ele, fazendo-me lembrar o fato.

— Ah, é. — Faço uma pausa. — O que o atraiu na Jessica?

Ele abre um leve sorriso e afasta os cabelos dos olhos intensos.

— Você está fazendo uma investigação ou escrevendo um romance?

Mantenho uma expressão séria.

— Tudo isso é relevante.

— Ok, vou participar do jogo. Ela era bondosa. Generosa. Impressionante. Começou com sua própria empresa aos quinze anos. Quantos você conhece que podem dizer isso?

Balanço a cabeça em negativa.

— Ninguém.

— Bela, obviamente, mas belas muitas são. As outras coisas são muito raras. — Ele mexe no piercing do lábio. — Eu gostava de conversar com ela e de estar com ela. É isso o que realmente importa, certo? Acho que era mútuo.

— Acha?

— Não leio mentes.

— Por que terminaram?

A expressão dele fica sombria.

— Não leio mentes.

— Está certo. Quando foi a última vez que se falaram?

— Na noite passada.

— As últimas palavras?

Ele se retrai e eu me encolho.

— Sinto muito, fiz a pergunta de um jeito desagradável. Eu quis dizer…

— Sei o que quer dizer — ele me interrompe. Depois pega o celular do bolso e me mostra a tela, e vejo o último fragmento da conversa deles, às 21h54 da noite passada.

GREG YEUN: Se você lamenta, por que fez isso?

JESSICA LANE: Eu não disse que lamento. Sinto muito não é sinônimo de arrependimento. Sinto muito por ter magoado você. Sinto muito por você.

GREG YEUN: Tem pena de mim?
JESSICA LANE: Você está colocando palavras na minha boca. Para com isso.
GREG YEUN: Você sabe do que me arrependo? De ter conhecido você.

Meu coração começa a martelar no peito. São palavras perigosas.

— Há quanto tempo terminaram?

— Oficialmente, há três semanas. Mas sabe quando as coisas vão se arrastando? — Há um leve rubor em suas faces e os seus olhos brilham como se fosse começar a chorar, mas mantém um olhar firme. Por uma fração de segundo, sinto um impulso bizarro de esticar a mão e fazer carinho nos cabelos dele, porque conheço aquele olhar selvagem. Eu mesma o ostentei mil noites sozinha no quarto, fitando a escuridão, desejando ser outra pessoa ou coisa ou estar em outro lugar. E, pela manhã, sempre conseguia fazer isso. Mas ele não parece saber como fazê-lo, e sua reação desperta em mim o desejo de embalá-lo e sussurrar-lhe que até mesmo as piores coisas podem ser esquecidas. Você só tem de ficar esquecendo e esquecendo, repetidas vezes.

— Nada dura para sempre — digo por fim.

Ele engole em seco, com dificuldade, e concorda com um movimento de cabeça.

— Eu e Spencer também terminamos há umas três semanas — explico.

A conversa no celular do Greg me parece assombrosamente familiar. No contexto da morte de Jessica, a situação assume um tom sinistro. Por mais horrível que pareça, eu queria ouvir que Jessica tinha intenções suicidas, assim Greg daria à polícia um

Garotas como nós

motivo para que seu nome fosse riscado da lista de suspeitos de assassinato. Isso não vai servir.

— Uma última pergunta. Em algum momento ela falou de mim? Ou de qualquer outra pessoa da Bates?

Ele olha desconfiado para mim.

— Não.

Mas Greg é sempre tão hostil comigo. Isso não faz sentido. Ele deve saber de alguma coisa que me conecte à Jessica.

— Por que concordou em encontrar-se comigo? Em me contar tudo isso?

— Os tiras vão me interrogar, provavelmente mais cedo do que mais tarde. Portanto, deveria agradecer-lhe a oportunidade de ensaiar o que direi a eles.

— Ainda não entraram em contato com você?

Ele nega com um movimento da cabeça.

— Mas vão entrar. Ou talvez não me considerem um top suspeito. Eu não estava lá naquela noite.

Levanto-me, dura como pedra, e ofereço-lhe a mão, que ele pega com dedos gélidos. Os olhos de Greg estão inexpressivos enquanto ele treme sob as camadas de roupas encharcadas.

— Obrigada por se encontrar comigo.

— Boa sorte com a sua investigação. Espero que pegue o assassino.

— Tenho esperanças de que não haja nenhum assassino — retruco, em uma voz meio trêmula.

Ele passa os olhos por mim cuidadosamente.

— Jess era feliz. Era tão cheia de vida; era *luminosa*. Jess tinha sua vida totalmente planejada em todos os detalhes. E, mesmo *se* ela se machucasse, não seria daquele jeito. Jessica tinha medo de lâminas. Tanto que nem mesmo raspava as pernas. Ela não faria isso consigo mesma. Foi outra pessoa. E é tremendamente certo que não sou o culpado. Eu tomaria cuidado, Kay.

Pressiono ambas as mãos no topo da mesa para me estabilizar.

— Por que eu?

— Quem é o elo entre você e a Jess?

Balanço a cabeça.

— Spencer. O detonador de relacionamentos em pessoa.

Capítulo 6

Vou correndo por todo o caminho até em casa em meio à chuva e deixo um rastro de lama no chão da biblioteca quando assino para sair de lá. Ao retornar para o dormitório, soco a porta de Brie. Ela está assistindo a um filme sob luzes fracas e apressa-se a me convidar para entrar, arremessando-me uma muda de roupas secas.

— Spencer estava dormindo com a Jessica — digo, sem pensar. Ela parece duvidar.

— Tem certeza?

— Bastante.

Enquanto explico, tiro minhas roupas molhadas e, com gratidão, visto uma camisa de flanela de botões e uma boxer.

— Acabei de me encontrar com o Greg, que me contou que ela o traiu com Spencer. Eles terminaram faz três semanas. Lembra que Justine disse que ele havia me traído com uma aluna da Bates? — Olho de um jeito significativo para a Brie. — E Greg disse que não tem como ela ter se matado, pois estava feliz e odiava lâminas.

— Então isso dá a Greg um motivo.

Ela abre espaço para que eu me acomode na cama.

— E a mim. — Brie penteia com os dedos meus cabelos cheios de nós. — De todas as pessoas no universo, Spencer *tinha* de fazer sexo com uma garota morta.

— Que forma mórbida de dizer as coisas.

No entanto, quando visualizo Jessica, eu a vejo como o corpo no lago, e agora vejo também Spencer lá com ela. Os braços brancos de Jessica estão envoltos nas costas dele, e as mãos dele lentamente erguem o vestido encharcado de água que ela usa.

Não consigo visualizá-la viva. Não me lembro de ter visto muitas vezes Jessica no campus. Depois do primeiro ano, escolhemos muitas de nossas aulas e provavelmente Jessica ficou com a maioria das eletivas nos departamentos de STEM junto com Nola e Maddy. Cori, que vem se preparando para cursar medicina desde o jardim da infância, também faz a maioria das eletivas de STEM. Poetas como a Tricia e pessoas como eu, que querem algo novo todo dia, tendem a escolher os cursos da área de humanas. Os pais de Tai também a forçam a fazer o que decidiram — nesse caso, todas as aulas preparatórias para cursar Direito, avaliando a possibilidade de uma carreira como esportista profissional não dar certo. Brie tem um cronograma de aulas sobrecarregado porque está determinada a fazer as aulas de humanas *e* de STEM. E em parte é por isso que ela consegue ser amiga de tantas pessoas sem sair com tanta frequência como o restante de nós.

Então, mesmo que seja uma escola pequena, ainda é possível deixar de notar alguém. Tento piscar para dispersar as imagens da mente.

— Greg também me mostrou algumas mensagens de texto incriminadoras da noite em que ela morreu. Quero dizer, trocadas entre ele e ela.

— O que você estava fazendo com Greg Sinistro?

Garotas como nós

— Não vou dormir bem até que esse assassinato seja solucionado. — Nunca foi fácil mentir para Brie, e minha esperança é de que esteja me saindo bem. *Realmente* quero que a investigação de assassinato seja encerrada. Ainda preciso dos esportes para me alavancar. Preciso conquistar uma bolsa de estudos e garantir a sanidade dos meus pais, além de mantê-los a uma distância com a qual consiga lidar. Porém, se não seguir em frente com o blog da vingança, nada disso chegará a importar. No fim das contas, o que a Jessica sabia sobre mim vai acabar destruindo tudo que dei duro para conseguir.

Acendo a luz e Brie protege os olhos. Ela está usando um pijama azul cor de céu da Ralph Lauren, e os cabelos estão presos para trás por um prendedor que combina com a cor do pijama. A luz refletida em seus olhos faz com que pareçam ainda mais redondos e mais brilhantes do que de costume. Até mesmo no meio da noite Brie é bonita.

Ela solta um suspiro alto e pausa o filme a que estava assistindo.

— Kay, você precisa pôr um fim nessa sua obsessão.

— Bem, acho mais estranho que você não esteja *mais* interessada no assassinato de uma colega estudante cujo corpo nós descobrimos. E poderíamos ser suspeitas de assassinato.

Ela toca meus lábios com um dedo.

— Você está sendo paranoica de novo. Ninguém suspeita nada de alguém, e, se suspeitassem, seria do Greg. Ou talvez do Spencer. Isso é ótimo para nós.

Minha pele fica arrepiada só de pensar em Spencer cometendo um assassinato.

— Por que o Greg me passaria todas aquelas informações se fosse culpado? Ele disse que queria ensaiar o que vai falar para a polícia, mas…

— Muito sensato. Advogados ensaiam com seus clientes e com suas testemunhas repetidas vezes para que as histórias combinem.

Estremeço e puxo minhas pernas descobertas para debaixo dos lençóis.

— Eles tiveram uma tremenda briga bem antes de nós a encontrarmos. Tipo, duas horas antes.

Meus cabelos estão mais ou menos alisados agora, e Brie acaricia meu pescoço. Ergo o olhar para ela.

— Isso se encaixa muito bem na linha do tempo, mas não podemos presumir sem provas que ela foi assassinada.

— Greg. Ele tinha todos os motivos para matá-la.

— Ninguém tem todos os motivos para matar alguém.

Nossos rostos estão próximos e me pergunto por quanto tempo ela permanecerá agindo assim comigo. Meu coração para. Os pulmões param. Paralisada assim tão perto dela, envenenada pelo anseio, e por um dolorosamente desejado instante em que acho que Brie vai me beijar. É nosso disco riscado, o momento que estamos condenadas a reviver repetidamente. Não há nenhum resultado além de parar e recomeçar.

Ela fica em pé de repente e começa a desdobrar as roupas molhadas que joguei no chão. Aperto os olhos e me forço a voltar a assumir o papel que me foi atribuído.

— Nunca se sabe o que se passa na cabeça de alguém. Às vezes as pessoas só são infelizes.

— Você não acha que ela teria falado para ele se houvesse algo errado?

Pego a toalha que ensopei e enrolo-a em uma bola ajeitadinha. Brie pega a toalha de mim, chacoalha e a pendura.

— Às vezes as pessoas não sentem que podem fazer isso.

Garotas como nós

Pego na mão de Brie, lavada por uma onda de medo.

— Você me contaria se houvesse algum problema, não é?

Ela hesita por uma fração de segundo.

— Sim.

— Você falou que não poderia me contar o que a Tai lhe disse que a fez chorar…

Ela fixa o olhar na minha mão presa à dela, e acompanho com o olhar o movimento. Brie é mais alta e musculosa do que eu, mas suas mãos são macias e graciosas, enquanto as minhas, ressecadas, são grandes demais para os pulsos tão finos

— Isso é diferente.

— Não é não. Nunca me perdoaria se alguma coisa acontecesse com você e eu pudesse ter impedido.

Ela me olha por um bom tempo sem dizer nada.

— Se eu não falasse com você, falaria com a Justine.

Parece que agulhas cutucam os meus olhos, mas concordo com um movimento de cabeça e me levanto abruptamente.

— Não estou tentando ferir os seus sentimentos, Kay; estou apenas dizendo que todos nós temos redes de segurança que cruzam pessoas diferentes. Conto algumas coisas a você e conto a Justine outras coisas. Você não me conta tudo, conta?

Quase. Quase tudo.

Brie é a única pessoa na Bates que sabe que minha melhor amiga e meu irmão morreram, embora desconheça como. Sabe também que minha mãe tentou cometer suicídio, embora não saiba que a culpa foi minha. Enfim, sabe o suficiente para perdoar. E, de alguma forma, faz com que eu sinta que minha vida, meu circo de horrores, pareça totalmente normal. Acho que é isso que amo em relação à Brie. Ela faz com que me sinta como se todo mundo tivesse segredos, e que escondê-los é simplesmente uma parte da experiência humana.

— Vou tentar estudar antes de dormir.

— Ok. — Ela levanta-se e me dá um abraço. — Não deixe que isso fique encucado na sua cabeça, Kay.

Releio as mensagens de texto antigas do Spencer enquanto me esforço para conseguir dormir. Gostaria que as minhas mensagens para ele não soassem tanto quanto as de Greg e que as dele para mim não soassem tanto quanto as da Jessica para o Greg. Penso em lhe enviar uma mensagem de texto para contar minha descoberta de que o Greg pode ser suspeito de matar a garota com quem ele me traiu, que as coisas estão definitivamente além de acabadas entre nós dois, mas isso não teria sentido algum. Toda vez que lhe envio uma mensagem dizendo que está terminado, acabamos ficando juntos de novo.

Então, decido tocar repetidas vezes a única mensagem de voz da caixa postal que tenho dele, até cair no sono. É uma mensagem de aniversário, do verão. Quinze segundos de duração. Envergonho-me por me prender a ela só para ouvir o som da voz de Spencer, mas continuo apertando o botão de replay até adormecer e adentrar a escuridão.

Pulo o café da manhã no dia seguinte, em prol de uma corrida matinal extralonga para desanuviar a mente. Depois de um banho rápido, encontro as outras meninas do lado de fora do refeitório para caminharmos juntas até a capela. A manhã está fria, revigorante, e o céu está chocantemente azul. Sempre parece estarrecedor quando há um enterro ou uma cerimônia fúnebre em um dia bonito. Fico de braços dados com a Brie enquanto cruzamos o pátio com o restante do corpo estudantil, um exército

Garotas como nós

de adolescentes devidamente trajadas com vestidos pretos e com cabelos e maquiagens discretos. Visto que se trata de uma cerimônia fúnebre, fomos instruídas a não usar uniformes. A maioria das minhas colegas provavelmente não lidou muito com tragédias até esse ponto da vida, mas a maior parte de nós é treinada em termos de formalidade. Faz parte do nosso modo de vida.

Tai não está aqui, mas, hoje de manhã, seu nome ainda constava na lista de alunas, e a contagem regressiva do *timer* do blog da vingança está se aproximando do zero.

Ninguém conversa comigo, até que por fim me viro para as outras.

— Podemos falar sobre a Tai?

Tricia cospe o chiclete que está eternamente mascando.

— Está falando sério? Caramba!

Como de costume, ela parece uma linda modelo, com os cabelos puxados para cima expondo o pescoço de ganso, os longos cílios emoldurando os geralmente cálidos e profundos olhos castanhos, que neste momento estão frios como gelo.

Brie acena solenemente para algumas meninas do time de corrida e depois volta para junto de nós.

— Tai estava exagerando. Kay em momento algum a atacou.

— Tivemos uma briga; acabou.

Cori balança um pé enquanto ergue uma meia frouxa na panturrilha cheia de sardas.

— Não consigo acreditar que você esteja se defendendo. Ouvi dizer que ela vai embora. Para sempre.

Tento não ter uma reação visível.

— Ela lhe disse isso? Quando vai embora?

— Não, não me disse. Está em um total blecaute em termos de comunicação. *Eu* sei das coisas.

Brie lança um olhar em minha direção, o que significa que a informação veio direto do escritório de Klein para os pais de Cori. Essa coisa toda aconteceu com a velocidade de um raio.

— Não culpe a Kay — diz Maddy baixinho. – A Tai não recua. E jamais sairia da escola a menos que *ela* tivesse feito algo errado.

Paramos abruptamente, no meio do caminho, e todas as garotas estão me encarando. Faço um aceno para elas indicando que nos movamos para debaixo de um salgueiro para permitir que as outras passem. Tricia fica hesitante na beira do caminho, contemplando seus Louboutins. Então ela os tira e sai correndo descalça sobre a grama fria, fazendo cara feia.

— Você está escondendo alguma coisa. — Cori torce um ramo espiralado em volta do braço até que ele estala e se parte. O sangue parece ter sido drenado das bochechas geralmente rosadas dela.

— Por que não nos conta o que realmente aconteceu?

— É, Kay. Sem segredos — diz Tricia.

Brie coloca cada uma das mãos nos braços delas.

— A Kay não tem de contar um segredo que não é dela, e sim da Tai.

Os olhos de Tricia ficam marejados por um instante, e então é como se as lágrimas evaporassem.

— Ela é minha melhor amiga. Se tivesse feito realmente algo errado, teria me contado.

Olho para elas, uma por vez.

— Vocês estão dizendo que fiz alguma coisa para ferrar a vida dela?

Ninguém comenta nada por um instante.

— Tai ficará bem — diz Brie em tom firme. — Todas nós ficaremos bem. Nem mesmo sabemos se ela vai realmente sair da escola.

Garotas como nós

— Então onde ela está? — Tricia abraça de modo muito apertado os braços junto ao peito, os ombros estirados e rígidos. Parece que está prestes a desmoronar. Quero confortá-la, mas fui eu quem fiz isso.

O som do sino da capela começa a soar, sinalizando o começo da cerimônia religiosa.

— Não sei — digo, cansada. — Não tenho como dizer mais nada. Sinto muito.

— Venham, meninas. — Tricia fica de braços dados com Maddy e Cori, desviando-se de mim. — Está na hora de honrar os caídos.

Todos os bancos na minúscula capela estão apinhados de estudantes e membros extras da comunidade, e pessoas lotam todos os cantos. A família de Jessica está sentada na fileira da frente. Parece o prototípico grupo familiar da Bates, ainda que ela estivesse aqui com uma bolsa de estudos. A mãe é alta, tem ombros largos e feições angulosas. Os olhos estão inchados e vermelhos, mas ela não chora durante a cerimônia. O pai de Jessica está austero, o maxilar cerrado, a postura encurvada e os dedos entrelaçados uns nos outros, como ásperos nós náuticos. Há uma irmã mais nova, ainda não com idade para estudar na Bates, e um irmão mais velho, bonito, destroçado, com o braço em volta do ombro da irmã de forma protetora. Não haverá um funeral aqui; isso será feito de forma privada depois que o corpo tiver passado pela perícia, mas há uma grande fotografia emoldurada da Jessica no local, cercada de cascatas de lírios.

Desprezo lírios. Eles são as mascotes florais da morte, e todo mundo sabe disso. Eu tive de inalar o aroma desagradável das flores, mesclado com o intenso perfume do incenso católico, durante as missas dos funerais de todos os meus quatro avós, da Megan, e então do meu irmão mais velho, Todd, apenas dois meses depois, um ano antes de eu entrar na Bates. Não tenho paciência para lírios.

A cerimônia não demora mais do que o de costume, então, uma diversidade de sermões, poemas e cânticos preenchem o ambiente, e, em seguida, são servidos salgados e café. A sala está cheia de estudantes e professores, e faço o melhor que posso para assentir de forma polida enquanto eles passam por mim, um por um. Isso me faz lembrar o velório do Todd, quando fomos forçados a cumprimentar todos que estavam lá em luto por ele, como se fôssemos os anfitriões de uma festa ou algo do gênero. Fiquei ressentida com cada pessoa que compareceu ao funeral do meu irmão porque me fizeram sentir como se precisasse entretê-las. Agora o mesmo ressentimento sobe como bolhas quando colegas estudantes me pegam em abraços chorosos e os professores me oferecem apertos de mãos e palavras pronunciadas em tom baixo, com a intenção de reconfortar, mas provavelmente repetidas em um loop para todos os estudantes na sala. Palavras robóticas. Por fim consigo puxar Tricia e Brie para um canto isolado, onde podemos conversar sem qualquer interrupção.

Estou observando a família da Jessica e mordiscando um croissant de chocolate quando Maddy vem correndo até nós, toda animada, puxando Cori pelo cotovelo.

— Parece que a Notória tem novidades — diz Tricia.

Maddy a ignora.

— Precisamos conversar sobre a Tai.

— Já não fizemos isso? — pergunta Cori, endireitando o colarinho usando um vitral como espelho.

Garotas como nós

— Eu sei o que *aconteceu* — diz Maddy de um modo significativo. Ela nos faz um sinal para que inclinemos a cabeça juntas e sussurra nos nossos ouvidos.

— Ela estava se dopando!

— Não! — Tricia olha para o meu croissant e toma um gole do meu café. Ela estava extremamente acima do peso em seu primeiro ano na Bates e, depois de uma cirurgia e de um verão com uma dieta rigorosa, está fisicamente transformada. Agora se recusa a comer qualquer coisa que não esteja nos cardápios diários que sua nutricionista lhe passa. Era uma garota estonteante antes e está estonteante agora, mas ainda se prende intensamente ao cardápio.

— Interessante. — Brie inclina a cabeça para mim.

— Por que ela sempre tinha tanta energia? — ressalta Maddy.

— Porque nós basicamente viramos seis xícaras de café por dia como se fossem tequila — retruco.

— É, mas a Tai era boa demais. Ninguém joga tão bem daquele jeito e ainda tem tempo para uma vida social.

Cori seca todo o café do copo e sai de fininho para enchê-lo novamente.

Tricia morde o lábio inferior e então diz ainda:

— Estou feliz por ter sido isso.

Olho para ela, curiosa.

— Por quê?

Ela dá de ombros.

— Achei que tivesse algo a ver com a morte da Jessica. Isso é uma coisa tão paranoica minha. Mas, definitivamente, ela conhecia a garota mais do que dava a entender. E odiava a Jessica.

— Então você também a conhecia — diz Brie.

— Eu só sabia que a Tai a desprezava. — Tricia afasta a franja de cabelos finos da frente dos olhos. — Todo mundo tem segredos — diz ela, como quem sabe das coisas.

Olho de relance para Brie, cujos olhos se fixam no outro lado da sala. Nola está se equilibrando em um pé só, como se fosse uma bailarina, e lambendo o açúcar de um donut.

Abro caminho até ela.

— Oi.

Nola cai em um gracioso *plié*.

— *Bonjour*. — Hoje ela está usando maquiagem de gatinho e rímel escuro, o que, em combinação com os lábios pálidos, quase sem cor, lhe confere um ar retrô da década de 1960. Ao contrário das outras estudantes, ela optou por não usar um vestido preto, o que é irônico, considerando que essa é sua costumeira opção de roupa. Em vez disso, veste o uniforme padrão da Academia Bates.

— Você teve notícias da Tai?

— Ouvi dizer que eu estava certa e que você estava errada.

— Isso mesmo.

Um sorriso afetado e brincalhão insinua-se nos lábios dela.

— Diga.

— Eu estava errada e você estava certa.

Nola assente e dá uma mordida no donut.

— Bem, que porcaria. — Ela joga o prato na lata de lixo e vai para fora, e eu vou atrás, colocando minha jaqueta minúscula por cima do vestido preto.

Há uma brisa turbulenta soprando o ar para cima no lago, carregando uns poucos pratos de papel e copos de café para o gramado da capela. O vento mordisca as minhas pernas e solta mechas da minha trança, que vêm para cima do meu rosto.

Garotas como nós

— Preciso da sua ajuda para crackear a senha para a próxima receita.

— Em troca de...

Paro abruptamente.

— Já tínhamos um acordo.

— Aquilo foi para a senha inicial. O que vai me dar agora?

Ela pega um maço de cigarros do bolso e acende um, e a puxo para trás da capela. Fumar é estritamente proibido.

— Não tenho nada que você queira.

Nola apoia-se na caçamba e bate ritmicamente com os pés no chão, pensativa.

— Arrume-me um encontro com o ex-namorado da Jessica.

Pisco.

— Greg Yeun? Não acho que ele esteja aberto a namorar neste exato momento.

— Não estou procurando amor; estou procurando desafio.

Claramente está procurando *me* desafiar.

— Eu... não sei se consigo. Não sou uma cafetina.

Ela dá de ombros.

— O software de senhas é bem básico. Você provavelmente não precisa de mim.

— Ok, farei isso — apresso-me a dizer, arrependendo-me tão logo as palavras saem da minha boca. Não faço a mínima ideia de como conseguirei tal encontro.

Ela prende o cigarro entre os lábios e saca o celular do bolso.

— Como era o nome, um prato delicioso?

— A vingança é um prato. Aguenta aí. — Abro o e-mail da Jessica e o envio a Nola. Então verifico a lista de alunas e o nome de Tai não está mais lá. Tarefa um, completada.

43

— Ok... — Ela abre o site e digita rapidamente por um instante.

— Você tem o software de criptoanálise no celular?

Ela me lança um olhar desdenhoso.

— O que acha?

Então digita por mais alguns instantes e em seguida vira a tela para mim. Olho para a lista de pratos. Galinha queimada *Tai* era o aperitivo. O próximo item é a entrada. Clico nele. O nome da receita é sanduíche de Porca Parck. O sobrenome de Tricia é Parck.

Pegue uma porquinha rosinha e rechonchudinha
Tire a gordura; selecione uma bebidinha
Uísque irlandês envelhecido e colocado para gelar
Sirva-a com papéis, parece uma boa
Em um quadro com uma moldura elegante
Coloque-a no espeto por, com ele, trepar.

Nola assovia baixinho.

— Suas amigas são depravadas, Donovan.

Leio o poema várias vezes. Tricia. Irlandês. Trepar.

— Não é possível.

— O fato de Tricia estar dormindo com Hannigan? Porque é exatamente isso que parece. Irlandês? Envelhecido? Aquela merda de porquinha gorduchinha ficou para trás, mas o resto ela acertou em cheio.

Sinto-me enojada. A extrema perda de peso da Tricia explica os dois primeiros versos, mas Nola está certa. O restante parece uma referência a Hannigan. E em setembro, logo que ele começou a trabalhar na Bates, houve um rumor sobre uma aluna. No entanto, todas descartamos isso como se fosse fake news, porque ninguém chegou a um nome de verdade.

Garotas como nós

Empurro o celular de volta para ela.

— Não quero ter nada a ver com isso.

— Sabe, você poderia estar interpretando demais as coisas.

— É óbvio que a Jessica era uma pessoa deprimida e zoada. Talvez ela...

— Estivesse pedindo isso? — Nola bate de leve as cinzas do cigarro. Então sopra uma baforada de fumaça por entre os lábios pálidos e os contorce em um sorriso afetado, os olhos azuis penetrantes.

— Talvez. Mas você não quer descobrir mais? — Ela olha para a tela. — Embora eu não faça a mínima ideia do que a parte dos papéis e do quadro queiram dizer.

Pego o celular dela e dou tapinhas leves na tela, esperando conseguir algo. O gráfico para essa receita mostra um guarda-napo de papel de bar com um número de telefone rabiscado nele. É o número da Tricia. Bato de leve no número e um arquivo em .pdf se abre. Trata-se da inscrição antecipada da Tricia para Harvard, incluindo a carta de recomendação feita por Hannigan. Na página final, há uma captura de tela do quadro de admissões de Harvard, e o sobrenome de uma das pessoas listadas é Hannigan. No anexo, um arquivo em .jpeg em que se veem ambos juntos; no escritório, os braços de Tricia envolvem o pescoço de Hanningan, e o rosto dele inclina-se para baixo para beijá-la.

— Bem, isso não me parece uma coisa boa — diz Nola.

A porta dos fundos da capela se abre e me abaixo atrás da caçamba, mas é apenas um funcionário do serviço da padaria carregando uma pilha imensa de caixas de confeitos para sua van. Além disso, o pequeno estacionamento entre a capela e as árvores que rodeiam o lago está completamente deserto.

Começo a me sentir zonza.

— Preciso ter uma conversa com ela. — Volto correndo na direção da frente da capela, com o coração aos tropeços, e irrompo, passando pelas portas. O ar está denso com o cheiro do incenso do serviço religioso, mesclando-se com os aromas doces dos confeitos e do café. Sinto meu estômago embrulhar e tento não respirar enquanto me dirijo até Brie e Tricia.

Brie torce o nariz.

— Você andou fumando?

Balanço a cabeça vigorosamente.

— Tricia, preciso conversar com você lá fora.

Ela me acompanha, curiosa.

— Que foi?

Espero até estarmos bem afastadas para que ninguém por perto nos ouça, longe de algumas estudantes que andam de lá para cá no gramado.

— Sei que é intrusivo da minha parte, mas você precisa ser franca comigo: está tendo um caso com o Hannigan?

Ela não hesita nem mesmo por um instante.

— Não. Que nojo.

— Não minta.

Tricia coloca uma das mãos no meu braço e dá risada, e vejo as covinhas em suas bochechas.

— Ai, meu Deus, Kay. Não estou mentindo.

Inspiro fundo.

— Você vive falando que os caras da nossa idade são basicamente meninos da pré-escola.

Ela volta os olhos para o lado por apenas uma fração de segundo.

— Alguns deles são mesmo. Veja o Spencer, por exemplo.

— Trish.

Garotas como nós

Ela observa as estudantes saindo da capela e passando por nós, seguindo em direção aos dormitórios.

— O que, de repente, você tem contra o Hannigan?

— Nada, se isso não for verdade.

Agora estou repassando todas as vezes em que estive no escritório dele para falar sobre alguma tarefa que não fazia sentido para mim. Hannigan havia me feito ler cenas de amor quando eu não entendia os discursos políticos. Talvez apenas quisesse que eu entendesse como seria o teste. Mas agora isso me assusta um bocado.

— Então por que está tentando fazer com que ele seja demitido?

Ela olha para trás, de um jeito reflexivo, e observamos vários dos professores se demorando na entrada da capela, conversando com estudantes. Hannigan está lá com a esposa, que tem notável semelhança com Kate Middleton. Tricia volta a olhar para mim, e parece ter encolhido.

— Ele é um bosta, Trish. É um enorme abuso de poder dormir com uma aluna.

Ela volta a olhar para a capela por um instante e seu elegante perfil é estonteante. Estamos todas com roupa de enterro, mas apenas a face da Tricia reflete isso. Ela e Tai eram melhores amigas, e sei que parte de como ela se sente é por esse motivo. O resto é coração partido.

— Não é bem assim.

— É ele que está errado, cem por cento errado. Mas, por favor, seja franca comigo — digo, baixinho.

Ela não me responde de imediato.

— Você sempre está no meio de tudo.

— Alguém sabe disso. E vão tornar o caso público.

Tricia olha para mim, alarmada.

— A menos quê...?

— A menos que nada. Ele vai ser demitido, e acho que eles vão querer que você saia da escola.

— Quem são eles?

— Não sei.

— Muito conveniente. Foi o que você disse a Tai?

— Não forcei a Tai a sair da escola.

Mas não é verdade. Fiz isso sim.

— Então por que *eu* tenho que sair?

— Você não tem que sair da escola.

Não sei mais o que dizer.

— Nem ele. Tenho dezoito anos. Posso fazer o que quiser.

— Não é assim que as coisas funcionam. Ele é um professor. Controla nosso futuro. Uma nota ruim...

Os olhos de Tricia começam a ficar marejados, mas ela cerra os dentes.

— Você se acha tão melhor do que eu.

— Não acho isso mesmo. Só estou avisando você. Se houver alguma forma possível de cobrir seus rastros nas próximas 24 horas...

— Agora você está me ameaçando. Olha, gosto dele. Admito. Nós passamos um tempo juntos. Mas, para falar a verdade, nunca fizemos sexo, e não gosto de você ficar nos julgando.

Uma afiada ponta de dúvida insinua-se na minha mente. Existem consequências quando não acreditamos em nossos amigos e em nossas amigas. Foi assim que as coisas se deterioraram lá em casa. No instante em que a reação em cadeia começou e arruinou a vida de todos. Quando Megan me contou o que aconteceu, o que Todd fez, hesitei e disse: "Tenho certeza de que não foi por querer".

Garotas como nós

Naquele momento Megan se afastou de mim e, depois disso, saiu de meu alcance; ninguém mais conseguiu se aproximar dela. E então as portas do inferno se abriram.

Olho para Tricia e sou inundada por toda a culpa que sinto em relação a Megan, mas é tarde demais para fazer algo por ela. E tarde demais para ajudar a Tai. No entanto, talvez não seja tão tarde assim para ajudar a Tricia. E uma coisa é certa: se ninguém falar comigo, nunca vou saber por que a Jessica queria se vingar de todo mundo.

— Você conhecia Jessica Lane?

Ela balança a cabeça e então sorri como se estivéssemos falando sobre aulas ou esportes ou nosso futuro, não sobre nossa ruína em potencial.

— Não. — Ela se volta novamente para a capela. — Realmente sinto muito por terem suspendido os jogos, Kay. Espero que você consiga a bolsa com suas notas. — Faz uma pausa e então olha fixo na direção do campanário da capela com uma expressão inocente. — Milagres acontecem.

Meu queixo cai.

E é exatamente neste momento que Spencer sai da capela com um cigarro não aceso nos lábios, parecendo — como sempre — ter acabado de vir direto de uma festa que havia rolado a noite toda. Os cabelos lisos, cor de areia, são soprados com a brisa, e ele para e protege o cigarro com uma das mãos enquanto usa o isqueiro para tentar acendê-lo, apertando os pálidos olhos azuis.

Fico congelada por um instante, chocada por vê-lo, e então me dirijo abruptamente de volta ao meu dormitório. Mas ele acaba me vendo.

— Katie D.

Spencer sabe que odeio quando me chama de Katie. Continuo andando, mas ele vem meio correndo, como se estivesse fazendo cooper para me alcançar, e coloca um dos braços em volta do meu ombro, em uma espécie de abraço. A sensação me faz querer afundar nele e empurrá-lo para longe de mim ao mesmo tempo. Quero vê-lo, mas não agora. E o fato de ele aparecer na cerimônia fúnebre da Jessica e estar agindo como se nada houvesse acontecido depois de tudo que se passou entre nós é como um soco na boca do meu estômago.

— Quanto tempo que não nos vemos — diz ele. — Ou que não nos ligamos.

— Você me disse para não fazer isso.

— Com bons motivos.

Partilhamos um olhar e então ele dá de ombros e traga demoradamente o cigarro.

— O que você andou aprontando?

— O de sempre. Assassinato e caos. Você?

— O mesmo.

Ele não se barbeou esta manhã e uma leve sombra ruiva cobre seu maxilar. Este é o traço excêntrico de Spencer. Os pelos de seu rosto não têm exatamente a mesma cor dos cabelos. São da cor dos meus.

Estamos quase no meu dormitório. O estacionamento foi bloqueado com barreiras a fim de arrumar espaço para mais carros, no entanto, a maioria já se foi. Sinto-me dilacerada. Quero que esta conversa acabe o mais rápido possível. Mas também quero que continue, infinitamente.

Não seria justo dizer que Spencer e eu tínhamos uma relação de amor e ódio. Relação de amor e mágoa soaria mais exato. Nós

Garotas como nós

nos conhecemos na mesma noite que Brie e Justine, na mesma festa. Eu e a Brie tínhamos ido à festa juntas, na época em que ainda estávamos em uma fase de "talvez". Eu já havia ferrado as coisas várias vezes, e claramente era a minha última chance. Tratava-se de uma festa de elenco para algum espetáculo do qual Justine fazia parte na Easterly, e parecia que as coisas entre mim e Brie estavam de fato perto de acontecer. Eu finalmente a havia persuadido a sair comigo. Ou foi o que pensei. Achei que se tratasse de um encontro. Tricia passou duas horas tirando os pelos do meu corpo, cobrindo-me com uma gosma cheirosa, alisando meus cachos cheios de frizz e passando maquiagem com um nível de efeitos de filme de terror, tamanha a habilidade dela. Tai me emprestou um par matador de botas Louis Vuitton e um vestido de estampa mista de seda de algodão da Coach. Nada exagerado. Apenas o suficiente. Quer dizer, contanto que aquilo *fosse*, de fato, um encontro.

Então, na peça, meu mundo caiu.

O espetáculo era depressivo a ponto de eu começar a chorar e ter de sair do teatro. Quando consegui me recompor, a festa do elenco já havia começado. Porém, assim que cheguei lá, deparei com a Brie em um canto, flertando com a estrela da peça.

Então, talvez, no fim das contas, não fosse um encontro.

Acabei sentada sozinha no sofá, virando limonadas de vodca e fingindo trocar mensagens de texto para que não parecesse uma criatura totalmente assombrosa e sem amigos.

E então aquele cara caiu no sofá ao meu lado, como se fôssemos melhores amigos, inclinou-se para perto de mim e sussurrou: "Enviar mensagens de texto faz as coisas parecerem piores".

Ele se destacava totalmente do resto da multidão. Estudantes da Bates tendem a se vestir de acordo com seu status, algo estonteante de aluna de escola preparatória, como Polo Ralph Lauren e Burberry. A galera do teatro da Easterly preferia um estilo mais hipster, com muitos cachecóis, coletes, calças jeans skinny, cardigãs e óculos. Spencer vestia calça jeans rasgada, camiseta de manga longa do Red Sox e All-Star Converses surrados. Mas exalava um ar de confiança que me pareceu tanto condescendente quanto intrigante para alguém tão claramente deslocado. Dava a impressão de que ele havia saído da cama e começado a andar a esmo no escuro. Eu podia ter sido abandonada na ilha entre os desajustados dos convidados da festa, mas continuava com um visual incrível.

Coloquei meu celular de lado.

— Enviar mensagens de texto faz o que parecer pior?

— Você deveria estar com a Burberry. — Ele aponta para a Brie.

— Como sabe disso?

— É o que diz o lenço dela. — Ele inclinou a garrafa de cerveja e lancei outro olhar desesperado para a Brie, que continuava profundamente envolvida na conversa. Ela se envolve mesmo, a fundo. Mas apenas com alguém que de fato desperte seu interesse.

— Não foi isso que eu...

— Você continua olhando pra ela, mas ela não está olhando de volta para você. — Virei de costas para Spencer, o rosto ardendo.

— Então você foi largada, e fingir que tem algo melhor a fazer só a faz parecer ainda mais triste. Primeiro erro, apresentar a sua garota para a Justine. Segundo erro, agir como se não ligasse para isso.

— Então, o que você sugere?

— Cause ciúmes nela.

Eu ri.

— Isso não vai acontecer, amigo.

Garotas como nós

Ele deu de ombros.

— Fique à vontade.

Olhei ao redor da sala. Mais de uma estudante da Easterly estava nos observando com curiosidade, e havia uma inconfundível inveja no rosto de algumas delas. Lancei um olhar para Brie e Justine, e finalmente Brie olhou em meus olhos. Então ergueu uma sobrancelha, como se para me perguntar o que eu estava fazendo. Assenti para convidá-la a se juntar a nós, mas ela balançou a cabeça negando e ergueu um dedo como quem diz *espera um segundo*.

Virei-me de volta para o Spencer.

— Com quem *você* veio?

Ele abriu um largo sorriso.

— A pergunta é com quem eu vou sair desta festa. Quer me ajudar a decidir? — E descreveu algumas das garotas que estavam na sala, apresentou prós e contras, e então, é claro, fez seu lance. — Ou eu poderia ajudá-la com a Burberry. Você tem duas opções básicas. Em uma, nós vamos para um quarto. Poderíamos jogar baralho a noite toda e ninguém iria notar a diferença. Em outra, nós nos pegamos aqui mesmo no sofá. Eu sei qual eu prefiro.

Volto rapidamente os olhos para Brie mais uma vez. Ela havia se reposicionado contra a parede e tinha uma visão plena de mim agora. No entanto, não fez nada para encerrar sua conversa ou me convidar a juntar-me a elas.

Endireitei-me de modo a ficar em uma posição vista por Brie e Spencer, e me inclinei para mais perto dele, dizendo:

— Amador.

Um sorriso intrigado cruzou os lábios de Spencer.

— Essa é uma acusação traiçoeira.

— Ah, não. É um fato. — Peguei a cerveja dele e coloquei-a no chão, puxando-o para que ficasse de pé em uma ponta do sofá e me sentei na outra, de frente para ele, com as pernas dobradas sob meu corpo. — Não é assim que o ciúme funciona.

O sorriso dele cresceu, mas também vi incerteza e um tremeluzir de excitação em seus olhos. Embora Spencer fosse um gatinho, isso não evitou que Brie esmagasse meu coração pela milionésima vez. Mas havia algo de magnético no sorriso dele, o que facilitava não olhar para ela.

— Não?

Balancei a cabeça negando.

— Tem que ser como fogo que arde lentamente. Nós continuamos conversando. Com as vozes baixas, de modo que ninguém mais consiga ouvir o que estamos dizendo. E, toda vez em que eu sorrir, ou rir, me aproximo um pouco mais de você. — Para ilustrar o que eu estava dizendo, deslizei uns dois centímetros na direção dele e abaixei meu tom de voz para pouco acima de um sussurro: — Só um pouquinho. Você tem que merecer.

A respiração de Spencer acelerou, não consegui me controlar e mordi um sorriso. Eu vinha esperando e desejando tanto um momento com a Brie que havia esquecido por completo como era ser desejada. Uma sensação poderosa. Eu me sentia sexy. Ele era sexy.

— O que faz você sorrir? — Spencer me perguntou, aproximando-se de mim.

Havia algo de muito tentador no sorriso dele. Algo perigoso e inocente ao mesmo tempo. Um paradoxo. É por isso que as pessoas gostam dele, concluí. Elas não conseguem decifrá-lo. De repente, percebi que deveríamos estar chamando muita atenção e me perguntei se havia finalmente chamado a atenção da Brie.

Garotas como nós

No entanto, não queria desgrudar os meus olhos dos de Spencer. Nem mesmo pela Brie, especialmente depois que ela me humilhou. Eu tinha esperanças de que ela estivesse observando o desenrolar da cena.

— Volte para o seu canto. Esta é a regra final. Você não me beija até que meus lábios estejam à distância de uma respiração dos seus. Isso quer dizer que, se eu fosse um Dementador, poderia sugar sua alma.

— Imagem intensa. Isso é muito sorriso para alguém que parecia prestes a explodir logo que me sentei aqui.

— Desafio estendido. — Forcei um sorriso.

— Que desafio. — Spencer abriu um largo sorriso e a animação de menino nos olhos dele era contagiante. Ele não era a Brie, mas seria uma distração divertida e sexy.

E isso Spencer foi. Sempre, até o fim. Nunca pretendi me apaixonar por ele.

Nunca pretendi magoá-lo. Certamente nunca pensei que ele poderia me magoar. Agora ele olha para cima, para mim, lá de baixo da escada com a mais inocente das expressões, e fico tão tentada a perguntar se ele quer dar uma volta de carro que de fato desço um degrau em sua direção antes que ele vire com um meio aceno, volte a descer pelo caminho e me deixe tropeçando em sua sombra.

Capítulo 7

À noite, depois de estudar um pouco, ligo para o Greg. Meu primeiro instinto foi ligar para a Brie a fim de lhe contar sobre Spencer e Tricia, mas, se não me forço a estudar, isso não acontece, e estou ansiosa para acertar minha dívida com a Nola. Greg atende ao telefone, e ouço a música altíssima ao fundo. Por um instante, minha respiração fica presa na garganta. Quando Todd morreu, roubei o iPod dele e fiquei ouvindo suas músicas sem parar... na sala de aula, no meu sono, enquanto eu corria por quilômetros indefinidamente. O álbum dele, *xx*, da banda The xx, sempre era o último a tocar e, quando parava, o mesmo acontecia comigo. Era difícil demais apertar o play de novo, recomeçar, sair da cama.

— Olá, Kay Donovan. Estou preso?

Respiro novamente.

— Não. Preciso lhe pedir um favor.

Ele solta uma risadinha.

— Eu não sabia que estávamos nesses termos de pedir favores.

— Não estamos, não necessariamente, mas temos muito em comum. Nós dois fomos traídos por um encontro lascivo entre Spencer Morrow e Jessica Lane.

— Essa é uma forma leve de discutir um assunto bem pesado.

— Sim, mas é a vida, e, se a gente ficar sério demais, vai se afogar nela.

Estico-me na cama e chuto as pernas para cima, contra a parede, apoiando os pés em um pôster da seleção americana feminina de futebol.

— Você é uma filósofa e tanto.

— Na verdade, não. Vamos direto ao ponto. Queria lhe pedir que fosse a um encontro. — Segue-se uma pausa. — Não comigo. Com alguém mais parecido com você. Ela é excêntrica. E bonita. Tem um certo *je ne sais quoi*.

— Você não me disse nada de concreto.

— Ela fala um pouco de francês, faz um pouco de balé e é uma hacker e tanto.

Ele fica em silêncio e verifico o celular para ter certeza de que a ligação não caiu.

— Kay, você se lembra de que a minha ex-namorada acabou de morrer, certo?

— Como disse, seria um favor para mim. — Procuro desesperadamente um argumento mais convincente. — Será uma boa distração. Sair de casa. Desligar essa música depressiva.

— Não saia do futebol para ser líder de torcida, Kay.

— O que falei acabou soando errado. Quando meu irmão morreu, a única coisa solitária que me mantinha sã era sair e fazer coisas. Sei que o luto é diferente para todo mundo, mas...

A voz dele fica mais suave quando se pronuncia de novo:

— Sinto muito quanto ao seu irmão. Mas não gosto muito de fazer coisas. Além disso, sou entediante num encontro.

— Acho que você seria um cara eletrizante num encontro — digo.

Garotas como nós

Ouço uma risada abafada e, involuntariamente, fico ruboriza-da. Foi algo idiota a dizer.

— Você sabe que sou um suspeito em um caso de assassi-nato, certo?

— Não se trata oficialmente de um caso de assassinato, não?

— Não sei. Eles não usaram essa palavra quando me interro-garam, mas já fui chamado para interrogatórios duas vezes. Não é um bom sinal.

Contenho um suspiro de alívio. Se estão focando no Greg, não focarão em nós. No fim das contas, talvez Morgan nem faça o acompanhamento. Mas ainda devo o encontro à Nola.

— Além disso, não sou altamente ligada à solteira em questão.

Ele ri.

— Você é uma terrível vendedora, Kay Donovan.

— Talvez. Mas vamos lá. Ela fala um pouco de francês e faz um pouco de balé. E é artística, como você.

— Bem, pessoas artísticas de fato se reúnem, como em uma congregação. Somos como corvos.

Um assassínio de corvos.

— Então, temos um trato?

— Não. Isso é completamente unilateral. O que ganho com esse encontro?

Penso.

— Peça algo.

— Vamos conversar de novo. Não um encontro — ele se apressa a dizer. — Mas vamos nos encontrar em algum momento e comparar anotações e cicatrizes. Pode ser?

Assinto devagar, considerando.

— Sim. — Será uma oportunidade de analisá-lo novamente e de escavar mais a fundo a respeito do blog da Jessica. — Mas primeiro você tem que sair com a Nola.

— Nola. Ok. Passe-me as informações sobre ela.

No dia seguinte, as aulas são retomadas, e parece estranho estar de volta em uma classe, tomando notas e tentando me concentrar como se o fim de semana passado nunca tivesse acontecido. Sexta-feira parece um mês atrás. Mas só se passaram três dias desde que Jessica morreu. Parece surreal viver as coisas que acontecem normalmente em um dia comum, e envio mensagens de texto à Tricia várias vezes para ver se ela ainda está falando comigo. Sem resposta, e ela não está lá na hora do lanche. Brie me diz que Tricia não estava na aula de Trigonometria nem na de Literatura Comparada. Mas continua na lista de alunas, e Hannigan está no escritório quando passo por lá, então a tarefa não se resolveu como que por magia. Ao final do almoço, tenho quinze minutos antes que a contagem regressiva no *timer* no blog de vingança chegue ao zero, e começo a entrar em pânico. Mesmo se eu forçar a Tricia a sair da escola agora, o nome dela não vai desaparecer da lista de alunas assim tão rápido.

Vou para fora e ligo para Nola.

— Ocupada.

— Não desligue.

— Uma palavrinha.

— Tenho apenas quinze minutos para me livrar tanto da Tricia quanto do Hannigan e preciso da sua ajuda. Catorze.

Nola sai andando devagar da sala de jantar, até me avistar e acenar para mim.

— Isso não é uma palavrinha. Por que a mudança de ideia?

— Porque estou desesperada — sussurro. Eu me sinto terrível.

Garotas como nós

Mas esta é uma solução temporária. Hannigan tem de cair fora. Não há nenhuma sombra de dúvida quanto a isso. Mas então algo passa pela minha cabeça. O nome de Tricia só tem de desaparecer. Não a Tricia em si. O programa só vai registrar que o nome dela foi removido, e Nola pode fazer isso. — Preciso que você tire o nome da Tricia da lista de alunas.

Nola apoia-se no tronco de uma árvore e saca o laptop da mochila.

— Isso não me parece fritar alguém.

— Não fui eu quem fiz as regras.

— E o Hannigan?

— Vou denunciá-lo.

Ela faz um movimento de concordância com a cabeça.

— Ok. Meu pagamento.

— Nola, estou com uma bomba prestes a explodir. Digamos apenas que lhe devo um favor que você pode me pedir quando quiser. Ok?

— Parece bom.

Ela digita enquanto rabisco uma carta anônima denunciando que o professor Hannigan está mantendo um relacionamento com uma aluna, e deixo-a na caixa de correspondência da dra. Klein. Envio um segundo bilhete anônimo para o Hannigan, informando-o de que, se ele não pedir demissão de imediato, darei a Klein o nome da aluna, junto com provas fotográficas. No entanto, já estou prestes a sair do prédio, quando a assistente administrativa da dra. Klein me chama do topo das escadas e me pede que vá até o escritório dela. Sento-me na sala de espera em um estado sufocante de temor, esperando uma enxurrada de perguntas sobre Tricia, porém, quando sou conduzida ao escritório, lá está a detetive Morgan me esperando, junto com a dra. Klein.

— Sente-se — convida-me a dra. Klein, apontando para uma cadeira de camurça azul-celeste.

Sento-me e abro um sorriso, nervosa.

— Tem algo em que possa ajudar?

— A detetive Morgan vai lhe fazer algumas perguntas, querida. Estou aqui como sua acompanhante — esclarece ela.

Viro-me para a detetive Morgan.

— Tudo bem.

Ela sorri.

— Como você está, Kay? Foram dias difíceis.

— Estou bem.

— Vi que cancelaram seu grande jogo de hoje à noite. É uma situação difícil.

Ela usa a palavra *difícil* em duas frases seguidas. Não é exatamente um vocabulário impressionante.

— Sim, é difícil.

— Entendo que você tem alguns olheiros vindo vê-la jogar. Alguns recrutadores.

O modo como ela me olha sem piscar é incrivelmente enervante, e isso sem falar no nível de perseguição a que obviamente está me submetendo.

— Sim, é verdade.

— Difícil — diz ela pela terceira vez. Por algum motivo, fico irritada.

— Como posso ajudá-la?

— São apenas algumas perguntas sobre aquela noite, Kay. Posso chamá-la de Kay?

Tento não deixar transparecer a minha irritação.

— Todos me chamam assim.

Garotas como nós

— Você disse que encontrou Jessica um pouco depois da meia-noite.

— Não marquei exatamente a hora. Nós a encontramos, reportamos o fato imediatamente e, então, vocês apareceram.

Ela olha da dra. Klein para mim, incrédula.

— Oras, achei que você havia dito à sua amiga Maddy que não nos chamasse.

— Não. Minha amiga Brie falou para Maddy ligar para a dra. Klein primeiro. Nós não queríamos que a família da Jessica ficasse sabendo da morte da filha pelos noticiários ou pela internet.

Ela rabisca algumas coisas no bloco de notas.

— Então você disse à Maddy que não nos chamasse porque...

— Brie disse isso à Maddy.

A detetive dá um tapa de um jeito dramático na testa.

— Brie falou à Maddy que não nos chamasse, a fim de proteger a família da Jessica.

Não consigo conter a irritação na voz. Parece que ela está deliberadamente distorcendo o que digo.

— Eu falei que ela disse à Maddy que chamasse-a dra. Klein primeiro. Depois, os tiras.

A detetive Morgan assume uma expressão de inocência.

— Foi mal da minha parte. Para proteger a família da Jessica.

— Sim.

Ela folheia as anotações.

— Sendo assim, isso, na verdade, contradiz a declaração dada na cena do crime, quando disse que não conhecia a vítima.

Pisco.

— Não, eu não a conhecia.

— Você acabou de dizer que queria proteger a família da Jessica.

— E queria. Só não sabia que a falecida era a Jessica.

Ela bate com o lápis no bloco de notas, de um jeito cético.

— Como assim, Kay?

Inspiro fundo e tento permanecer calma.

— Nós queríamos proteger a família da vítima desconhecida. Tínhamos certeza de que era uma aluna daqui e de que a dra. Klein saberia quem ela era.

— Ok. — A detetive Morgan ergue as sobrancelhas e anota minhas palavras. Não parece que acredita em mim. — Então. — Ela me olha novamente. — Quando cheguei à cena do crime, você estava segurando uma peça de roupa ensopada e tinha arranhões de cima a baixo nos braços.

Minha garganta começa a ficar seca. Não gosto do caminho que a conversa está seguindo.

— Como eu disse, deixei a fantasia cair dentro do lago. Nós havíamos planejado nadar. E passei correndo pelos arbustos espinhosos para ajudar a Brie a sair da água.

— Por que não correr dando a volta por eles?

— Porque a minha amiga estava gritando e eu precisava chegar até ela.

— Quantos segundos você ganhou correndo em meio aos arbustos?

— Não sei exatamente.

— Estime.

Meus olhos voltam-se rapidamente para a dra. Klein, que assente, encorajando-me a falar, mas mantém as mãos entrelaçadas.

— Talvez uns vinte segundos?

A detetive Morgan anota.

— Você ficou com suas amigas a noite toda?

— Sim. Na dança.

Garotas como nós

— Em algum momento ficou sozinha?

Hesito por um momento. Brie sugeriu que deveríamos dizer à polícia que não ficamos sozinha em instante algum. Mas não sei se, em algum momento, ela confirmou isso com as outras. Acabo dando uma resposta evasiva:

— Não de modo significativo.

— O que é significativo?

— Não por tempo suficiente para matar alguém.

Quanto mais falo, mais me dou conta de que estou cavando minha própria cova.

— Quanto tempo leva para matar alguém?

— Não sei; nunca matei.

Ela abre um sorriso presunçoso.

— Que fofa. Para checar, vocês, em momento algum, ficaram sozinhas, mesmo por um segundo, a noite inteira?

Merda.

— Voltei para meu quarto por um breve momento para trocar de sapatos antes de nos encontrarmos perto do lago.

— Bem por volta da hora que Jessica Lane foi morta.

— Eu não sabia que ela havia sido morta. — Meus olhos voltam-se rapidamente para a dra. Klein de novo, mas ela está com o olhar para baixo, para sua escrivaninha.

— Agora você sabe. Talvez saber ative sua memória. — A detetive Morgan bate com o lápis no bloco de notas. — Você namorou Spencer Morrow por um tempinho.

— Sim. — Vem à minha mente mais um horrível lampejo dele com ela de novo, do *meu* Spencer com a morta Jessica. Morta, porém animada; fria, mas apaixonada. Por que será que sempre tenho de visualizá-la morta com ele?

— Vocês dois terminaram quando ele começou a sair com Jessica Lane.

— Eu não sabia disso na época.

— E sabe agora?

— Descobri recentemente.

— Conveniente.

Meu rosto esquenta e meu coração soca meu peito como se quisesse irromper e sair com tudo de dentro dele. Quero mandar a detetive Morgan se ferrar e cair fora daqui. Mas isso só pioraria as coisas para mim.

— Só mais algumas perguntinhas. Quando a oficial de polícia do campus, Jennifer Biggs, chegou à cena da morte da Jessica, você disse a ela que não tocasse em nada porque se tratava de uma cena de crime, correto? Ali estava uma garota com os pulsos cortados. A maior parte das pessoas, ao ver isso, pensa que foi suicídio. O que a levou a pensar em uma cena de crime?

— Não sei. — Minha voz falhada sai partida num sussurro seco.

— Agora mesmo você reagiu com surpresa quando eu lhe disse que Jessica foi assassinada. Mas antes se referiu a ela como vítima e conjeturou quanto tempo levaria para matar alguém. Que desempenho e tanto, Kay.

— Eu não quis dizer…

— É verdade que você vem entrando em constante contato com o ex-namorado da Jessica, Greg Yeun, desde que ela morreu?

— Não constante. — Sinto como se fosse vomitar. A sala parece um carrossel, girando cada vez mais rápido.

— Você esteve no quarto da Jessica na noite em que ela morreu? — Balanço a cabeça em negativa e a sala fica acentuadamente inclinada para mim. — Tem mais alguma coisa que você gostaria de me dizer? Qualquer coisa que seja?

Abro a boca, que está seca, meu peito sobe com a respiração, e então me inclino para a frente e vomito no chão.

Até todo esse incidente do assassinato, a Dança do Esqueleto deste ano tinha sido a melhor até hoje. Como alunas do último ano, dominávamos a cena. Tricia deixou o salão embasbacado com seu vestido de baile de estilista feito sob medida para seus matadores movimentos de dança, e Cori ditava a playlist para as alunas do primeiro ano, a quem cabia cuidar da cabine de som. O clube de arte encarregado da decoração havia transformado por completo o salão em uma floresta reluzente à meia-noite, com espirais de névoa e sombras distorcidas. Tai comandava o bar de coquetéis subterrâneo do banheiro, e Maddy passava rapidamente de um lugar para o outro tirando fotos e postando-as no site do evento enquanto Brie dançava, conversava e tirava selfies com praticamente todos no salão. Festas sempre são mais difíceis para mim. Raramente me entrego à diversão como fazem minhas amigas. Sinto como se precisasse ser a acompanhante de alguém, como em um encontro, ou uma convidada, ou simplesmente me escondo nos cantos. Mas usar fantasias ajuda. Como Daisy, consegui identificar uma gatinha tipo Gatsby, uma jogadora de rúgbi da liga júnior, vestida em um terno que parecia caro.

Rodopiei na direção dela, levemente embriagada, ignorando a ruiva com quem ela estava conversando, e lhe ofereci o meu mais brilhante sorriso de Daisy.

— Olá, Jay.

Ela parecia confusa, mas contente com a atenção.

— Melindrosa.

— Sra. Daisy Buchanan.

— Ah. Leo errado. *O lobo de Wall Street*.

Ela me ofereceu a mão, mas retirei a bebida, uma ginger ale, da outra mão dela, virei-a com tudo e então arrastei Jay até a pista de dança.

— Dance comigo — disse, deitando minha cabeça em seu peito.

E ela dançou. Esse é o lance com o Halloween, com fantasias, com desempenhar papéis. No final da noite, estávamos nos pegando nos arbustos atrás do salão, e Maddy dava risadinhas e tirava fotos enquanto Cori aplaudia e a Loba de Wall Street, quem quer que fosse, fazia um esforço para ficar em pé, envergonhada, pegando seu terno e pedindo desculpas por algum motivo. Puxei o celular das mãos de Maddy e deletei as fotos.

— Peço desculpas pelas minhas amigas. Já apaguei as fotos. — Mostrei-lhe a tela e fui passando pelas fotos para provar. A Loba me deu um sorriso envergonhado.

— Sem estresse. A gente se vê por aí.

Ela abaixou a cabeça e voltou para dentro do prédio. Joguei a câmera de volta para Maddy, mas a máquina acabou caindo no chão.

— Você é tão má. — Maddy deu risadinhas, caindo ao meu lado, sem fôlego e tomando um gole de sua garrafa cor-de-rosa.

— Má não é a palavra certa. Levemente escandalosa.

Cori estirou as longas pernas cheias de sardas junto à lateral de tijolos do edifício e deitou a cabeça na grama. Cori pertence ao mundo de *Gatsby*. Ela é aristocrata nata, jogadora de golfe, com uma personalidade abrasiva e brusca, feições angulosas e um intelecto mais afiado do que uma faca. Também consegue ser irritável demais e dogmática às vezes, o que facilitaria desgostar dela, caso não decidisse de imediato fazer amizade com a pessoa, mas fez isso comigo, então nossa amizade é sólida.

Garotas como nós

— Descanse em paz, Spencer.

— Teve notícias dele? — Maddy quis saber.

— Spencer perdeu a chance.

— Como é que consegue... — Maddy soltou um suspiro e voltou o olhar fixo para o céu — fazer alguém gostar de você?

— Eu não consigo.

Gostaria que ela não tivesse usado aquelas palavras.

— Gostar é uma coisa, dançar é outra. Basta pedir.

Cori abriu um sorriso afetado.

— Aquilo foi mais do que dança.

— Então *peça* mais.

Ela ri alto, uma gargalhada gostosa e rouca.

A risada de Cori é tão característica que atraiu Tricia e Tai para fora do edifício, com Tai carregando seu kit de boticário na bolsa gigante e Tricia ainda dançando. Tai agachou-se e abriu a bolsa de bebidas.

— Parece que está na hora de nos enchermos de energia. Shots de vodca com chocolate?

— Meu Deus, não. — Virei a cabeça na direção dela e as estrelas foram junto. — Quero algo frisante.

— Prosecco. Com notas de toranja e mel. — Ela me serviu a bebida em uma minigarrafinha, mas eu a devolvi e peguei a garrafa.

— Será que deveríamos ir andando na direção do lago? — Tricia ergueu a garrafa e tomou um longo gole.

Sentei-me com esforço.

— Onde está a Brie?

— Provavelmente em um canto escuro com alguma pobre perdedora — diz Cori, e dá risadinhas.

Sinto o estômago embrulhar. Ela não faria isso com Justine. E, se fizesse, seria comigo. Seria eu. Ela estaria envolvendo-me com os

119

braços, passando os dedos nos meus cabelos, nossos lábios pressionados um no outro, enquanto nos puxávamos cada vez mais para perto e para cima e em volta das folhas esmagadas, rindo para espantar o frio. Deveria ser eu. Deveria sempre ter sido eu. De repente me senti sombria e incomodada e a noite pareceu ter sido um desperdício.

E então ela estava lá, como uma torre acima de nós, sem fôlego, descabelada, selvagem, os olhos brilhando por causa do álcool.

— Mudança de planos. Vamos nos dividir agora e nos encontrar dentro de trinta minutos. Vamos voltar para nossos dormitórios, nos livrar de tudo de valor, fazer o que tiver de ser feito e nos encontramos na beira do gramado. Tenho uma surpresa.

Um largo e malicioso sorriso brincava com o canto dos lábios de Tai, mas eu não estava mais no clima.

— Que tipo de surpresa?

— Do tipo que valerá a pena. — Brie começou a correr em direção aos dormitórios e olhou para trás, por cima do ombro. — Trinta minutos.

— Ah, tá — disse Tricia. — Definitivamente ela estava em um canto escuro em algum lugar.

— E parece que acabou de sair para terminar o que quer que tenha começado — sussurrou Cori, fazendo as outras gargalharem.

Olhei com ódio para elas.

— Vocês, caras, são como meninos de fraternidades.

— Somos as presas para os meninos de fraternidades, Kay. — Tai tomou um longo gole do drinque e arrotou no dorso da mão, e as outras riram descontroladamente. — Como somos inocentinhas.

Garotas como nós

Falto às aulas da tarde para correr uma meia maratona em volta do lago e, querendo tentar me acalmar, a uma sessão de ioga em uma das salas particulares de meditação no centro atlético, mas não consigo nem fazer o ritmo de minha pulsação diminuir nem impedir que minha mente fique a mil. No jantar, nada melhora. Os horários das refeições tornaram-se cada vez mais surreais desde a morte da Jessica. Na primeira noite, sentei-me sozinha, do outro lado do salão cavernoso, afastada das minhas amigas, enquanto Tai tentava envená-las contra mim. No dia seguinte, Tai se foi e Tricia sentou-se junto com o time de rúgbi depois da cerimônia fúnebre. Nesta noite, nenhum sinal de Tricia. Cori e Maddy estão sentadas à nossa mesa de costume, e eu arrasto a Brie até um canto deserto nos fundos. Decido guardar o segredo de Tricia. Não cabe a mim contá-lo, nem mesmo para Brie.

— Você tem visto a Tricia? — Brie me pergunta, enquanto afasto do caminho às cotoveladas uma aluna do primeiro ano para pegarmos a mesa para nós. A garota me fita chocada, e Brie balança a cabeça negativamente para mim, franzindo a testa e pedindo desculpas à menina, que está prestes a chorar.

— Desculpe-me — digo, distraída. — Não vi você.

— Ela não está atendendo ao telefone.

— Quem?

— Tricia.

Brie coloca a mão em minha testa.

— Você está doente?

— Eles suspeitam de mim — afirmo. Parece que meu corpo inteiro é um bloco de gelo. — *Eu.*

— Não podem suspeitar. Você tem álibi.

— Não para a noite toda. Não para o intervalo de tempo entre a dança e o lago.

Brie abaixa lentamente o garfo.

— Eu lhe falei que não contasse isso a eles.

— Ela me encurralou. Aquela mulher parece um daqueles tubarões que abocanham a gente e não largam mais.

Brie fecha os olhos, a expressão serena, mas percebo que está começando a entrar em pânico. Ela fica estranhamente calma quando as coisas dão errado.

— Ela vai saber que todas nós mentimos. Poderemos ser presas por obstrução de justiça.

— Relaxa. Apenas lhe contei que fiquei sozinha. Não falei nada de vocês. Disse que fui para o meu quarto me trocar, e por acaso ele fica diretamente debaixo do quarto da Jessica. Então a detetive me perguntou especificamente se entrei no quarto dela, e parecia que estava deixando implícito que pensava isso. Ninguém pode provar que não a matei e então me encontrei com você.

— Ninguém pode provar que você estava no quarto dela, porque não estava lá. E você não tem nenhum motivo.

— Ciúmes é o mais antigo dos motivos.

Ela dá uma risada de escárnio.

— Por causa do Spencer? Se eles o conhecessem, nem mesmo considerariam isso. — Brie come um pouco do espaguete.

Penso por um instante.

— Você já esteve errada uma vez, Brie. A detetive disse que não foi suicídio.

Ela franze o cenho.

— Sim. Parece que a opinião pública está pendendo para esse lado também.

Dou uma olhadela no salão do refeitório, vejo Nola saindo da cozinha com a bandeja e aceno. Hesitando por um momento, depois ela se aproxima de nós e se senta.

Garotas como nós

— Nola, você conhece a Brie?

Ela se levanta e faz um gesto de mesura exagerado. Seus cabelos estão arranjados em uma meticulosa massa de cachos, presos por uma fita de seda da cor dos olhos dela.

— Senhorita Matthews, eu a conheço pela reputação, é claro.

Brie a analisa e lança um olhar desconfiado em minha direção. Mesmo de uniforme, Brie e Nola são totalmente opostas. Nola é uma diferente encarnação dramática de si mesma todos os dias, enquanto Brie tem um estilo clássico e tradicional. Nola é toda maquiagem, teatro e efeitos. Brie usa gloss labial e luz natural; ela parece brilhar só pelo fato de existir. Nola está sempre se mexendo; Brie move-se com intenção. As blusas de Brie são passadas e abotoadas, com acessórios casuais, como uma simples corrente de prata; Nola usa camisas desabotoadas até o colete, pulseiras esquisitas e anéis grandes que lhe engolfam as mãos minúsculas.

— Nola, talvez você devesse cancelar seu encontro com o Greg.

Ela balança a cabeça e os cachos sacodem.

— De jeito nenhum. Vamos a uma apresentação à meia-noite de *Rocky Horror*. Vou vestida de Magenta.

— Ok, mas a morte da Jessica está sendo investigada como assassinato agora, e ele é quase definitivamente um suspeito. Isso não seria seguro. — Indo mais direto ao ponto, não causaria uma boa impressão na detetive Morgan se, de alguma forma, conectasse Nola, Greg e eu. Ela *realmente não* parecia gostar do fato de que eu estava em contato com o Greg.

Nola ergue as sobrancelhas.

— *Intrigante.* Acha que foi ele?

— Não — admito. — Mas não ponho a mão no fogo.

— Você poderia — diz Brie delicadamente. Ela mastiga um pedaço de gelo e abre um sorriso doce para Nola.

— Engraçado.

Nola come um pedaço de pão de alho.

— Ouvi dizer que você estava na lista de suspeitos; talvez eu não devesse me arriscar a falar com você.

— Quem lhe disse isso?

Ela dá de ombros.

— As pessoas falam.

Olho para Brie daquele jeito como quem diz "eu falei" e então volto a fitar Nola.

— Você pode fazer o que quiser. Só estou tentando cuidar de você.

Ela me analisa.

— É mesmo?

Assinto, com esforço. Parece que minha cabeça pesa uma tonelada. Preciso de café. Sinto meu celular vibrar debaixo da mesa, olho para ele e deparo com uma mensagem da Brie.

"Segurando vela?"

Ela me olha com expectativa, mas balanço a cabeça em um movimento de negação.

"De boa."

— Tudo bem. Não vou. — Nola digita alguma coisa no celular. — De qualquer modo, ele não faz meu tipo. "Decorado" demais. Um pouco de tatuagem, tudo bem. Menos é mais. — Em seguida, olha para mim e para Brie. — Então, o que vamos fazer nesta noite?

— Nós estudamos à noite em dias de semana — explica Brie, que me olha como se estivesse esperando que eu desse a minha própria desculpa.

Garotas como nós

Realmente deveria estudar. Mas preciso dar uma olhada na próxima receita no blog da Jessica, que já deve estar destravada a esta altura do campeonato. No entanto, não posso dizer isso a Brie.

— Não tenho nada planejado.

Nola assente.

— Meu quarto ou o seu?

— Acho que o seu. O meu está meio que uma zona.

Brie fica me encarando com uma expressão que não entendo. Então se levanta sem dizer mais nada, me dá um beijo intenso na bochecha e sai tempestuosamente do refeitório.

Capítulo 8

O quarto de Nola não é como eu esperava. Achei que as paredes estariam cobertas por pôsteres do Tim Burton, de *Vampire Diaries*, desenhos góticos, esse tipo de coisa. Em vez disso, é cheio de luz e de vida. Há plantas por toda parte. Reconheço cactos, aloe vera, girassóis, lírios-tigre e narcisos, coisas que a gente veria no deserto e em lugares com clima tropical. Passa pela minha cabeça que não sei nada sobre Nola, nem mesmo de onde ela é.

— Você é jardineira? — pergunto, meio sem motivo.

— Bem, isso não é exatamente um jardim. Mas realmente gosto de plantas. Essas foram todas mudas de casa. Casas.

Ela inclina um regador em um vaso com um cacto e inspeciono o restante do quarto. Na escrivaninha, pilhas arrumadinhas de livros e instrumentos *vintage* de escrita, potes de tinta, cálamos, pedras de afiar, estiletes e coisas do tipo. Nas paredes, um papel parafinado com colunas arrumadinhas de caligrafia que se estendem do chão até o teto. Fico nas pontas dos pés para chegar ao topo de uma delas.

"Quão felizes, alguns mais que outros, conseguem ser! / Em toda Atenas, sou considerada tão formosa quanto ela."

Viro-me para Nola.

— Por que isso me soa tão familiar?

— Porque *Sonho de uma noite de verão* é a peça mais apresentada de Shakespeare. Nós a lemos nas aulas de Literatura Europeia, e também foi a peça da primavera. Eu era o Puck.

— Oh.

Geralmente não me importo com as produções teatrais da escola. Peças de teatro não são mesmo a minha praia. Só vou às peças da Justine para mostrar apoio a ela, e adormeci ou fiquei enviando e recebendo mensagens de texto durante a maior parte das encenações.

Nola, com a mão fina, faz um gesto indicando a parede, e então se levanta e fica ao meu lado. Sou uma cabeça mais alta do que ela.

— Você acha que memorizar algumas equações de Física é difícil? Tente, então, enfiar tudo isso no cérebro.

Viro-me em um movimento lento. A parede inteira está coberta, de cima a baixo.

— Não tem como memorizar tudo isso.

— Bem, não para uma apresentação — ela admite. — Mas nunca esqueço. Eu seria capaz de recitar *Hamlet* para você agorinha mesmo.

— Você não participou dessa peça.

Ela me olha com estranhos olhos que parecem globos.

— Fui a primeira na história da Bates a fazer *Hamlet*. No inverno passado, quando estava no primeiro ano.

Garotas como nós

Eu sabia que o clube de teatro gostava de produzir peças de Shakespeare e, considerando que não temos estudantes masculinos, escolhem para o elenco meninas nos papéis de homens. Porém, por algum motivo, nunca imaginei alguém que conheço desempenhando um papel tão icônico em uma peça teatral. Hamlet. O vendedor, qualquer que seja o papel dele. Imagino Nola trajando vestimentas clássicas elisabetanas e bigode desenhado com delineador, e sorrio. Não consigo evitar.

Ela estreita os olhos.

— Como se chutar uma bola de futebol fosse um grande feito.

Mordo o lábio.

— Eu não estava rindo. Interpretar me parece realmente difícil.

— Macacos podem fazer o que você faz. Mas não conseguem fazer o que eu faço. Só estou dizendo isso.

Concordo com ela com um movimento de cabeça.

— É verdade. Podemos dar uma olhada no site, por favor?

Ela se atira na cama e fica contemplando o teto.

— Você refletiu bastante a respeito disso, Kay?

— O que quer dizer?

— Quero dizer que o site está indo atrás das suas amigas. Primeiro, a Tai, depois, a Tricia. Quer mesmo desafiar o destino?

— Tenho de fazer isso.

Ela ergue a cabeça e apoia-se nos cotovelos, com os cabelos caindo sobre os ombros como se fossem uma cortina negra.

— Por quê?

Porque a Jessica sabia o que fiz, e, se eu não seguir as regras dela, todas as pessoas também ficarão sabendo.

— Porque é possível que eu seja a próxima na lista da Jessica.

Ela se inclina na minha direção de uma forma conspiradora.

— O que ela sabia de comprometedor sobre você?

Dou de ombros.

— Talvez nada.

— Ela sabia de algo comprometedor sobre todo mundo que está na lista. Talvez uma delas seja a assassina.

— Ou é possível que a verdade esteja em uma explicação mais simples. Ela se matou e queria se vingar de todos que lhe fizeram mal.

— A polícia não pensa assim.

— A polícia não tem conhecimento do blog da vingança. E não podem ficar sabendo que ele existe.

— Você me disse que precisava da minha ajuda para entrar no site porque a Jessica deixou uma mensagem para você lá.

— O site é a mensagem. Ela queria vingança.

— Por que lhe pedir que faça isso? É um favor imenso para se pedir a alguém que ela nunca conheceu.

— Essa é a questão.

Os olhos de Nola me cortam.

— Você fez alguma coisa a ela? Talvez algo que tenha esquecido? Algo que nem mesmo pensou a respeito duas vezes? Qualquer coisa?

Movimento a cabeça em negativa e conto o que me parece a minha milésima mentira do dia:

— Nenhuma de nós duas nunca falou uma com a outra antes de ela aparecer morta. Ela era uma ninguém para mim.

Nola dá de ombros.

— Talvez tenha feito isso a ela. Ninguém deseja ser "ninguém". — Ela abre o laptop e sento-me ao seu lado enquanto acessa o site e o software para decodificar a senha para a próxima receita.

Garotas como nós

Quando Nola se apoia no cotovelo, os cabelos caem sobre um dos ombros e o vestido desliza para baixo um pouco. Noto uma florescência de tinta preta na omoplata direita dela.

Ajoelho-me ao lado da cama.

— Você tem uma tatuagem?

Ela me olha por cima do ombro.

— Não. Faço o mesmo desenho nas minhas próprias costas todas as manhãs e deixo que vá desaparecendo no decorrer do dia, limpo o que sobrou e dolorosamente o recrio *ad nauseam*. Faço disso um jogo.

— Óbvio que sim.

Ela puxa o vestido levemente mais para baixo, de modo que eu veja melhor seu ombro. É um desenho intricado do mostrador de um relógio sem os ponteiros.

— O que significa?

— É arte. Se eu a explicar, o propósito se perde. Não se pede que um pintor explique... Bem, não vem ao caso. — Ela puxa o vestido de volta para cima às pressas e seu o rosto parece ruborizado.

— Desculpe-me. Segundo a sra. Koepplerflar, arte sempre tem algum significado.

Nola sorri e afasta meus cabelos do rosto quase como Brie quando eu dizia algo que revelava minha ignorância em um assunto em que ela se considerava especialista.

— Significa. Mas a declaração do artista é a obra de arte em si. O restante cabe ao leitor ou espectador interpretar.

Subitamente ela deixa a mão pender, como se estivesse se lembrando de que sou intocável ou algo do gênero.

Leva um tempinho para que venha a lembrança de que, tecnicamente, não sou. Mas, ainda me sentindo culpada, verifico meu celular para ver se Brie me enviou alguma mensagem depois de sua saída tempestuosa do refeitório. Nada.

A senha aparece, e Nola a digita e clica no link para o entrepratos.

Nova Orleans, LA Sorbet de sangue de laranja
Pegue uma laranja, esprema-a, pálida
Bata-a até que fique sangrenta; não deixe rastros
Deixada na floresta para ficar perdida
Deixada na floresta para congelada ficar
Achou que ninguém conhecimento disso haveria
de tomar?
Eu capturei a neve da laranja.

Há vários arquivos anexados que lembram gotas de sangue brilhante na neve.

O rosto de Nola fica branco como giz.

— Sou eu — ela sussurra. — Jessica estava atrás de mim também.

Releio as palavras.

— Não estou entendendo. — Então a ficha cai. Nova Orleans, LA. NO, LA. NOLA. — O que fez para ela?

— Jessica não tinha como saber. Não poderia saber. — Nola respira com tamanha dificuldade que está praticamente hiperventilando, de modo que lhe entrego um travesseiro. — Abrace isso. Respire fundo e lentamente. — Leio o poema de novo.

— Achei que Jessica estivesse apenas atrás das minhas amigas.

Nola agarra o travesseiro junto ao peito, respirando mais devagar.

— Parece que não.

Garotas como nós

— Mas é um blog de vingança. Faz sentido que Tai e Tricia estejam nele. Mesmo que elas não se lembrassem de Jessica, todas as minhas amigas disseram e fizeram coisas a outras alunas de que nos arrependemos, se não naquela época, com certeza agora. — Evito os olhos de Nola. — Você não se encaixa nesse padrão.

— Poderia me encaixar nesse padrão, sim. — Nola olha para mim de rabo de olho. — É possível que eu não tenha concordado em ajudar você por pura benevolência. Quer dizer, não depois de ver a primeira receita.

— Do que está falando?

— *Existe* uma coisa que me liga a você, a Tai e a Tricia. E a Jessica.

Faço uma busca na memória. Não consigo pensar em um único elo que envolva nós quatro.

— Acho que não.

— As palavras *Dear Valentine* lhe dizem alguma coisa?

Elas me atingem como se eu tivesse sido nocauteada. Preciso de um momento para me recompor.

— O que sabe sobre *Dear Valentine*?

— Sei que no meu primeiro ano aqui eu não tinha nenhuma amiga e estava desesperada para fazer amizades. Então me inscrevi para ser uma entregadora. Foi-me atribuído o terceiro andar, Henderson. Portanto, a Jessica estava na minha lista de entregas. E, no *Valentine's Day*, ela não recebeu nenhuma flor. Sem problemas, ela não era a única aluna do segundo ano. Eu também não recebi. Mas então a Tricia veio atrás de mim e me implorou que entregasse uma carta à Jessica. Nós realmente não temos permissão de fazer isso. *Dear Valentine* é um lance de um dia, mas ela foi tão legal comigo, e eu precisava tanto que alguém fosse legal comigo... Então disse que tudo bem,

133

que entregaria a tal carta. No dia seguinte, a mesma coisa. No terceiro dia, a Jessica me implorou que parasse com aquilo, mas, quando tentei dizer não a Tricia, ela me falou que eu era incrível, a heroína de todo mundo: de você, da Tai, da Brie e até mesmo das alunas do último ano. Sou uma tremenda imbecil. Nenhuma de vocês na verdade nem falava comigo. Mas acho que imaginei todos aqueles olhares de admiração na sala de aula e comecei a aparecer em eventos de esportes e jogos e, ai meu Deus, que perdedora fui! Não sei o que havia naquelas cartas que Tricia escreveu, mas todos os dias ouvia a Jessica chorando quando eu batia à porta dela. E continuei levando as cartas durante quase duas semanas, até que a Tricia finalmente parou de escrevê-las e voltou a fingir que eu não existia. Assim, é, eu diria que a Jessica tinha, sim, um motivo para se vingar de mim também. E foi por isso que realmente quis ajudar você. Estava esperando meu nome aparecer. Mas tinha esperanças de que outra pessoa tivesse feito com ela algo pior. Qualquer que fosse o conteúdo daquelas cartas, era bem ruim. Tão ruim que o último desejo da Jessica foi arruinar a vida de todas as envolvidas no envio das cartas. Você era amiga da Tricia, e a Jessica a encarregou de realizar a vingança. Isso quer dizer que ou você estava envolvida ou era a única das amigas que não estava. Então estou lhe perguntando de novo: existe alguma coisa que tenha feito à Jessica?

Tento falar, mas minha garganta está seca demais. *Dear Valentine* é um motivo muito bom para que a Jessica se chateasse comigo e com as minhas amigas. E Nola conhece apenas parte da história. Sua versão é apenas a ponta do iceberg.

Ela vira o laptop para me mostrar o poema de novo e respira fundo, uma inspiração trêmula.

Garotas como nós

— Você se lembra de todo aquele surto alguns anos atrás com o sumiço do gato da dra. Klein? Talvez uma ou duas semanas depois do *Valentine's Day* daquele ano?

A recordação envia um choque pela minha coluna. Aquilo foi uma coisa e tanto. Hunter era praticamente uma mascote que vivia rodando pelo campus, correndo pelas áreas verdes, perseguindo esquilos, brincando com folhas ou tomando banho de sol. Então desapareceu da mansão da dra. Klein às margens do campus. As portas e as janelas tinham ficado fechadas, mas não trancadas. Disso ela tinha certeza. A coleira do animal fora deixada para trás. Um terrível presságio. Colaram vários cartazes por toda parte. Fizeram várias reuniões. A polícia do campus falou com as alunas; a psicóloga da escola entrevistou todas nós. O caso teve uma proporção gigantesca. Mas Hunter nunca apareceu. O adorável, fofinho gato de listras cor de laranja, o Hunter.

Viro-me para Nola, o temor espalhando-se por mim como se fosse uma febre.

— O que você fez?

— Foi um acidente. — Ela pressiona o rosto no travesseiro, solta um estridente grito abafado e então o levanta. Os olhos brilham, vermelhos e marejados, e o rímel está borrado. — Eu não o peguei. Apenas o encontrei. Pelo menos acho que era ele. Estava no riacho. Vivo, mas mal... — Ela interrompe a frase com os olhos cheios de lágrimas, o nariz inchado, os lábios trêmulos, assim como a voz. — O corpo do gato estava esmagado e os pelos, cheios de sangue, e na água não estava nem mesmo vermelho, mas marrom e cor-de-rosa, tão sinistro. — Nola engasga e, desajeitada, coloco os braços em volta dela, que continua a falar, cada vez mais agitada: — Eu nunca tinha visto nada morto antes; todo mundo estava tão preocupado, e eu não sabia o que fazer, não tinha nenhuma amiga e tinha receio de que, se falasse algo sobre aquilo, todos pensariam que eu havia matado o gato. Ou então, se o encontrassem, diriam: "Ei, a Nola estava passando pelo riacho; isso não é uma coincidência estranha, e ela é tão esquisita!".

Uma imensa e arrasadora culpa me inunda ao me lembrar de como fomos horríveis com ela quando apareceu com os cabelos tingidos de um tom preto como as asas de um corvo, esmalte preto e maquiagem gótica. *Necro.* Nem mesmo lhe demos uma chance. Fizemos piadas sobre ela dormir com cadáveres e idolatrar o diabo. É claro que a história se espalhou. Tudo que fazemos acaba se espalhando em algum momento. Não é de se admirar que tivesse ficado aterrorizada. Abro a boca para dizer que sinto muito, mas, em vez disso, apenas digo:

— Ninguém teria pensado que você fez aquilo.

Ela me lança um olhar pungente.

— Todo mundo teria pensado que eu fiz aquilo. — Em seguida, funga e cai no meu ombro. — Então o peguei, e simplesmente saí correndo. Pelo bosque, na neve, até o mais longe que conseguia. Depois o coloquei no chão para enterrá-lo, mas tudo estava tão congelado que o cobri com pedras. E toda a neve ao redor estava coberta de sangue. Por um tempinho, pensei em apenas me afundar nela, simplesmente me deixar congelar até morrer. Pareceu-me uma forma não dolorosa de morrer. Mas amarelei. — De repente, ela se senta direito, assoa o nariz na manga da roupa e então olha para mim. — Sabe por quê?

Faço um movimento com a cabeça indicando que não.

— Por quê?

Ela cruza a sala e aponta para uma das colunas de coisas escritas na parede.

Garotas como nós

— "Pois quando livres do tumulto da existência/No repouso da morte os sonhos que tenhamos/Devem fazer-nos hesitar: eis a suspeita/ Que impõe tão longa vida aos nossos infortúnios."

Aperto os olhos.

— Shakespeare salvou sua vida?

Ela parece desapontada, quase desdenhosa.

— Hamlet. Ele não podia se matar porque, independente dos tormentos da vida, depois da morte poderia ser pior. Não podemos fazer isso se não sabemos.

Nola parece tão sincera que concordo, embora ela esteja mortalmente errada. Hamlet pode não ter sido capaz disso, mas algumas pessoas são. Megan se matou. Eu meio que duvido que Shakespeare pudesse tê-la salvado, mesmo se todas as palavras que escreveu cobrissem todas as paredes dela.

— E se cada um de nós morrer e for para seu inferno pessoalmente projetado, repleto de nossos medos mais profundos e sombrios? — pergunta Nola, voltando a cair na cama. — Se isso for verdade, não nos podemos permitir morrer um minuto antes do tempo certo.

— Claro. —Tento não pensar demais na morte desde que Megan e Todd faleceram, mas, quando penso nela, gosto de fazê-lo em termos mais otimistas. — Mas é muito provável que o oposto seja verdade. Talvez, quando morremos, entremos instantaneamente em nosso próprio mundo onírico. Uma reprise de todas as nossas melhores lembranças.

Um sorriso passa pelos meus lábios quando penso em mim e em Todd crianças, correndo pelo quintal no 4 de Julho, lembrando-me do cheiro dos cachorros-quentes e dos hambúrgueres preenchendo o ar, dos vaga-lumes e fogos de artifício iluminando o crepúsculo, da grama escorregadia sob nossos pés descalços. Essa seria uma das lembranças acrescentadas ao rolo do filme. Espero que ele esteja em algum lugar assim.

— Provavelmente não é nada — diz Nola. — Mas, ainda assim, isso nos dá uma pausa. — Ela solta um suspiro e volta a olhar para a tela do computador. — Se Jessica sabia que enterrei Hunter, também sabia exatamente onde estava o corpo dele. Você entende o que precisamos fazer agora.

Uma sensação de náusea revira o meu estômago.

— Nós?

— Quer dizer, se você quiser o restante das senhas.

Ela me fita de forma desafiadora.

Levanto-me, puxando meus cabelos em um rabo de cavalo apertado, e visto o meu casaco.

Capítulo 9

A noite está clara, mas amargamente fria, com ocasionais rajadas de vento que varrem o fôlego direto dos meus pulmões. Decido que a trilha congelante cruzando o lago vale o uso do casaco do Todd, e, se depararmos com alguém carregando um cadáver, tenho mais com que me preocupar do que com a moda. O bosque fica no lado mais afastado do lago, além da estrada principal, e caminhamos em silêncio, eu com as mãos vermelhas e arranhadas enfiadas bem fundo nos bolsos e Nola mexendo os braços de vez em quando e fazendo meias piruetas uma vez aqui outra ali. Conforme passamos mais tempo juntas, noto algumas coisas nela. Nola dança quando anda. Apenas alguns pulinhos e deslizes em determinados momentos. Seus gestos são graciosos, e às vezes ela fica *en pointe*, de modo casual, como se não percebesse o que está fazendo. Ela também fala de forma lírica. Seu padrão de discurso fica ritmado às vezes, e bate com os dedos e com os pés quando fica sentada, ou mesmo parada por muito tempo. Quando tudo está quieto, ela começa a cantarolar bem baixinho, e agora tenho de fazer *shhhhh* para ela vez ou outra, porque, se não fizer, a voz dela gradualmente aumentará até que esteja cantando alto, e, de repente, seremos pegas vagando pelo bosque com um saco cheio de ossos de gato, cantarolando melodias alegremente.

— Você tem certeza de que consegue encontrar o lugar onde o enterrou? — pergunto-lhe quando iluminamos com nossas lanternas o bosque escuro.

— Creio que sim — responde ela. — Havia pontos de referência. Um velho celeiro vermelho à direita, um trator abandonado à esquerda. Um pedregulho com as iniciais *IKC* entalhadas. Uma fita cor-de-rosa indicando propriedade e um marcador de trilha, e três árvores abaixo, as pedras.

Olho de relance para ela no escuro, com minha lanterna subindo e descendo, mas bem baixa.

— Boa memória.

— Bem, tive que traçar o caminho de novo — explica ela.

Sigo a trilha sobre as raízes e as pedras, tomando cuidado para não escorregar nas folhas lisas e congeladas. A última coisa de que preciso é um machucado assim que a temporada de jogos recomeçar. Damos a volta em um grande carvalho afundado com imensos galhos começando a apodrecer subindo do chão, e Nola para.

— Bem aqui — diz ela, apontando para o local.

Olho para o lugar que ela está indicando, mas não consigo ver nada ali. Nola segue caminho cruzando uma pequena clareira, seus tênis roçando com os pés e afastando as folhas incrustradas de geada, e então começa a remover pedras de uma pequena pilha. Hesito. Não quero tocar naquilo. Se houver um cadáver apodrecendo aqui, as pedras provavelmente estão cheias de doença. Relutante em seguir em frente, mexo no zíper da mochila de lona que ela decidiu que usaríamos para transportar o cadáver do

Garotas como nós

animal. Balanço o peso do meu corpo para a frente e para trás, alternando entre um pé e o outro, enquanto ela remove rapidamente as pedras e as descarta atrás de si. A qualquer momento o corpo aparecerá. Ele está aqui faz um tempinho, e não sei o que esperar. Poderá ser bem macabro. Não vi muitos cadáveres na vida.

Jessica tinha acabado de morrer, com cortes e pele preservados pela água gélida e pela morte recente. Megan fora cremada. Todd, dolorosamente recomposto para que não parecesse que fora esmagado pela caminhonete do irmão da Megan. Reconstruíram a caixa torácica dele sob o terno azul-marinho novinho em folha. Pintaram e maquiaram as mãos, unindo-as para abraçarem, com amor, uma bola de futebol junto ao peito. Cobriram uma grande laceração na lateral do rosto dele e costuraram lábios e pálpebras para que ele parecesse em paz. E então, camadas e camadas de tinta e pó. A mais grotesca fantasia de Halloween de todos os tempos.

Eu havia implorado à minha mãe que não me obrigasse a ir ao velório, que não me fizesse olhar para o corpo de Todd, mas ela apenas se limitou a ficar parada lá, em pé, sem palavras, observando minha boca se mover. Estava sob o efeito de tantos remédios que não conseguia compreender nada do que eu dizia. Aquilo era demais para ela, a tia Tracy havia me explicado. Mas, quando fiquei lá, também parada, em pé, fitando o destroçado corpo do meu irmão, achei que talvez eu entendesse um pouco o profundo desespero da minha mãe. Só que para mim não era tristeza, não havia um remédio que esvaziasse a minha mente, nem a fúria que me levava a gritar coisas sobre advogados, ou inferno, ou vingança, como o meu pai fez por trás das portas, antes que eu ouvisse seu choro mesclado com soluços irromper pela casa, tão alto quanto gargalhadas. Para mim, era como pequenas pontadas, pequenos atos de impulsividade. Enfiar a mão no caixão e tentar reposicionar as mãos em pose e frias de Todd. Secar a garrafa de bourbon especial do papai. O que qualquer pessoa iria fazer em relação a isso? E depois, na Bates. Bater de frente com a capitã do time, a do último ano. Fazer com que a menina nova comesse uma aranha, ou escrever para a treinadora um poema de amor, ou fingir estar tendo um ataque epiléptico no meio da capela. Roubar as mais belas roupas dos armários dos vestiários e usá-las no campus, porque, se você nem esconde nem recua, ninguém vai notá-la. Pular dentro do lago depois da Dança do Esqueleto. Fazer o que quer que espocasse na minha cabeça. Só para ver o que aconteceria. Quem iria me impedir? O que alguém faria? Por que qualquer coisa importaria?

E então o mundo começou a girar no eixo novamente. Eu, de fato, virei a capitã do time. Mamãe e papai ficaram em cima de mim. Tudo se tornou real. Tudo passou a importar. Eu não quero voltar para aquela espiral rodopiante e vazia de novo. Porque, uma vez que se esteja em tal espiral, não há onde se agarrar. É preciso que algo extraordinário, um alinhamento cósmico de proporções divinas, puxe a pessoa para fora. Conhecer alguém como a Brie. Descobrir que tenho um lugar em uma escola como a Bates. Um lugar em que posso ter a certeza de que, sem nenhuma sombra de dúvida, o caminho à minha frente é melhor do que aquele que deixei para trás. No entanto, o equilíbrio é tão frágil…

Finjo um espirro de modo que tenha uma desculpa para cobrir o rosto com os dedos e os deixo ali, espiando pelo vão entre eles. Não quero ver um cadáver felino em estágio de putrefação. Nola remove mais uma pedra e sinto-me inquieta parada onde estou.

— O que vamos fazer com o corpo? Nem mesmo conversamos sobre isso.

Garotas como nós

Ela não olha para cima. Remove mais uma pedra e a descarta, indiferente.

— Enterrá-lo de novo.

— Onde? Como? Não temos pás e o chão está congelado.

Dou um passo para trás na escuridão, de modo que o túmulo e o fino feixe de luz da lanterna que o ilumina sejam quase por completo bloqueados pela silhueta curvada de Nola. Mas ainda consigo ver um pedaço do rosto pálido dela curvando-se sobre a pilha que só vai diminuindo de tamanho, a expressão concentrada, a terra acumulando-se sob as unhas das mãos.

— Não no chão. Isso seria óbvio demais. O cadáver só acabaria aparecendo de novo.

Desconfortável, dou mais um passo para trás e solto um grito quando alguma coisa toca o meu ombro. Recuo e deparo com um galho de árvore. Nola se vira e olha feio para mim.

— Se você continuar assim, seremos pegas.

— Sinto muito — digo baixinho.

— Poderia ajudar, não é?

— Acho que não. Vou ficar aqui de vigia.

Ela remove mais uma pedra da pilha e olha para baixo.

— Jogue a bolsa para mim.

Eu a jogo, incapaz de me aproximar ou de recuar mais, nem conseguindo desviar o olhar nem me esforçando para espiar por cima dela. Vejo blocos compactos de terra, punhados de pelos e ossos. É quase mais chocante do que todas as imagens mentais que meu cérebro estava criando por ser tão simples e por parecer encenado. Como se fosse uma exposição em um museu. Fósseis. O mais sinistro dos pensamentos passa pela minha cabeça. Nola havia dito que Hunter não estava morto quando ela o encontrou.

Aproximo-me mais alguns centímetros e fico com o olhar fixo voltado para baixo, olhando os ossos sem falar nada, apenas imaginando. Quase faço a pergunta a ela. Mas então Nola pega a mochila e, com cuidado, consegue tirar os ossos e os pelos do chão e colocá-los dentro da mochila; e então limpa as mãos imundas na terra.

Olha para mim com um desdém não disfarçado.

— Você é covarde, Donovan.

Estou começando a concordar com ela, mas mesmo assim não vou tocar nos restos mortais de Hunter. Um temor súbito e paralisante toma conta de mim, um medo de responder pela morte do gato, de uma forma ou de outra. Parece, ao ver os ossos, que sou responsável pelo que aconteceu. E então o medo explode, e não é apenas Hunter, é Megan, Todd e Jessica. A morte é uma reação em cadeia, um efeito borboleta. Estremeço e começo a espalhar as pedras em torno da clareira com meus tênis.

— Então? Qual é o plano? Estamos com os ossos.

Ela joga a mochila sobre o ombro e caminha rumo à estrada principal.

— Nós os colocaremos em repouso.

— Você disse que não poderiam voltar para o chão.

— Exatamente. Vão para um lugar onde nunca mais virão à tona de novo.

Quando me dou conta do que ela quer dizer, estremeço.

— Você não acha que o lago já está sob bastante escrutínio agora?

Ela acelera as passadas e tento acompanhar seu ritmo.

— Não perto de onde Jessica foi encontrada. Perto da estrada principal.

— Nola, pense bem. Se alguém encontrar os ossos, será mais incriminador do que o túmulo. Eles poderão rastrear a mochila e ligá-la a você.

Garotas como nós

— Como? Você já ouviu falar de alguém que fez um teste de DNA por causa de um animal morto?

Fico em silêncio por um tempinho, mas me sinto inquieta. Muita coisa poderá dar errado. Puxo o capuz de casimira sobre a cabeça enquanto nos aproximamos da estrada principal e espiamos abaixo, na escuridão, em ambas as direções, antes de cruzá-la correndo. Tudo está tranquilo. À margem do lago, Nola ajoelha-se e abre o zíper da mochila, e eu coleto pedras para aumentar seu peso. "Cúmplice", grita uma voz na minha cabeça. "Cúmplice de assassinato."

Ergo uma pedra pesada e escorregadia, cheia de musgos e algas, e coloco-a dentro da bolsa. A pedra esmaga os ossos e as outras pedras que estão embaixo.

— Então, acho que, depois disso, acabou.

Nola arregaça as mangas da blusa e limpa o suor da testa.

— Nem na metade. Isso são pedrinhas. Preciso de algo com que possa trabalhar.

— O lance do blog da vingança. — Faço uma pausa e começo a lidar com outra pedra grande. — É óbvio que não tenho como continuar a trabalhar com o lance do blog sem o software, mas é só me mostrar como usá-lo e ficamos de boa.

— Eu não disse que para mim isso tinha acabado.

O rosto dela é uma máscara imóvel, mas os braços envolvem com força a cintura, de uma forma quase protetora.

— Bem, eu estou dizendo isso.

Ela solta a bolsa.

— Você não vai me tirar desta.

— Não vou mais colocar você em perigo. Destruímos as evidências, mas seu nome ainda está na lista. Só mais um favor: tire seu nome da lista de alunas como fez com a Tricia. E me ensine a usar aquela porcaria de software de senhas. Eu cuido do resto.

— Como se você tivesse algum controle sobre essa tempestade de merda?

Ela sorri para mim ao luar. Sempre há um ar de cinismo nos sorrisos de Nola, mas apenas por um instante, com a brisa soprando suavemente as mechas de cabelos aveludados em torno do rosto pálido e dos olhos luminosos, ela parece esperançosa.

Então me lembro do motivo pelo qual estamos aqui paradas, e do fato de que sou diretamente responsável pelo envolvimento dela nisto tudo.

Peça desculpas. Faça isso agora.

— Está bem. Mas você é a ajudante de boca suja.

— Sempre me comporto como uma perfeita dama.

Nola me ajuda a puxar a pedra do chão e a enfiá-la na mochila. Então fecha o zíper, levanta-se e tenta, mas não consegue erguer a mochila.

— Caraca, meu Deus, como está pesada! Me dá uma mãozinha aqui.

Apoio-me no gradil que separa o lago da estrada, deslizo uma das tiras da mochila por cima do meu ombro e então a ergo, e depois, de repente, um feixe branco de luz oscila na nossa direção.

— Abaixe-se. — Nola solta a mochila e estira-se no chão, deixando-me ali, segurando-a sozinha.

Como um cervo olhando para os sinais de seu próprio fim, fico paralisada onde estou, igualmente esperando ver os faróis dianteiros de algum carro ou o fantasma de Jessica Lane caçando-me por perturbar os mortos. Na verdade, é muito pior. Vislumbro a própria detetive Morgan descendo pela trilha do lago, brandindo uma lanterna na mão.

Deixo a mochila cair e começo a correr.

— Você! Pare aí!

Garotas como nós

Ouço Nola soltar um grito estridente e um par de passadas atrás de mim retumba. Confio na minha capacidade de correr mais do que Morgan. Estou no auge das minhas condições físicas, com dezessete anos de idade e condicionamento diário, no auge mesmo. Ela provavelmente tem uns trinta e cinco anos e pode ter sido atleta algum dia, mas, encaremos a verdade, não há muitos criminosos para serem perseguidos aqui. Morgan não me chama pelo nome, e isso me dá esperanças. É possível que eu tenha uma chance de voltar sem ser pega. Nola, por outro lado, é um curinga. Embora seja baixinha, tem de estar em muito boa forma se dança regularmente. Não posso me dar ao luxo de parar e olhar para trás, mas tenho de esperar que ela ou saia correndo em outra direção, ou que permaneça escondida. Se for pega, o mesmo acontecerá comigo, pois não tenho motivo algum para crer que ela me protegeria.

Piso meus tênis com força no chão próximo ao lago, virando intensamente as curvas, e então corto caminho e não sigo para os dormitórios, mas sim para o ginásio, na esperança de vencê-la pelo cansaço. Se Morgan for rápida, precisarei apostar que tenho mais resistência. Dou a volta no ginásio e diminuo a velocidade para ver se ouço passadas atrás de mim. Não escuto nada. Meu coração está martelando no peito. Tiro o celular do bolso e penso em enviar uma mensagem à Nola a fim de saber se conseguiu voltar. Mas não posso fazer isso. Se ela estiver agora com a detetive Morgan, e se por algum milagre não me dedurou, então a mensagem de texto me comprometeria.

Abaixo a cabeça, entro no ginásio e me dirijo até o vestiário para um banho rápido antes de ir para o meu quarto. Só por precaução. Depois de me secar e vestir as mudas de roupas que mantenho no armário para treinos em dias de chuva, vejo que Nola me enviou uma mensagem de texto:

"Essa foi por pouco."

Meu corpo ainda está tremendo com a adrenalina da perseguição e o terror de quase ser pega, mas também me sinto estranhamente alegre e rebelde. Concluo que é o efeito Nola.

"Você me deve uma."

É essa minha resposta à mensagem dela. Abro um largo sorriso e volto para o dormitório.

Capítulo 10

Na noite seguinte, a notícia está por toda parte do campus: o cadáver de um gato foi encontrado perto do lago.

— Provavelmente foi a mesma pessoa que matou a Jessica — diz Cori no jantar. — Parece que o assassino estava usando gatos para aguçar seu apetite de matar seres humanos. É assim que começam os serial killers. Todo mundo sabe disso.

Brie me chuta debaixo da mesa e dá um sorriso forçado. Cori foi uma personagem importante na história original do desaparecimento do gato porque ela era amiga da família da dra. Klein, e, sendo assim, conhecia Hunter desde quando era um filhotinho. Ela levou o sequestro dele bem a sério e conduziu esforços de busca realizados pelas alunas. Sendo alguém que frequentava regularmente a mansão da dra. Klein, Cori era a principal autoridade em dizer como uma pessoa poderia ter entrado e saído sem ser vista enquanto a dra. e o sr. Klein estavam jantando, onde provavelmente Hunter teria estado o tempo todo, e também em outras questões forenses. Ela até mesmo deu início a um podcast sobre crimes reais falando do desaparecimento do Hunter, mas rapidamente ficou entediada deixando-o para lá quando ficou óbvio que a atitude não lhe traria nenhuma fama.

Ela descarrega seu novo conjunto de teorias para cima de mim, Brie e Maddy, em um discurso que parece uma rajada de fogo enquanto tiro os cogumelos de uma quesadilla de frango. Isto é um pouco agridoce. A noite da quesadilla era a predileta para mim e Tai.

— Eu achava que a Jessica havia se suicidado — interrompe Maddy.

Cori olha feio para ela.

— A essa altura do campeonato, qualquer um que ainda estiver se prendendo à teoria do suicídio está em negação porque sente medo, Notória. Você acha que haveria uma fita indicando a cena do crime no quarto dela se fosse o caso de suicídio? E por que os detetives estariam nos interrogando?

Rapidamente ergo a cabeça.

— Interrogaram você também?

Cori me olha com ar de dúvida.

— Claro que sim. Nós somos testemunhas.

Sinto os talheres deslizando por entre os meus dedos e coloco-os de lado, secando as palmas das mãos na saia.

— O que você disse a ela?

Cori franze a testa e coloca atrás da orelha uma mecha dos cabelos cheios e castanhos que estão na altura do queixo.

— Ele. Falei com o cara baixinho. Lombardi. Disse a ele o que nós vimos. Cadáver, muito triste, tarde demais para fazer alguma coisa. Agora. Voltando ao doce e pobre Hunter.

Nola passa por nós e coloca a bandeja na mesa, ao meu lado, e Cori para de falar. Brie abre um sorriso nervoso e a cumprimenta. Tanto Cori quanto Maddy contemplam Nola sem dizerem nada. Ela olha para ambas e depois para mim.

Garotas como nós

Nervosa, dou uma mordida na quesadilla.

— Vocês conhecem Nola Kent?

— Vivemos nos encontrando — diz Brie, que toma um gole do meu refrigerante, o que me leva a notar um certo movimento territorial. Não tem como ela sentir ciúmes! Olho para Nola, que está bebendo sua própria bebida e observando Brie, e então olho para a própria Brie, que está segurando o meu copo e girando o canudo nele.

Nola volta-se para Cori.

— Você é a menina do gato.

Cori pigarreia.

— É verdade. Eu o conhecia pessoalmente.

Isso não é nada engraçado. O que aconteceu com o Hunter foi nojento e cruel e errado. Mas a tensão na mesa está começando a me irritar, e alguma coisa em relação à forma como ela falou faz com que bolhas de risadinhas se formem e escapem pelos meus lábios. Brie olha estranho para mim e tusso nas minhas mãos. Nola me dirige o lampejo de um grande sorriso travesso por trás de sua caneca de chá.

— Qual é o seu problema? — pergunta Cori irritada a Nola, o que não é totalmente justo. Fui eu quem ri. No entanto, Nola realmente abriu um largo sorriso.

— Então, quem fez isso? — pergunto a Cori, na esperança de aliviar a tensão.

— Conclusão. — Ela dá uma mordida no abacate e o mastiga, pensativa. — Uma aluna. Do penúltimo ou do último ano. Alguém que estava aqui por tempo suficiente para ter familiaridade com a mansão da dra. Klein e com a própria dra. Klein, e, obviamente, que ainda está aqui. — Cori toma um gole de seu leite e então continua falando, desfrutando por completo o fato de estar sob os holofotes: — Alguém que tinha algum motivo para ressentir-se com a dra. Klein. Mas não foi vingança. Foi compulsão.

Maddy arregala os olhos.

— Então acha que se trata de uma serial killer?

Cori concorda com a cabeça, de forma solene.

— Clássico.

Brie roça meu pé com o dela de novo, e o mexe para a frente e para trás, brincalhona.

— Andou matando algum gato recentemente?

Ela veio jantar logo depois do treino de corrida, levemente sem fôlego, as bochechas ainda ruborizadas, os cabelos puxados para trás, afastados da testa com uma faixa escarlate. Ela sempre fica mais gatinha após os treinos.

— Engraçado.

Cori franze o cenho.

— O quê?

Dou um chute para soltar meu pé do da Brie.

— Brie acha hilário que a detetive da cena do crime tenha uma vendeta contra mim.

Maddy revira os olhos.

— Por que ela é tão malvada? Obviamente precisa de um hobby.

— Talvez ela esteja certa.

Todos os olhares se voltam para Nola, que olha para nós de um jeito agourento sobre a caneca de chá. Fecho os olhos, frustrada. Por que ela tem de ser assim tão estranha?

— Quero dizer, Jessica roubou o namorado dela. Ninguém mais tem um motivo. Exceto pelo ex-namorado da Jessica, e,

Garotas como nós

considerando que Kay está, em segredo, dormindo com o Greg, vai saber o que mais eles estão escondendo.

Ela dá de ombros, e todas me olham com expressão de surpresa.

— Por favor, diga-me que você não está fazendo uma coisa dessas — Brie exige saber.

— Não estou! —Volto-me para Nola, que está com um largo sorriso travesso estampado no rosto.

— Ela inventou isso. Não estou namorando ninguém.

— Eu não disse que você estava namorando — retruca Nola em um sussurro fingido.

O queixo de Maddy cai, e Brie me fita de relance, os olhos cheios de incerteza. Agarro a minha bandeja e saio tempestuosamente da mesa, jogando no lixo o que havia sobrado da janta. Nola vem atrás de mim até a porta.

— Desculpe-me — diz ela baixinho. — Fui longe demais?

— Qual é seu problema? — Coloco o casaco nos ombros. — Liguei para o Greg porque me pediu para armar um encontro. Estou tentando ser legal com você, Nola.

Ela cruza os braços sobre o peito e aponta para a frente o queixo pontudo e quase élfico.

— É? É tão difícil assim? E realmente tão doloroso?

Percebo que todas que conseguem ouvir o que estamos falando nos encaram.

— Apenas seja… normal.

Ela balança a cabeça em um gesto de negação.

— Aguente uma piada, Kay.

— Suas piadas não são engraçadas.

Nola estreita os olhos.

— É? Nem as suas.

Empurro a porta, saio, deparo com uma espiral de folhas e volto na direção do meu dormitório. Em um instante, Brie sai com tudo e está ao meu lado.

— O que está acontecendo com vocês?

— Nada. Nola é muito mentirosa.

— Então por que está perdendo tempo com ela? — A respiração de Brie forma uma nuvem no ar frio, e ela saltita conforme vamos andando. Está vestindo apenas um conjunto de moletom, e tiro minha jaqueta e a entrego a ela, que a empurra de volta para mim. Brincamos de cabo de guerra reverso por um segundo até que por fim Brie coloca minha jaqueta nos ombros de nós duas. — Teimosa.

— Ela é estranha, mas é legal.

— Não me parece nem um pouco legal. Acabou de fazer você parecer uma pessoa horrenda.

— Parece que você não gosta mais de mim.

Brie aperta os olhos para me olhar.

— Por que você diria uma coisa dessas?

Dou de ombros.

— Maddy.

Paramos de conversar por um instante enquanto passamos por um grupo de alunas, que dirigem a Brie os costumeiros sorrisos e cumprimentos, mas ou estou imaginando coisas ou direcionam alguns olhares estranhos para mim.

— Ok, aquela novata anônima acaba de articular com os lábios a palavra *vadia* para mim.

Paro abruptamente e olho com ódio para trás, para ela, por cima do ombro. Chama-se Hillary Jenkins e tentou entrar no time de futebol por dois anos consecutivos sem conseguir. E posso tornar a vida da garota um inferno.

Garotas como nós

Brie me conduz para longe do poste de rua de ferro forjado onde as alunas do segundo ano se reuniam.

— Olha. Com a saída da Tai e da Tricia, as pessoas estão começando a falar sobre você dedurar as duas e fazer Hannigan ser demitido...

— Ele foi demitido?

— Por onde você andou e por que não fui convidada para ir junto? Tai e Tricia vão terminar o ano na escola pública e, para elas, isso é um grande insulto.

— Nenhuma delas responde às minhas mensagens.

— Bem, dizem por aí que você foi a responsável por isso.

— Não fui eu.

— É claro que não foi você. Assim como também não dormiu com o ex-namorado da Jessica. — Ela franze os lábios e ergue as sobrancelhas. — Interessante como esses rumores tiveram início no segundo em que você começou a andar com a Nola.

— Não viaje.

Viro-me e olho para trás em direção às alunas do segundo ano, contemplando a ideia de esclarecer as coisas sobre o que exatamente aconteceu com a Tai e a Tricia, mas Brie me empurra com gentileza de volta na direção do Barton Hall.

— Tem mais uma coisa. — Chegamos perto dos degraus de pedra do Barton, e ela olha a minha janela acima. — De alguma forma, ficaram sabendo que Jessica e Spencer dormiram juntos. E as pessoas acham estranho ela ter morrido logo depois disso. Agora, com você entregando todas as suas amigas e andando com a Nola, que tem fama de necrófila e adoradora do diabo...

— Isso é bobagem. Nós inventamos esses rumores.

— Bem, esses rumores estão se voltando contra você agora.

Talvez deva reconsiderar andar com ela até que a investigação seja finalizada.

Chuto a grama e contenho um grito cheio de frustração.

— Isso é um saco.

— Vai ficar tudo bem. Só precisamos nos manter discretas e seguir a onda.

Analiso Brie.

— Você acha que foi suicídio?

Ela inspira fundo e solta o ar devagar.

— É difícil dizer isso sem as evidências.

Uma resposta de advogada. Então olha para o relógio.

— Tenho toneladas de Latim para estudar.

— Francês.

— Então, chega de Nola?

Nunca é fácil discutir com a Brie. Primeiro, ela formula pedidos como se fossem declarações. Em segundo lugar, seu nível de autoconfiança faz com que eu duvide de mim mesma. E, por fim, assim tão perto dela, esqueço-me do motivo pelo qual meu lado na discussão era importante.

— Ah, vamos. Você pararia de andar com a Justine se eu lhe pedisse? — Tento dizer isso de um jeito casual, como se fosse uma pergunta de verdade.

O rosto de Brie fica anuviado.

— Tudo bem. Não tinha me dado conta do quão íntimas você e Nola eram. — Ela joga minha jaqueta para cima de mim. — Nós nos falamos em breve.

Entro no edifício pisando duro e subo as escadas até meu quarto. De fato tenho lição de casa para fazer nesta noite. Fico até meia-noite fazendo as tarefas e quase adormeço na escrivaninha, mas os cutucões de Nola me incomodam. Obviamente não estou

Garotas como nós

namorando o Greg, muito menos interessada nele, mas preciso mesmo saber de mais coisas sobre a Jessica e o que ela poderia conhecer sobre meu passado.

Depois do que a detetive Morgan disse, Greg provavelmente é a última pessoa com quem eu deveria estar falando, mas ele também conhecia a Jessica melhor do que ninguém. Escovo os dentes, visto meu pijama, subo na cama e apago a luz antes de decidir ligar para ele, que não atende, o que faz sentido, porque é quase uma hora da manhã. Decido não deixar uma mensagem. Ele vai ver que liguei. Se quiser me ligar de volta, fará isso.

Porém, por volta da uma e meia da manhã, ainda não consegui dormir e, de alguma forma, acabo ligando para Spencer.

— Katie D. Quantas vidas você arruinou hoje? — pergunta como forma de saudação.

— Não vem ao caso.

— Não desligue — ele se apressa a dizer. Posso ouvi-lo digitando rapidamente. — Desculpe-me. Meu mau humor é porque estou perdendo. Espere eu morrer. — Por um instante, ouço Spencer socando o teclado com violência, e então vem o silêncio. — Desculpe-me. Sinto falta dos nossos encontros dos Insones Anônimos.

— Não posso dizer o mesmo. — Poderia sim. Mas nunca faria isso. Nós dois dormimos terrivelmente mal. Ambos pensamos demais. A noite era algo que eu e a Brie nunca poderíamos compartilhar, pois ela dorme cedo, e, por mais que eu adore ficar deitada ao lado dela durante a primeira hora, olhar fixamente para um teto escuro assim tão rápido torna-se uma tortura. Eu e Spencer rodávamos de carro por aí, dávamos uns amassos, conversávamos infinitamente sobre nada, atirávamos pedras na lua. Coisas que se faz quando não há mais nada a fazer. Uma vez, deixei Spencer entrar escondido no meu dormitório para passar a noite, o que poderia ter resultado em expulsão, e subimos a torre durante a noite olhando o céu, em busca de estrelas cadentes. Acabei dormindo em algum momento, mas, quando acordei, a testa dele ainda estava pressionada junto à janela, os olhos mirando a fina auréola de luz que se erguia sobre o lago. Aquela foi a noite da qual falei para todo mundo que eu e Spencer finalmente fizemos sexo, a noite em que isso deveria ter acontecido. No entanto, de alguma forma, acabamos apenas olhando, esperando. Deveria ter tido uma chuva de meteoros. Os céus falharam conosco.

— Adoro sua franqueza.

Ouço quando ele acende um cigarro e abre a porta do quarto. Imagino-me lá com ele. Sempre odiei o cheiro de fumaça, exceto no frio congelante, enfiada debaixo de sua parka surrada. Não consigo explicar isso.

— Então me diga uma coisa.

— As damas escolhem.

Quero lhe perguntar sobre Jessica e saber se a polícia o interrogou, mas Spencer é impulsivo em relação a falar a verdade. É mais provável que se abra se ele mesmo trouxer o assunto à tona em vez de eu lhe perguntar e deixar óbvio que me importo com a resposta. Porque então isso vira um jogo.

— Você está vendo alguém? — pergunto.

— Tiras não são exatamente o meu tipo, sabe? — O outro talento dele é ver qual é minha real intenção.

— Vamos nos encontrar.

— Sério?

— Claro. Dormir está se tornando uma memória quase inexistente a esta altura do campeonato. Encontre-me na Old Road em quinze minutos.

Garotas como nós

Ele não hesita.

— Traga lanchinhos.

Apareço com duas águas vitaminadas e um punhado de barrinhas energéticas. Realmente não tenho nada além disso. Quando ele estaciona, entro no carro e sou imediatamente envolvida pelos cheiros de café com baunilha e fumaça de cigarro. Spencer faz um gesto indicando o suporte de copos e eu pego, grata, um copo de café para mim.

— Sabia que você ferraria a missão dos lanches. Tenho donuts lá atrás.

Estico a mão atrás de mim e escolho um de chocolate com glacê.

— Obrigada.

Ele segue pela estrada tortuosa por meio do bosque que ladeia a margem leste do lago.

— O que você quer, Kay? Só me liga quando quer alguma coisa.

— Não é bem assim. Só quero conversar.

— Sobre? — Ele joga o cigarro pela janela e sobe o vidro, e eu ligo o aquecedor.

— Nada. Tudo. Café e donuts.

Spencer para no acostamento da estrada e olha para mim.

— Então vamos realmente conversar. Sobre nós.

Sou tomada pela pior sensação de apreensão. O rosto dele, dependendo da expressão que decide usar, sempre me pareceu angélico e demoníaco ao mesmo tempo, e, neste momento, a esperança nos olhos de Spencer está me destruindo. Uma parte minha quer beijá-lo e lhe dizer que esqueça tudo que nós dois fizemos. Porque a Brie nunca vai me querer. Não como namorada. Ela provou isso nesta noite. E Spencer e eu nos conhecemos tão bem. Podemos nos ligar para falar de nossos problemas, encher o saco um do outro, dissuadir-nos do suicídio, e causar tesão no outro em questão de segundos. Odeio o fato de que tudo que quero é arruinado pela contradição. Meu cérebro está dividido, meu coração, partido. Nesse momento, quero soltar meu cinto de segurança, subir no colo dele e apagar com um beijo todas as lembranças que as últimas semanas encravaram em meu cérebro.

Mas, no fio da navalha do amanhã e do para sempre e no segundo em que há ar entre nós de novo, não sou capaz de perdoá-lo pela Jessica. Não consigo esquecer isso. Não consigo parar de visualizar a cena. E, todas as vezes em que o faço, é aterrorizante, um pesadelo ambulante. O corpo morto e frio dela envolto no dele.

— Spence — digo baixinho —, não há mais nada sobre nós a conversar. Ambos sabemos disso.

— Você ficaria surpresa — diz ele, em uma voz mortalmente calma.

Minha respiração fica presa na garganta.

— O que você quer dizer com isso?

Spencer liga o motor do carro de novo.

— Uma vez — afirma ele, sem olhar para mim. — Eu e a Jess ficamos juntos uma vez. Era isso que queria saber?

— Não perguntei.

— Não precisava.

Ele dirige até nosso local de encontro, a estrada de terra empoeirada que diverge da rua que contorna o lago e termina entre o vilarejo e o caminho do lago nos limites do campus.

— Obrigada pelo café.

Ele entrelaça as mãos e suspira nelas.

— Aquilo não teve qualquer relação com você.

— Certo. — Não consigo evitar que minha voz e minha raiva se elevem. — Não teve nada a ver com a Brie e eu.

— *Ela* deu em cima de *mim*.

Eu paro, com a porta semiaberta.

— Ela disse algo sobre mim?

— Disse que você era uma paranoica narcisista que poderia achar que as pessoas vão atrás dos namorados delas só pra causar ciúmes.

— Tanto faz, Spence.

Ele segura minha mão.

— Kay.

Volto a fitá-lo.

— Quando Jessica me perguntou se eu estava saindo com alguém, respondi que não. Ela me chamou de mentirosinho sujo. Achei que estivesse sendo fofinha, mas talvez ela soubesse mesmo sobre nós. Pensando bem, tendo a achar que ela provavelmente sabia de nós dois.

Faço uma pausa.

— Como vocês se conheceram?

— Em uma festa. — Ele inspira fundo e depois olha para mim, com ar de culpa. — Brie nos apresentou.

Spencer não está mentindo dessa vez. Parece tão nauseado quanto eu. Bato a porta na cara dele.

Pla manhã, a detetive Morgan está me esperando no corredor perto da entrada do dormitório. O Barton Hall foi construído nos moldes de uma grande propriedade britânica, semelhante a uma versão em menor escala de Downtown Abbey, e a antessala é repleta de janelas, do chão ao teto.

Quando não consigo dormir, gosto de me enrolar em uma das poltronas antigas e aveludadas para ficar contemplando as estrelas e fingir que tudo isso é meu. É em uma dessas poltronas que a detetive Morgan decide me interrogar.

Mais uma vez, a dra. Klein está presente como minha acompanhante. Ainda estou grogue e meus músculos anseiam pelo costumeiro café seguido pelo cooper em volta do lago dos dias de semana. Estou convencida de que, de outra forma, meu sangue não flui. No entanto, Morgan agiganta-se na frente da porta, parada entre mim e o ar revigorante da manhã, com os braços cruzados, um sorriso sinistro contorcendo-lhe os lábios finos, enquanto a dra. Klein está curvada no canto, parecendo menor e mais velha do que de costume, vestindo uma blusa por fora de uma calça bege sem graça em vez de um de seus terninhos geralmente de cores vivas. Ofereço-lhe um sorriso tímido, mas ela apenas ergue um dedo na direção da sala comunitária e me dirijo para lá, enquanto uma nuvem de temor paira sobre mim. Então é possível que Morgan tenha me reconhecido na outra noite.

Ela me faz sentar de frente para a parede de vidro, de modo que o sol que se ergue no céu bata em meu rosto e eu tenha de apertar os olhos para olhar para ela, uma silhueta em contraste com o vidro imaculado. A dra. Klein acomoda-se em um sofá no canto, com os joelhos debaixo dela, a mão enfiada sob o queixo. É perturbador vê-la em tal pose casual e passa por minha cabeça que a descoberta do cadáver de Hunter a tenha atingido com bem mais força do que eu havia previsto. Não pensei muito nisso, mas presumi que ela teria desistido dele por achar que estava morto. Parece que não foi bem esse o caso.

Morgan pigarreia.

— Onde você estava duas noites atrás?

— Estudando.

— Você saiu do dormitório para jantar às cinco e meia da tarde.

— Sim.

Garotas como nós

— E voltou em torno das dez e meia da noite.

— Isso mesmo.

Olho para a silhueta escura dela. Seu rosto está indistinguível do restante do corpo, iluminada por trás pelo campus que lentamente se torna mais claro.

— Esteve estudando esse tempo todo?

— Primeiro eu comi. Depois fui até o quarto da minha amiga Nola. Nós estudamos, eu saí, fui correr um pouco, voltei para o meu quarto e estudei de novo até a meia-noite.

Morgan mexe-se na cadeira, puxa um bloco de notas do bolso e anota algumas coisas.

— Vamos ver isso direito. Jantar às cinco e meia, o quarto da Nola às, digamos, seis e meia, você sai do dormitório dela entre sete e meia e oito horas e volta para o seu dormitório às dez e quarenta e dois e então estuda até a meia-noite.

Tento engolir em seco o nó que rapidamente se forma na garganta, mas minha boca está seca como ossos deixados dias ao sol. Ela já verificou os registros e confirmou exatamente os horários de entrada e saída em meus check-ins e check-outs.

— Parece que é isso mesmo.

Ela aproxima sua adeira um pouco mais de mim, de modo quase imperceptível, mas seu rosto continua no escuro.

— Então você estava correndo, sozinha, impossível de ser rastreada, entre sete e trinta e oito e dez e quarenta e dois. Essa é uma corrida e tanto. Você é uma atleta de alto nível, Kay.

— Eu me saio bem.

— Parece que vai sair para correr agorinha mesmo.

— Corro todos os dias. Tenho de fazer isso.

Ela aproxima-se mais, as garras de madeira de sua cadeira raspando o chão.

— Você tem de fazer isso. O que acontece se parar?

— O mesmo que acontece com todos que param de treinar condicionamento. O corpo enfraquece. A pessoa perde força, resistência, o coração e os músculos sofrem, ela não tem um desempenho no melhor de suas habilidades. Morre mais cedo. Você corre todos os dias?

Duvido que Morgan tenha a disciplina até mesmo de dar uma caminhada de cinco minutos todos os dias. Como se lesse meu pensamento, ela boceja, preguiçosa.

— Não, mas levo meu cachorro para dar uma volta. Isso desanuvia meus pensamentos. Bela paisagem aqui em cima. Especialmente quando as folhas mudam de cor no outono. Acho que você ouviu falar sobre o gato da dra. Klein.

— Ouvi dizer que encontraram um gato.

— Eu encontrei. Encontrei uma menina tentando se livrar do corpo.

— Isso é horrível. — Sinto-me estranhamente aliviada por ela só ter visto uma de nós duas.

— É horrível. Também é incomum, por uma série de motivos.

Mais uma vez ela desliza a cadeira para a frente, apenas uns dois centímetros. Agora consigo ver metade de seu corpo, até a cintura, mas o rosto permanece no escuro.

— Em geral, quando matam um animal de estimação, ele não é enterrado, mas sim deixado à mostra. O assassino sente orgulho do que fez e quer saborear a reação do dono do animal.

De repente, tomo ciência, de modo doloroso, da presença da dra. Klein curvada no canto da sala. Embora eu não consiga ver seu rosto, e ainda que não tenha feito de fato nada para ferir o Hunter, sinto uma culpa sufocante que dificulta a respiração. Sou tomada por uma premência incrível de olhar para ela e emitir

Garotas como nós

um pedido de desculpas, e meus ossos comicham, querem sair do meu corpo e fugir, me levar, ah, que inferno!, para longe desta sala antes que eu diga algo que arruinará minha vida.

Ajeito-me desconfortavelmente na cadeira. Sinto como se estivesse afundando nela, como se fosse impossível me levantar sem uma imensa quantidade de força e manobras.

— Isso é bizarro.

— O outro ponto foi o quanto de tempo se passou. É curioso que o assassino tenha esperado mais de um ano para tentar impedir que as evidências fossem encontradas. Por que agora?

Dou de ombros levemente, apenas um minúsculo gesto.

— Bem, tem o outro cadáver no lago — ela continua a falar, e leva a cadeira para a frente mais uma vez. — Você consegue enxergar o que estou vendo? — Vejo o queixo protuberante dela, o nariz afilado, mas não os olhos. Tudo em relação a ela é agudo, cheio de ângulos e quinas. Talvez ela não seja tão idiota quanto parece. Toda vez em que me interroga, começa a conversa como uma professora do jardim da infância e termina me dando chicotadas mentais.

— Começo a achar que talvez a pessoa que matou Jessica também tenha matado Hunter. E, quando se somam dois mais dois, parece que a assassina é uma aluna da Bates. Possivelmente com um grupo de amigas que deseja encobrir algumas coisas. Mentindo para a polícia. — Por fim, ela realiza aquele último cutução, e vejo os olhos que parecem continhas fixos em mim. — Você sabe o que encontramos na cama da Jessica depois que selamos a cena do crime?

Balanço a cabeça, abalada com a repentina mudança de assunto.

— Um celular, uma foto, uma mensagem, nenhuma digital. Mexa a cabeça afirmativamente se algo lhe soar familiar.

Ela está falando rápido demais, analisando as minhas respirações, as vezes que pisco, cada vez que engulo em seco, todos os movimentos dos meus olhos, a cada minuto. Tenho medo de respirar.

— Uma foto do corpo dela flutuando no lago, no celular dela. E uma coisa sua. — Ela espera, com os olhos penetrantes e perigosos.

—Vou querer conversar com um advogado ou algo do gênero? — pergunto, em um sussurro.

Os finos lábios dela se abrem em um largo sorriso.

— Não estou interrogando você, Kay. Só estamos conversando. Você é uma testemunha. Se eu *realmente* tivesse algo contra você, estaríamos na delegacia. Você estaria sob custódia, seus pais seriam chamados aqui, um oficial de polícia teria lido seus direitos, e você teria todos os advogados que quisesse. — Ela faz uma pausa. — Ainda tem uma coisa que não faz sentido para mim, Kay. De livre e espontânea vontade você me disse que não tinha nenhum álibi para a hora em que Jessica foi morta. Todas as suas amigas se contradisseram nas declarações de testemunhas.

Faço um movimento afirmativo com a cabeça, hesitante.

— Elas disseram que ficaram ao seu lado a noite toda. Se me contar a verdade agora, isso me ajudará muito a acreditar que você não está mentindo. Onde estava quando Jessica Lane foi morta?

Minha mente fica a mil. Da última vez em que ela me fez essa pergunta, eu lhe disse que estava sozinha, e esse foi um tiro que saiu pela culatra. Não posso me arriscar a fazer isso de novo. Além do mais, Greg está no topo da lista dos suspeitos. Devo seguir o conselho da Brie e me manter discreta.

— Com minhas amigas — digo, por fim.

Ela olha para baixo e solta um suspiro pesado, e então me fita friamente nos olhos.

Garotas como nós

— Mentir para a polícia é crime, Katie.

— Não estou mentindo — sussurro.

— Nós encontramos seus sapatos atrás do salão de baile. Aqueles que você disse que estava trocando no quarto na hora do assassinato.

A hora do assassinato.

Quando Brie nos deixou, do lado de fora da festa, eu *realmente* pretendia voltar para meu quarto a fim de me trocar, mas tudo parecia arruinado e errado. Minha cabeça estava um borrão só por causa do prosecco e, como meu coração parecia gigantesco e doloroso em minhas costelas, só queria me enterrar no gelo até que tudo se dissipasse. Fiquei andando pelo caminho do lago na direção da Old Road, pressionando a fria boca da garrafa junto aos lábios, ligando para Spencer, sem esperar na verdade que ele fosse atender ao telefone. Mas ele atendeu, e então disse aquela palavra horrível, chocante, que nunca conseguirei apagar da mente.

Ele disse:

— Jess? — Então falou: — Esteja lá dentro de cinco minutos.

Agora, enquanto a detetive Morgan parece gigantesca na minha frente, sinto que nunca estive mais assustada em toda a minha vida. Se não tivesse tanto medo da reação dos meus pais, ligaria para eles imediatamente. Mas surtariam. Então, de súbito, só de pensar em meus pais surtando, um pequeno interruptor acende-se dentro de mim, e a outra Kay, aquela que venho tentando matar, solta centelhas e pega fogo. Levanto-me abruptamente e olho para baixo, para a detetive Morgan, para seus amarfanhados cabelos castanhos, para aquele dente amarelo da frente que não combina com os outros, para seu feio e complacente sorriso nos lábios finos como papel.

— Sua vida é realmente tão desprovida de sentido que você não tem nada melhor para fazer do que importunar meninas de dezessete anos?

O sorriso dela se esvai, e seu queixo quase literalmente cai.

— Está viajando se acha que vai me intimidar a ponto de eu fazer uma falsa confissão. Quantos assassinatos são cometidos por meninas adolescentes, em termos de estatísticas? Quantos são cometidos por velhos pervertidos ou ex-namorados ciumentos? Por que você não começa a procurar por algum desses e para de falar comigo, vadia?

Deixo tempestuosamente a sala e saio do prédio. Vou me atrasar para minha primeira aula, mas isso não me importa. Se eu não correr para me livrar da sensação que me invade, vou explodir.

Capítulo 11

Evito Brie o dia todo. Não estou preparada para encará-la depois de saber que ela armou para Spencer se encontrar com Jessica. É um duplo soco no estômago. O fato de ela fazer uma coisa dessas comigo já é ruim o bastante. Mas o fato de ela agir por semanas como se nada tivesse acontecido faz meu cérebro pulsar tanto que sinto que vai rachar meu crânio.

Em vez disso, preparo-me para nosso primeiro treino de futebol desde a morte de Jessica. Apareço cedo para tentar ensinar, de última hora, algumas coisas para Nola, mas ela ainda não apareceu. Maddy está finalizando o treino de hóquei no campo ao lado, e vou andando até lá para conversar enquanto espero.

Ela olha surpresa para mim.

— Kay. Não sabia que treinaria hoje.

— Por que não treinaria?

— Não sei. Você parecia distraída ultimamente. — Ela borrifa água de um frasco no rosto e então o esfrega vigorosamente, deixando a pele bem vermelha.

— Isso não significa que eu não esteja cem por cento comprometida com a ideia de ganhar.

Ela abre um largo sorriso.

— Então nada de fato mudou.

Pego um taco de hóquei e o giro. Quando era criança, meus pais me colocaram para jogar softbol e eu era péssima nesse esporte. Atacava errado, não acertava longe e não conseguia pegar a bola. Apenas conseguia roubar bases, mas, considerando que eu raramente chegava primeiro, isso era bem doloroso. Odiava esportes até Todd me arrastar para o quintal dos fundos com uma bola de futebol e me desafiar a tirá-la e levá-la para longe dele sem usar as mãos. Demorei um tempo, mas estava determinada, e então algumas engrenagens entraram no lugar em meu cérebro.

Sorrio para Maddy.

— Nem. Nada muda de verdade.

Ela olha algo atrás de mim e sua expressão se congela.

— Ah, Santo Deus.

Nola por fim apareceu, vestida de forma totalmente inapropriada, com um short minúsculo de um tecido atoalhado preto e um Converse também preto na altura dos joelhos, além de uma camiseta branca com as palavras *Eu pratico esportes* impressas em letras simples.

— Incrível.

Vou até ela em uma corridinha leve.

Maddy nos segue e senta-se no banco para assistir.

— Acho que isso vai ser divertido.

— Você vai congelar de frio — digo a Nola, abrindo o zíper do meu casaco com capuz e entregando-o a ela. Embora eu esteja com uma camiseta de manga longa por baixo da camisa de futebol, vou ficar tremendo até ter corrido algumas voltas. Começo a

Garotas como nós

fazer os alongamentos e ela me observa, com incerteza, e tenta me imitar, mas desiste e lança-se na própria rotina de alongamento.

— Visitou o site novamente? — ela pergunta.

— Na verdade, meus planos foram desviados pela investigação de assassinato. A detetive policial me fez outra visita não amigável. — E então minha ficha cai. Quando a detetive Morgan me avisou sobre mentir para a polícia, ela me chamou de Katie.

Pego minha bolsa e caço o celular dentro dela. Nola treina um chute.

— Futebol!

Considero a possibilidade por um instante e concluo que, depois de tudo por que nós duas passamos, posso confiar em Nola e mostrar a ela o e-mail original da Jessica.

— Venha aqui.

Mostro-lhe o e-mail enquanto começamos a correr em uma volta lenta para nos distanciarmos um pouco de Maddy.

Nola fica pairando perto do meu ombro e lê o e-mail em voz alta:

— "Correndo o risco de soar clichê, falar com a polícia não será bom para você." Reconhecer que é clichê não nega o fato de ser clichê.

Demoro um instante para escolher as palavras com cuidado.

— Houve um incidente, e fui testemunha de um crime, mas, por qualquer que fosse o motivo, a polícia não acreditava na minha história. Foi o pior. Tive de ser interrogada repetidas vezes.

Nola arqueja.

— Jessica sabia disso.

Concordo com um movimento de cabeça.

— De alguma forma.

— E ninguém mais saberia disso em relação a você — diz ela com um tom de dúvida. Mas para e olha ao redor do campo, como se alguém estivesse nos observando neste exato momento.

— Ninguém. — Mas é mentira. Outra pessoa sabe o que fiz. A única que sabe que as pessoas me chamavam de Katie na época em que eu morava em casa: Spencer Morrow.

Fica impossível me concentrar durante o restante do treino. Nola é um desastre. Ela não sabe chutar, não é capaz de roubar a bola e não consegue defender. Embora corra, por alguma ridícula cláusula na Lei de Murphy, não é capaz de correr na mesma direção que a bola. E cai. Muito.

No final do treino, todas estão irritadíssimas comigo, exceto Nola, que, por causa de algum milagroso autoengano, parece achar que se saiu bem. A treinadora me puxa de lado e diz que meu julgamento não está tão bom, que não é possível chegarmos à etapa estadual e que não vou conseguir uma bolsa de estudos com Nola vagando pelo campo sem chegar perto da bola. Ninguém fala comigo porque elas amam Holly Gartner, a jogadora que tive de deixar no banco para colocar Nola no time. Holly ficou sentada, em prantos, durante o tempo todo em que Nola fez de si mesma e de mim duas palhaças, e, quando tentei me aproximar dela depois do treino, afastou-se tempestuosamente antes que eu pudesse abrir a boca.

Se eu implorar à treinadora que mantenha Nola no time, minhas chances de ser escolhida por algum olheiro vão para o espaço. Preciso encerrar uma temporada perfeita. Nossos jogos mais importantes serão logo depois do Dia de Ação de Graças e, se detonarmos neles, sinto que conseguirei ganhar uma bolsa de estudos. Mas não posso fazer isso sem a Holly. Nola tem de sair do time. E não faço a mínima ideia de como lhe dizerisso.

Garotas como nós

Maddy ficou me observando o treino todo. Peguei-a olhando com ódio para Nola, mas, algumas vezes, acenou, simpática, para mim. Gostaria que não houvesse testemunhas da minha humilhação épica, mas ela dá uma corridinha até mim depois do treino e me convida para um café antes do jantar. Sinto-me destroçada. Estou atrasada com os estudos e quero abrir a nova pista no blog da vingança. Mas também quero descarregar minha frustração sobre este desastre de treino e seria um grande alívio me focar em algo mundano para variar.

— Claro — digo.

— Eba! Nós vamos até aquele lugar fofinho dos gatos?

Maddy lança um olhar irritado por cima do meu ombro. Não tinha visto Nola ali. Suspiro. Muita frustração para descarregar.

Nós nos sentamos, desajeitadas, em volta de uma pequena mesa, Nola com chá, e eu e Maddy com cafés, e ficamos de conversa fiada até que Nola vai ao banheiro.

Maddy bate com a cabeça na mesa.

— Ah, meu Deus, ela é tão estranha.

— Nós somos amigas.

Maddy fica ruborizada.

— Me desculpe. Achei que só estivessem dormindo juntas.

— Tudo bem. — Tomo um gole do café. — Você não está aqui por solidariedade. Está aqui pela fofoca.

— Não. — Ela solta um suspiro na mão e abaixa os olhos. — Queria ver como você está se saindo. Tudo tem sido tão bizarro ultimamente. Primeiro a Jessica aparece morta, depois a Tai e a

Tricia saem da escola. Nenhuma delas responde às minhas mensagens de texto. Mas as pessoas parecem achar que...

— É. Kay é a ruína do mundo.

Ela balança a cabeça em um gesto de negação, de maneira enfática.

— A Bates não é o mundo e você não a arruinou. — Maddy brinca com as pontas da echarpe de seda, passando-a pelo topo liso da mesa. — Tem falado com o Spencer ultimamente?

Solto um suspiro.

— Depende do que você quer dizer com falar.

— Vocês estão voltando a ficar juntos?

— Definitivamente, não.

Ela masca uma mecha de cabelos por um instante, alisando-a em seguida.

— Parece que você está passando por uns momentos difíceis, e eu queria que soubesse que estou aqui. Se quiser conversar.

Olho para ela com ar desconfiado.

— Ou eu poderia apenas postar um tuíte sobre isso.

Ela se levanta.

— Entendido.

— Ei. — Seguro na mão dela e a puxo para trás. Seus olhos estão cheios de lágrimas e fico em silêncio, chocada com a reação.

— Só quis dizer que você sabe como é se sentir de fora.

— Quando foi, se é que algum dia fizemos isso, que a deixamos de fora?

Ela dá de ombros.

— Ninguém me conta mais nada. E não é só isso. Às vezes você pode estar no meio de todos e ainda assim se sentir completamente sozinha. Estou só dizendo pra me ligar se precisar.

Levanto-me e dou um abraço forte nela.

— Você me liga. Eu nunca durmo. Nunca. O descanso virou coisa do passado para mim. E, se quiser que eu fale com as outras sobre aquela coisa idiota de Notória, considere isso feito.

Maddy parece alarmada por um segundo.

— O que você diria?

— Não sei. Que, embora Maddy seja inteligente, não é nenhuma Ruth Bader Ginsburg?

Ela dá risada e limpa as lágrimas do rosto.

— Estou bem. Você me liga.

Concordo com um movimento de cabeça.

— Claro.

O celular de Maddy vibra e ela olha para ele.

— Eu deveria sair correndo antes que sua amiga volte toda saltitante.

— Ela tem energia — é o que consigo dizer. — Mas não muito controle.

— Coloque-a no banco de reservas. — Maddy enrola a echarpe ao redor do pescoço. — Traga Holly de volta. Se Nola é amiga, ela vai entender. Você nem precisa lhe dizer que a decisão foi sua. Não tem problema em se colocar em primeiro lugar. Só não deixe que ela descubra isso.

— Eu prometi à Nola.

— Bem, tudo quebra. Ossos, corações. Melhor quebrar uma promessa do que um recorde intacto.

Ela me lança um olhar profundo e então me abraça novamente antes de desaparecer porta afora.

Porém, quando Nola volta do banheiro, não consigo dizer nada. Ainda não. Preciso tanto dela...

Jogando-me nos estudos e no futebol e comendo com Nola, consigo evitar Brie pelo resto da semana, apesar de receber um constante bombardeio de mensagens de texto. Há duas coisas que não saem da minha cabeça: o fato de Brie armar para Spencer e Jessica se conhecerem e o fato de a detetive Morgan ter conhecimento de meu histórico com a polícia.

Para falar a verdade, não sei o que é pior.

Depois que Megan cometeu suicídio no vestiário das meninas, os oficiais de polícia interrogaram todas as alunas do oitavo e do quinto ano. Então, quando encontraram o bilhete de suicídio gravado e postado on-line, me interrogaram de novo. E de novo. E mais uma vez.

Os pais de Megan removeram o vídeo imediatamente, antes que eu pudesse vê-lo, e os tiras nunca me deixaram saber se ou como havia referência a mim nele. Talvez ela nem me mencionasse. Mas eles continuavam me fazendo perguntas: o que eu sabia sobre o relacionamento dela com meu irmão? Ela havia contado algo sobre as fotos? Ela me mostrara as fotos? Todd me mostrara as fotos?

O lance foi este: nunca vi as fotos.

Um bando de meninos do nono e do décimo ano as viram e algumas das meninas. Megan estava no nono ano e conhecia vários deles. Mas eu não. Nunca vi as fotos e nunca falei com alguém que as tivesse visto. Eu só tive aquele momento, aquele choque repentino, quando ela me disse que havia tirado e enviado as fotos a Todd, e que ele as tinha mandado para todo mundo. Naquela fração de segundo entre nossa amizade passar de tudo para nada, tudo que consegui dizer se resumiu a: "Tenho certeza de que foi um acidente".

Garotas como nós

Nunca tive uma oportunidade para consertar as coisas entre nós, pois Megan nunca mais falou comigo depois disso.

Quando entrei de fininho no quarto de Todd mais tarde, ele parecia nauseado, pálido e assustado, e disse que alguém havia roubado seu celular. Todd, o meu amigo mais antigo. Aquele que me deu o futebol, minha graça redentora, meu bilhete de saída de Hillsdale e de entrada na Bates. O menino que teve os dentes socados ao me defender depois de Jason Edelman me chamar de sapatão no quarto ano, quando eu não sabia o que essa palavra queria dizer.

Que porra eu deveria dizer naquela janela de três segundos?

E foi isso que contei a mim mesma e à polícia. Alguém havia roubado o celular dele. Alguém havia roubado o celular dele.

Se a gente diz uma coisa várias vezes, ela se torna verdade.

A parte traiçoeira é que, para fazer a mentira parecer real, às vezes temos de preenchê-la com os detalhes que podem não ter estado lá antes. Talvez eu não estivesse com Todd quando as fotos foram enviadas. Talvez eu não estivesse andando com ele de carro, procurando o celular roubado. Talvez eu não o tivesse visto com o celular, horas depois de as fotos serem enviadas.

No entanto, nenhuma dessas verdades que criei era incoerente com aquilo em que eu acreditava: o fato de que Todd *realmente* perdeu o celular e saiu procurando-o de carro. E a vida dele não merecia ser arruinada só por não ter um álibi. Se Todd levasse a culpa, eu jamais poderia provar a Megan que não havia problema com o que eu lhe dissera. Que realmente fora outra pessoa que a magoara. E, quando eu encontrasse tal pessoa, ela pagaria com sangue.

No entanto foi Megan que pagou com sangue. E, depois, Todd. E então fiquei sozinha.

Capítulo 12

Eu e Nola nos enfurnamos no andar superior da biblioteca na noite de sábado para estudar e destravar a próxima receita no blog. É um fim de semana prolongado por causa do Dia dos Veteranos, e praticamente todo mundo está aproveitando o tempo extra para estudar. A maior parte do prédio está cheia de pessoas preparando-se para as provas de meio do ano, mas aqui em cima as coisas estão tranquilas como de costume. Este lugar lentamente se torna nosso ponto de encontro pessoal, nosso refúgio do barulho e do drama que a Academia Bates virou. Ninguém consegue calar a boca e parar de falar nem por cinco segundos sobre o gato ou sobre o assassinato ou sobre o fato de que a aparência física da dra. Klein está se deteriorando. As pessoas começaram a conversar em sussurros e a me encarar, e jogadoras ou estão se apresentando atrasadas ou não comparecendo aos treinos. Não falei com Cori desde nosso embaraçoso jantar, nem com Maddy desde que saímos para tomar café, e venho me dando bem na tarefa de evitar as ligações de Brie. Por sorte, ela mesma anda enterrada sob uma pilha de livros, preparando-se para os exames que estão chegando, e geralmente estuda no quarto. É neste fim de semana também o aniversário de um ano de namoro entre ela e Justne. Agora mesmo, Brie está em Nova York, provavelmente comendo minúsculas porções de comidas cujos nomes não consigo pronunciar, em um restaurante onde servem champanhe em vez de água e dão aos clientes massagens enquanto estão sentados comendo. Comi um quadrado pastoso de pizza de micro-ondas da máquina de lanches do centro atlético enquanto corria até a biblioteca depois do treino. A pizza queimou o céu da minha boca.

Tudo está pior.

Eu e Nola nos acomodamos juntas na grande cadeira verde exageradamente estofada, e Nola posiciona seu laptop de modo que nós duas possamos ver a tela.

— Eu trouxe lanches. — Abro uma garrafa de refrigerante de toranja, sirvo-o em dois copos de papel e parto um gigantesco cookie com gotas de chocolate ao meio. Foda-se o Spencer. E Brie e Justine e seu fim de semana chique comemorando aniversário de namoro. Tenho Nola, açúcares refinados e vingança do além--túmulo.

— Obrigada. — Ela dá uma mordida no cookie enquanto abre o site e o software de decodificação de senha, e digita nele rapidamente. A palavra *coice* aparece. Como no coice de uma arma de fogo. Nola entra com a senha e clica no link do acompanhamento. O forno abre-se, revelando a receita para *Prueba Con Coriander*, e a contagem do *timer* se inicia.

Está difícil? Não se desespere.
Você só fracassa se jogar limpo.
É ela quem sabe o que vem primeiro
Está na hora de acertar os pontos

Derrubar, colocar abaixo outro castelo
Ficar vendo a rainha cair no chão.

— Cori seria o alvo óbvio. — Releio o texto de novo. — *Prueba* não quer dizer prova ou teste?

Nola franze o cenho com ar crítico.

— Ela joga golfe, então sabe o que vem primeiro. Está difícil suportar esses trocadilhos. Qual é a do castelo e da rainha? Uma referência à torre e à rainha no xadrez? O movimento da torre funciona com reis. Será que a Cori tem uma namorada secreta?

— Cori é a torre. Uma vez que a derrubemos, a rainha fica em aberto. Não joga limpo. Notas de testes. Será que ela tem as respostas dos testes em seu armário? — Por algum motivo isso me emputece. Ela nunca se ofereceu para *me* ajudar, e sabe que tenho dificuldades nos estudos. Não que eu fosse trapacear nas provas. Mas por que ela não me ofereceria isso?

— Sinto muito. Olha, ninguém vai para a prisão por isso. É só falar com ela e dizer-lhe que se livre das evidências. As outras foram bem incriminadoras. Drogas, escândalo sexual, assassinato.

— Não sei se um animal conta como assassinato.

Um lampejo de medo passa pelos olhos de Nola.

— Conta como alguma coisa. Você mesma disse que acha que a coisa toda está ligada ao assassinato da Jessica. O ponto é o seguinte: isso não é, na verdade, tão ruim assim. É só conversar com ela agora antes que chegue ao conhecimento público.

Um pensamento passa pela minha cabeça.

— Você acha que conseguimos impedir essa apenas removendo o nome dela da lista de alunas? Quero dizer, Tai pode ter sido expulsa, mas Tricia *optou* por deixar a Bates, e você nunca precisou fazer isso.

— Por que a lista de alunas é assim tão importante?

— Talvez um site esteja conectado ao outro ou algo do gênero. Não entendo de códigos e algoritmos e matrizes.

Nola levanta uma das mãos.

— Você está passando vergonha. Mas entendo o que quer dizer. Um poderia estar programado para detectar uma alteração no outro.

Mostro a Nola o e-mail da Jessica novamente.

— Ela não diz que os alvos têm de sair da escola, mas sim que os nomes têm de ser removidos da lista *e* que tenho de seguir as instruções dos poemas.

— O que significa que você tem de "derrubá-la". Isso me soa como um desafio público. — Nola faz uma pausa. — Então, o que você fez?

A mentira perfeita é uma verdade mal colocada.

— *Dear Valentine.* O mesmo de todas as outras.

Seguimos nosso caminho escada abaixo, onde todos os cubículos e todas as mesas estão cheios de alunas devorando livros. Nola para abruptamente no meio da grande escadaria de madeira que desce em cascata pelo centro do piso principal e me segura pela cintura. Ela engancha o queixo no meu ombro e coloca a mão fria sob o meu maxilar, lentamente virando minha cabeça para baixo e para a esquerda. Cori está sentada em um cubículo em frente a Maddy, bem no meio da sala, ambas com livros espalhados por toda parte.

— Faça isso agora e acabou — sussurra Nola.

Dou uma olhada na sala para ver se a Brie está ali. Não acho que conseguiria seguir com o plano se ela estivesse olhando. Engulo em seco e desço o restante dos degraus.

Cori olha para cima quando chego ao lado dela, mas não diz nada, nem sequer sorri. Maddy acena de leve para mim, e depois, nervosa, olha de relance para Cori.

Garotas como nós

— Podemos ir lá fora uns cinco minutos? — pergunto em um sussurro.

— Não — responde Cori, em um tom de conversa normal. Várias pessoas olham irritadas para cima.

Holly Gartner me fita com ódio.

— "Não pergunte por quem o sino dobra" — diz, bem baixinho. Olho para ela.

— Desculpe-me, o que quer dizer?

Holly descruza os braços sobre o peito, com um ar de desafio.

— A vida de quem você veio arruinar hoje? — As outras meninas à mesa dela trocam olhares.

Estou pasmada, não apenas pelo fato de Holly ter usado quase as mesmas palavras que o Spencer jogou para cima de mim de um jeito casual alguns dias atrás, mas também porque ela normalmente não se atreveria a falar comigo desse jeito. Ninguém se atreveria.

Cori volta-se para seu livro.

— Tai, Tricia e depois Holly. Tente o seu melhor, Kay.

Jogo as mãos para cima.

— Tudo bem, Cori. Você sabe o que fez.

Holly levanta-se e fica cara a cara comigo.

— O que foi que *eu* fiz?

Nola a empurra com o ombro.

— Kay não estava falando com você.

Empurro Nola para o lado.

— Obrigada. Eu mesma cuido disso.

Holly é bem mais alta do que Nola. Boas intenções não resultarão em um final feliz se ela estiver com um estado de espírito dramático. Viro-me para Holly.

— Vamos conversar sobre isso antes do próximo treino. Agora preciso acertar uma coisa com a minha amiga aqui.

Cori fecha seu livro com tudo.

— Amiga não. Nem mesmo andamos mais juntas. Você passa todo o seu tempo com a esquisita da própria Necro Mortícia Manson. Não sei se são as melhores amigas com ou sem benefícios, mas espero que ela seja boa em alguma coisa, caramba! Porque é infernalmente sinistra e está transformando você em uma pessoa esquisita.

Olho para Nola, que está apenas fitando Cori com os olhos apertados e os lábios pressionados, firmes. Sinto que ela está esperando que eu diga alguma coisa, mas, de tanta raiva, parece que meu maxilar está fechado com uma cerca de arame farpado. Volto-me novamente para Cori, meu rosto ficando cada vez mais quente, meus olhos ardendo, ciente de que todas ali pararam de estudar e estão nos observando.

— Você envergonhou a si mesma e ao time inteiro ao deixar Nola jogar. E nos envergonha ao andar com ela. Nunca ficou contra o grupo antes de Nola. Agora arruína vidas. Tai. Tricia. Se quer me provocar, pode vir, vadia. Sua credibilidade já era. Todo mundo acha você louca. Maddy acha que você perdeu a noção de vez.

Maddy levanta-se.

— Cori, isso não está certo.

— Cale a boca, Notória.

— Eu nunca disse isso, Kay.

Ela pega seus livros e sai correndo da sala em meio a uma multidão de meninas estupefatas.

Cori dá um passo na minha direção e continua o mesmo discurso aterrorizante que parece uma rajada de fogo:

— A Brie também está dizendo que você é uma causa perdida. Então, até que ponha a merda da sua cabeça no lugar, não estou interessada em continuar com esta conversa paranoica, nem com qualquer outra conversa.

Garotas como nós

Ela senta-se e abre o livro de estudos novamente.

Decido pegá-lo e atirá-lo no chão.

— Por que está fingindo? Não precisa estudar se tem os resultados das provas com antecedência. Você trapaceia nas provas. E pode ir chorar para a dra. Klein protegê-la das consequências, mas agora todo mundo sabe a verdade.

Por um instante, a sala inteira fica em silêncio como se estivesse abafada por um cobertor de neve. Então Cori se pronuncia novamente, com uma calma mortal:

— Vamos falar sobre trapaças, Kay. Você adora bancar a vítima. Pobre Kay com o coração partido. Dilacerada, feita em pedacinhos pela traição do Spencer. Só que as coisas não ocorreram assim, não foi? Você o traiu primeiro. Na própria cama dele. E sua nova melhor amiga? Tenho certeza de que ela adoraria saber de algumas das coisas que você disse sobre ela logo que a garota chegou aqui. Então temos Jessica Lane. Há apenas três pessoas no mundo com motivos para matá-la. O ex-namorado, o cara com quem ela o traiu e você. E está pirando, Kay.

Não consigo ouvir mais nenhuma palavra nem aguentar mais um par de olhos fixos em mim. Viro-me e saio correndo.

Foi a primeira festa do ano escolar. Eu tinha passado o verão no acampamento de futebol e não via Brie nem Spencer desde junho. Todos nós bebíamos, e Justine e Spencer estavam ficando doidões do lado de fora quando eu e Brie decidimos que seria divertido trocar de roupas. Então fomos para o quarto do Spencer, e eu, com tontura depois de subir a estreita escadaria que dava para o quarto dele no sótão, sentei-me na cama.

Ela deitou-se ao meu lado para tirar os tênis.

No teto havia estrelas que brilhavam no escuro, e estava tocando classic rock no último volume lá embaixo — a canção "7", do Prince —, e Brie começou a cantar em uma voz sem fôlego enquanto brigava para tirar os tênis.

Já havíamos dormido uma ao lado da outra muitas noites, mas aconteceu que foi apenas naquele momento em particular, naquela cama, o pior lugar possível em que poderíamos estar juntas, com as estrelas girando com o álcool e os sapatos que não saíam e a música e a proximidade de Spencer e Justine lá fora fumando. Antes que eu tivesse uma chance de recobrar o fôlego, os lábios dela estavam nos meus e nos beijávamos rápida e intensamente, porque sabíamos que estávamos brincando com fogo. Havia um *timer* invisível e o nosso tempo estava acabando. A camisa dela saiu e seu sutiã ficou preso, e o relógio nos penalizou. Brie parou para rir da minha calcinha de vovó quando puxava minha calça jeans para baixo, passando pelos meus joelhos.

E foi isso que o relógio não perdoou. Porque nesse instante Spencer entrou no quarto. Tudo antes se movia em velocidade hiperalta, e então as coisas seguiram em frente e a velocidade se reduziu. Spencer fechou a porta e deslizou até o chão, apenas me olhando com os olhos cor-de-rosa e vidrados. As bochechas dele estavam ruborizadas e os cabelos caíam nos olhos, e me dei conta de que nunca mais me permitiria tocá-lo ou beijá-lo novamente, e, de súbito, não conseguia mais respirar. Porque fora exatamente dessa forma que as mortes de Megan e Todd haviam me atingido. Eu conseguia me lembrar deles de qualquer maldita forma que quisesse, mas nunca seriam tangíveis. Nunca poderiam ser provados. Eu nunca poderia tocá-los novamente.

Garotas como nós

Comecei a hiperventilar, pulsação e mente nauseantemente rápidas. Brie puxou minhas mãos para junto dela, mas as afastei. Ela me fitou como se tivesse levado um tapa na cara e me perguntou o que eu queria, e eu só ficava dizendo que queria outra chance. Por fim ela se levantou e saiu sem dizer nada, e Spencer sentou-se ao meu lado e me perguntou se eu o amava.

Disse-lhe a verdade; sim, como poderia não amar Spencer? Ele me perguntou se eu ainda amava a Brie. E menti, não, é impossível amar duas pessoas. Ele me abraçou e acariciou meus cabelos até que eu conseguisse respirar novamente, e mentiu também, dizendo que, de alguma forma, ficaríamos bem.

Capítulo 13

No dia seguinte, mal consigo aguentar só de pensar em encarar alguém e fujo até o Cat Café para estudar sozinha no canto, munida de uma conta livre para fazer quantos pedidos de café quisesse. É um pouco desconfortável estar cercada de nada além de imagens e estátuas de gatos que quase parecem rir, grotescos e zombadores como o Gato de Cheshire, de *Alice no País das Maravilhas,* provocando-me. Mas este é o lugar aonde sempre venho para relaxar, e a infeliz morte de Hunter não vai mudar isso. Não é como se eu o tivesse matado. Lamento muito o bichano estar morto, e lamento ainda mais pela dra. Klein, mas não vou abrir mão do meu ponto de encontro perfeito por causa disso. Forço-me a me focar na lição de casa e faço-a até o meio-dia, quando a constante ingestão de cafeína me leva a uma pausa forçada para fazer xixi.

Enquanto estou voltando do banheiro, secando as mãos na calça jeans devido à incompetência do secador de ar, ouço uma voz não bem-vinda, porém familiar, atrás de mim:

— Oras, se não é Katie Donovan, a dama fatal da Academia Bates.

Viro com temor e deparo com Spencer apoiado na porta do banheiro masculino. No rosto, o costumeiro sorriso largo, e os cabelos estão cuidadosamente bagunçados, mas ele transparece cansaço pela primeira vez na vida. Sufoca um bocejo e está com olheiras, e as bochechas parecem um pouco ocas. Talvez as últimas semanas estejam pesando sobre ele também. Talvez Spencer não seja indestrutível.

Volto para a minha mesa e ele me acompanha.

— O que está fazendo no meu lado da cidade? Tem um outro encontro?

— Provavelmente.

Balanço a cabeça negando.

— Você é o pior.

— Isso é discutível.

Ele pega um dos meus copos vazios e o vira na boca, meras duas gotas de café frio.

— Bem, foi divertido, mas na verdade preciso estudar, Spencer.

Ele bate o celular na mesa e apoia o queixo nas mãos.

— Você disse que queria conversar.

Pisco.

— Isso foi séculos atrás. E acabou com você me atirando para fora do seu carro.

— E então você me enviou um e-mail e, como de costume, vim correndo como se fosse um idiota.

Franzo os lábios. Ele está debochando de mim de novo e, depois da noite passada, estou farta de as pessoas me dizerem que sou louca.

— Eu não lhe enviei um e-mail.

Garotas como nós

O sorriso metido de Spencer começa a desaparecer.

— Não me pediu para vir encontrá-la?

— Não.

Ele desliza o celular e o entrega a mim. Há um e-mail de katiedonovan@batesacademy.edu pedindo-lhe que me encontre aqui, no Cat Café, agora. A mensagem é meio de paquera, e fico ruborizada antes de empurrar o celular de volta para as mãos dele.

— Você sabe que esse não é meu e-mail — digo. — E só você me chama de Katie.

O rosto dele empalidece.

— Por que eu faria uma coisa dessas?

— Para bagunçar com a minha cabeça. Você me odeia agora. Entendo.

Ele me olha de um jeito pungente.

— Não odeio você.

— Todas as garotas me odeiam. E têm muito menos motivos do que você para isso.

Começo a chorar de repente. A Academia Bates deveria ser o lugar onde tudo ficaria certo novamente. E estraçalhei essa possibilidade em pedacinhos.

Ele dá a volta na mesa e me envolve com os braços.

— Ninguém odeia você.

— Minhas amigas me odeiam. Minhas colegas de time. Pessoas que eu mal conheço me odeiam.

— Talvez tenha feito alguma coisa para deixá-las emputecidas?

Spencer pressiona os lábios e faz uma cara de inocente.

Eu o empurro para longe.

— Você não entenderia.

— Entendo melhor do que ninguém.

Olho nos olhos dele.

— A polícia interrogou você?

Em vez de me responder, ele me beija. Por um instante, chocada, acabo não reagindo. Os lábios dele encaixam-se perfeitamente nos meus, sempre foi assim. Seu cheiro é reconfortante, menta fresca e Old Spice. Não está com gosto de cigarro, e me pergunto se ele estava esperando este momento, mas o pensamento se derrete quando ele me puxa mais para perto, com um dos braços encaixando-se na minha cintura e o outro aninhando a minha cabeça.

Sinto o calor aumentando, e a urgência de puxá-lo mais para perto faz com que me solte dele e olhe em volta da cafeteria. Não há clientes, embora eu ouça som de água corrente e louça tinindo nos fundos.

— Aqui mesmo, agorinha mesmo? — pergunta ele com um sorriso travesso.

Balanço a cabeça e mordo o lábio. Quero continuar beijando-o, mas não aqui. Não agora. Ele arruína tudo. É isso, quando não sou eu quem arruína primeiro as coisas.

— Isso não é engraçado. Você a trouxe aqui.

— É. — Ele faz uma pausa. — Eu a trouxe aqui. — Então inspira fundo e solta o ar, tremendo. — Tem outra coisa que eu deveria lhe contar.

— Primeiro me responda.

Spencer analisa o meu rosto.

— Não. A polícia não me interrogou.

Uma sensação avança sobre mim como geada.

— Está mentindo. Vejo que está mentindo.

— Então por que fez a pergunta? — Ele me contempla com uma expressão estranhamente não perturbada. — Por que está sempre me testando?

Levanto-me abruptamente.

— Porque você mente de forma indiscriminada, o que o faz parecer um sociopata, Spencer. É verdade mesmo que a Brie armou para que você conhecesse a Jessica?

Por um instante, uma centelha de esperança acende-se no meu peito.

Mas ele pega o celular e me mostra uma série de mensagens da Brie descrevendo a Jessica, perguntando se ele está interessado, dizendo-lhe que siga em frente.

— Agora acredita em mim?

Maddy entra exatamente quando estou saindo de forma tempestuosa da cafeteria e fica paralisada.

— Kay?

Passo por ela, empurrando-a, e vou para a rua, ignorando-a quando ela me chama, em tom cada vez mais preocupado. Não consigo aguentar mais nem um segundo de drama. Essa noite excedeu meus limites

Abro minha porta com um chute e jogo a mochila no chão. Preciso desanuviar a cabeça. Viro uma garrafa inteira de água e fico escovando os cabelos, contando cada escovada, e então tento ler a matéria de Literatura Inglesa para segunda-feira, mais *Otelo,* algumas falas delirantes sobre um lenço. Não consigo me concentrar.

Coloco meu celular no modo silencioso e estudo direto durante o jantar. As luzes do celular acendem repetidamente e conto trinta e sete ligações perdidas e mensagens de texto da Maddy, do Spencer, da Brie e da Nola — um novo recorde. Spencer ganha com mensagens enviadas das quinze para as seis às seis e meia, na maioria perguntando onde estou. Maddy fica perto dele, com sete ligações e três mensagens de texto pedindo para ligar para ela IMEDIATAMENTE.

Por volta das sete e quarenta e cinco, parece que meu estômago está digerindo a si mesmo. Alguém bate à minha porta e, quando a abro, Nola entra no quarto rebolando, como se a noite passada nunca tivesse acontecido. Ela chuta para o lado um montinho de roupas, coloca uma caixa de doces e pães na minha cama e abre seu laptop.

— O *timer* não espera ninguém.

Continuo perto da porta, sem saber ao certo o que dizer. A noite passada foi horrível. Não entendo como ela consegue ficar cara a cara comigo depois de eu ter falhado em defendê-la. Além de tudo, meu quarto está uma bagunça total. Perdi duas semanas seguidas o dia da lavanderia e venho reciclando tudo, menos roupas de baixo. Até mesmo meias.

Ela me olha de cima a baixo.

— Recomponha-se, Donovan. Está na hora do jogo.

Chuta os sapatos, tira o casaco e começa a desemaranhar nós nos cabelos molhados. Está vestindo uma legging e uma camiseta que cai no ombro com o desenho de um alienígena sinistro usando um blazer e brandindo um facão sobre a assustada cabeça de uma menina ingênua. *Astro Zombies*! Em cores de luxo! Palavras impressas em cima da imagem.

— Camiseta bonitinha — digo, tentando soar sincera, ainda que talvez não sendo bem-sucedida.

Ela olha para a minha roupa, um vestido da Gucci com zíper até em cima, detalhes de babados e acabamento em azul-marinho e vermelho.

— Belo vestido. Você o costurou a partir de uma pilha de velhos uniformes escolares?

Garotas como nós

Fico ruborizada. Tricia havia rejeitado o presente dos pais porque o vestido lembrava demais nosso uniforme. Não acho que sejam nem um pouco parecidos, e é um vestido deslumbrante. Por outro lado, não tenho muitas oportunidades de ter vestidos como este, então não os recuso.

— Desculpe-me — diz Nola, soltando um suspiro. — Só estou de mau humor. O vestido fica bem em você. Kay, está parecendo a minha irmã. E ela é perfeita. — Nola sorri com um falso entusiasmo.

— Eu tinha um. — Distraída, pego uma foto da minha família da escrivaninha e deslizo-a por trás das minhas costas.

— Um o quê?

— Um irmão perfeito. — Viro a foto com a imagem voltada para baixo, não querendo chegar à parte do *tinha*. — Ele foi um bebê que dormia a noite toda e que aprendeu sozinho a usar o penico enquanto ainda estava engatinhando. Segundo os meus pais, eu gritava a noite toda, molhava a cama, precisei de aparelho e entrava em brigas no pátio da escola. Sabe? Era o irmão fácil.

Nola solta um gemido e huta um travesseiro.

— Por que fácil é considerado sinônimo de bom? Tudo que vale a pena fazer é difícil. Tipo, eu realmente me esforcei lá no campo de futebol.

Franzo os lábios.

— Talvez não valha a pena.

Ela pisca.

— Temos um trato.

— Temos muitas outras coisas em andamento. Você é dançarina, não é?

Ela cruza as pernas feito um buda e olha para baixo.

— Bianca era dançarina. Eu faço teatro. Nem mesmo sei por que ainda estou tentando.

— Bianca é sua irmã.

Ela faz que sim com um movimento de cabeça.

— Infelizmente.

Noto seu lábio inferior tremendo e sento-me ao lado dela.

— Admito que não a vi atuando no palco ainda, mas você é, sim, uma dançarina. Não vai andando até a sala de aula; vai dançando. E também faz *plié* sem ao menos se dar conta. É óbvio quanto tempo passa treinando.

Ela ri, mas balança a cabeça negando.

— Não é o bastante. Meus pais precisam que eu *seja* a Bianca.

As palavras atingem um ponto sensível em mim. Não consegui me desvencilhar da sensação, desde que Todd morreu, de que a única maneira de acertar as coisas seria preenchendo cada lacuna deixada pela morte dele, realizando tudo que meu irmão teria realizado. Atender a todas as expectativas que os meus pais tinham em relação a ele. Em essência, tornar-me ele.

— Vá por mim. Conheço a sensação.

Ela aperta a minha mão, hesitante, e, por um momento, paira um silêncio desconfortável. Então Nola solta um suspiro, puxa o meu laptop para si, colocando metade dele em seu colo e metade no meu.

— O *timer* não espera ninguém — ecoo.

Ela destrava a senha do blog da vingança e o forno se abre, trazendo à tona a receita da sobremesa para a Madd Tea Party, um trocadilho fácil com Mad Tea Party, em referência ao chá do Chapeleiro Maluco. Tenho uma sensação de náusea. Isso significa que o prato principal é a Brie ou eu, e que uma de nós não está na lista. Independentemente de quem caiu fora, estará no topo

Garotas como nós

da lista de suspeitas. Analiso o poema da Maddy, sentindo-me levemente zonza.

Madd Tea Party
Garota numa xícara de chá, afundada até o ombro
Despeje a água, comece a embebê-la
Não há nada de errado em se sentir triste
Ou ficar apenas um pouco doida
Então coloque um comprimido aí, ou uns vinte,
Há lugar no inferno para você, querida, e muito.

Viro-me para Nola, em pânico.

— Que coisa ruim.

Ela franze o cenho.

— A mensagem está nos mandando cometer suicídio?

Balanço a cabeça em um gesto negativo.

— A pista aqui é sobre a Maddy, não nós. E se isso for uma ameaça? A assassina fez a morte da Jessica parecer um suicídio também. Comprimidos, água.

Nola levanta-se, tremendo.

— Com Jessica foi pulsos e água. Mas isso significaria que…

— Que a Jessica não escreveu o blog. A assassina, sim.

Pego meu celular e o casaco, ligando enquanto me encaminho para a porta.

— Precisamos encontrar a Maddy.

Minha cabeça gira conforme descemos correndo as escadas. Tenho outro medo que não mencionei a Nola. O medo de que a coisa toda seja real. Minha última conversa com a Maddy volta com tudo até mim. Achei que ela estivesse tentando dizer que eu podia contar com ela, mas e se estivesse me pedindo que ela contasse comigo? Maddy me pediu que ligasse para ela. Disse-me que se sentia excluída, completamente sozinha mesmo quando estava cercada de pessoas. Por que não fui conversar com ela após aquele papo que tivemos? Eu deveria saber depois da Megan. Depois da mamãe. Deveria ser especialista no assunto. Mas cometi tantos erros após Todd morrer que adotei a política de me calar. Quando minha mãe sofreu uma overdose com sedativos que deveriam ajudá-la a navegar nas profundezas de seu próprio pesar, papai disse que a saúde mental é uma questão privada. Ninguém deveria saber nada que envolvesse a dor de outra pessoa.

Mamãe passou três meses em um hospital em Nova Jersey. Papai, tia Tracy e eu íamos visitá-la de carro todos os finais de semana, em uma viagem que durava quatro horas, durante as quais eu ouvia música e fingia estar dormindo, e papai e tia Tracy conversavam sobre os planos de casamento dela. No hospital, falávamos com a mamãe sobre todos os tipos de coisas idiotas com as quais não se importava. Ela nunca erguia a vista para nós, e nunca dizia nada em resposta. Até a manhã de Natal, quando o noivo da tia Tracy apareceu bêbado e chamou-a de puta, e mamãe de repente se levantou da cadeira e quebrou o nariz do sujeito com um golpe limpo.

Tudo se estilhaçou e voltou ao normal depois disso. Os médicos constataram que ela não representava um perigo para si mesma nem para os outros. Só para aquele babaca, se ele chegasse perto da tia Tracy de novo. É engraçado como a violência para proteger a honra de um ente querido está tão profundamente embrenhada em nossa cultura, como é bem aceita. O que também é irônico, considerando-se, para começo de conversa, o motivo pelo qual mamãe estava no hospital. De repente, ela passou a ansiar saber tudo sobre os jogos de futebol que havia perdido. E tudo sobre a escola e todos os detalhes idiotas da minha vida com os quais nem

Garotas como nós

eu mesma particularmente me importava. E então meus pais conceberam a solução perfeita para todos os nossos problemas: mandar-me para um colégio interno.

Lá fora, a temperatura caiu ainda mais, e flocos de neve leves como plumas caem enquanto nos apressamos ao longo do caminho sinuoso que cruza o gramado na direção do lago. As sete chamadas perdidas da Maddy me causam enjoo. Continuo tentando falar com ela pelo telefone enquanto faço o check-in na Henderson e subo as escadas arrastando os pés, limpando a umidade gélida dos meus sapatos no carpete enquanto ando. O quarto de Maddy fica no terceiro andar, e, por ela ser uma aluna do segundo ano, tem uma colega de quarto, Harriet Nash.

Paro por um instante do lado de fora do quarto e bato com os nós dos dedos na porta. Apenas silêncio.

Nola tenta novamente enquanto digito o número de Maddy e seguro o celular junto ao ouvido. Fraco, como se abafado por lençóis ou pilhas de roupas, ouço o tom das chamadas vindo do quarto. Uma sensação estranha insinua-se em mim. O tom de chamada do celular de Maddy é bem distinto. A pulsante batida saltitante sintetizada e distorcida bem longe.

Soco a porta.

— Maddy!

Ela não responde e a chamada cai na caixa postal. Digito novamente os números, e o som sinistro e abafado da chamada começa a soar de novo. Os pelos de minha nuca se arrepiam.

Nola coloca a mão levemente na porta com uma expressão confusa.

— Ela não está em casa, Kay. Isso não quer dizer nada. — Mas não soa convencida do que diz.

Tento a porta mais uma vez e então a soco, frustrada.

— Com licença?

Viro-me. Kelli Reyes, uma aluna do último ano que quase conseguiu entrar no time, coloca a cabeça para fora do quarto para ver o que está acontecendo. Ela usa um aparelho protuberante na boca, e uma camada de creme facial verde se espalha uniformemente por seu rosto. Parece que os olhos vão pular para fora da repulsiva máscara, e meu coração galopa no peito diante de tal visão.

— Meu Deus, Kelli.

— Vocês estão procurando a Harriet ou a Maddy? Harriet está visitando a família neste fim de semana. — Ela me avalia de cima a baixo e percebo, com isso, que estava na biblioteca na noite passada.

— Maddy — digo. — Desculpe bater tão forte.

— Ah, *não!* — diz ela, com o sarcasmo escorrendo da voz. — Não foi nada. Eu só estava estudando para as provas de Latim. Continuem batendo.

— Se você a vir, pode lhe pedir que me ligue imediatamente? Kelli aponta para o corredor.

— Ela está no banheiro privado.

Acompanho o olhar de Kelli.

Cada dormitório tem um banheiro comunitário com seis cabines de chuveiros em cada andar, mais um banheiro privado com uma banheira. Em todos os fins de semana, ou nos feriados em particular, há uma luta pelo banheiro privado. Temos permissão de usar regalias tais como escovas, sais, banhos de bolhas de sabão, óleos e cremes, contanto que depois limpemos o banheiro inteiro. Não é um trato ruim. Com algumas velas movidas a pilhas e a música certa, pode-se praticamente criar um minirretiro em spa nesses banheiros. Agradeço a Kelli e caminho pelo corredor, perguntando-me se Kelli lutara com

Garotas como nós

Maddy pelos privilégios de um banho privado. Parece que Kelli estava seguindo a linha de um spa feito por ela mesma também.

Quando me aproximo, noto uma mancha de água cheia de sabão saindo debaixo da porta. Uma música suave toca lá dentro, o tipo de música que se ouve em spas, um calmante som de harpa com a água escorrendo ao fundo. Ou será uma torneira com a água correndo? Olho para os meus tênis afundando no carpete ensopado e uma centelha de um lampejo de temor acende-se lá no fundo dentro de mim.

— Garota na xícara de chá — sussurra Nola.

Concordo com um movimento de cabeça. Uma xícara de chá é tremendamente parecida com uma banheira de porcelana. Bato suavemente à porta.

— Maddy?

Sem resposta. Bato mais alto.

— Maddy?

Meu coração soca no peito. O pânico me inunda como um dilúvio. Tento visualizar as minhas paredes de gelo, mas elas estão fraturadas com uma centena de rachaduras parecidas com teias de aranha enquanto o aposento se enche de água. Corro pelo corredor, desço as escadas, pulando os últimos quatro degraus de cada lance, gritando e pedindo ajuda. O mundo começa a ficar inclinado quando alcanço o andar inferior e chego ao apartamento da sra. Bream, a madrinha. Arranco a chave-mestra de sua mão e volto para o último andar antes dela, antes que chame a emergência, antes que a assistente residente coloque a cabeça para fora do quarto.

Nola permanece de lado, em pé, parada, inútil, enquanto fracasso três vezes nas tentativas de girar a chave na fechadura, e então ela fecha a mão em torno da minha e abrimos a porta juntas. Nola fica ofegante e cai para trás quando finalmente escancaro a porta do banheiro.

A primeira coisa que vejo é o espelho oval levemente embaçado pendurado sobre a pia, que Maddy havia coberto com vários óleos e loções. Na superfície, há uma mensagem escrita com batom, em grandes letras maiúsculas, como em negrito, como se o batom tivesse sido pressionado com força e cuidadosamente passado várias vezes ao longo de cada linha. A mensagem diz:

NOTÓRIA
REBOTE
BOBOCA
GAROTA

Afasto os olhos da fonte do dilúvio, e o silêncio corta o meu acesso ao som e à fala e aos movimentos. Meus olhos, minha língua, meus dedos, tudo parece entorpecido.

A água está transbordando da banheira, que vaza cascatas sobre o chão de lajotas brancas reluzentes. Os cabelos loiros de Maddy flutuam como uma auréola na superfície da banheira. O restante do corpo totalmente vestido está encolhido no fundo.

Capítulo 14

Minha contagem de corpos eleva-se para quatro. Há alguma regra de três nisso? Porque, quando vi o cadáver do meu irmão, senti um suave clique, aquele acender de uma lâmpada na parte não iluminada do complexo de Kay Donovan. A parte que conhece as profundezas do desespero de minha mãe. Que me permite fazer o que faço, porque ninguém pode me deter, e nada, de fato, nada, na verdade, importa. Quando vi o corpo de Jessica, uma minúscula e urgente ansiedade começou a irromper no meu peito, uma sensação de que, até retomar a rotina, o controle da minha vida não seria restaurado. Quando vi a pobre pilha de ossos e pelos de Hunter, o medo nu e cru perfurou-me, um terror por recear que me considerassem culpada por aquilo. Não apenas por sua morte, mas por todas as outras, pelo fato de que a morte e suas consequências existem. Pela postura debilitada da dra. Klein e pelos terríveis conjuntos de blusa e calça, pela prolongada dependência de remédios da mamãe, pelo fato de que nunca serei capaz de largar o futebol ou minha família se desintegrará em um horror de gritos e serpenteante loucura.

Isso ocorreu quando minha contagem de mortes atingiu três.

Quando vislumbro a cabeça da doce Maddy submersa na água corrente transbordando, angelical ao som da estranha música de harpa — Maddy, que nunca pensou em algo malvado, que apenas seguia a mim e a Tai e a Tricia —, caio na fina camada de água no piso e soluço, chorando. Pressiono o rosto no chão e grito junto a ele, batendo com tudo com as palmas das mãos no piso até sentir uns braços sob meus ombros.

Nola me força a ficar de pé e me arrasta pelo corredor, passando por onde a sra. Bream faz reanimação cardiopulmonar no corpo mole e pálido de Maddy. Por que os paramédicos não fizeram isso com a Jessica? Como tinham tanta certeza de que ela não estava viva? Os pensamentos são selvagens e desconjuntados, fragmentados demais para eu verbalizá-los. Nola tenta fazer com que eu entre na sala comunitária, mas luto e me solto de sua pegada, descendo as escadas aos tropeços. Preciso de Brie, mas ela não está aqui. Consigo chegar até a porta da frente, e neste momento uma dupla de paramédicos passa correndo, empurrando-me de volta para o saguão, com dois policiais logo atrás deles, seguidos pela detetive Morgan. Tento passar aos empurrões por ela, mas a mulher agarra meu braço.

— Já que está com pressa — ela me diz, guiando-me para a sala comunitária no primeiro andar.

Sento-me na cadeira de madeira diante dela, inexpressiva e aos pedaços.

Se ela me pedisse que confessasse agora, eu faria isso. Não tenho mais com que lutar dentro de mim. Diria qualquer coisa para ir para casa e rastejar até minha cama. Para simplesmente desaparecer.

— O que foi que aconteceu? — A voz dela está um pouco mais suave do que de costume, e isso me pega desprevenida.

— Maddy está morta.

Garotas como nós

— Maddy era uma de suas amigas? Uma das meninas que encontrou Jessica.

Respondo que sim com um movimento de cabeça.

— Ok. — Ela anota. — Como sabe disso?

— Eu a encontrei.

— Você não ligou.

— Não. Saí correndo.

— Certo. Acalme-se.

Eu não tinha percebido, mas estava falando e tremendo, e inspirei fundo algumas vezes.

— Eu a encontrei em uma banheira com a cabeça debaixo da água e o chão inundado. A água ficou correndo por muito tempo. Definitivamente ela estava morta.

— Ok. — Ela escreve mais um pouco. — Mais alguma coisa que queira me dizer?

Meu rosto desmorona.

— Maddy me disse que ligasse para ela, mas não liguei. Ignorei as chamadas dela. E continuo deixando as pessoas morrerem, e continuo deixando as pessoas morrerem.

A detetive fica boquiaberta.

— Kay, vou ligar para seus pais e pedir-lhes que venham até a delegacia.

— Não. — Balanço a cabeça. — Não foi isso que quis dizer.

Ela me fita com intensidade.

— É melhor você me explicar o que diabos quis dizer.

Não paro de chorar.

— Ela me pediu que lhe ligasse e eu não liguei. — Pressiono os punhos cerrados no rosto e sugo uma lufada de ar. — Antes de me mudar para cá, minha melhor amiga cometeu suicídio. Porque eu a abandonei.

— Kay. Ninguém está atrás de você. Eu tenho um trabalho. Uma menina foi assassinada. Talvez duas. Você precisa nos contar tudo que souber. Ou não poderei ajudá-la. Você diz que está sempre deixando as pessoas morrerem e, de repente, posso ter uma causa provável. — Ela se mexe no assento, aproximando-se de mim. — Agora, não me permitem interrogar você como suspeita sem os seus pais.

— Não, você não pode ligar para eles.

Ela levanta as mãos.

— Eu não teria de fazer isso se tivesse uma suspeita ou um suspeito melhor. Quero acreditar que essa pessoa exista. Então estou lhe dando outra chance. O que me diz?

As lágrimas escorrem pela minha face e tornam quase impossível enxergar. Um suspeito melhor.

— Greg e Jessica tiveram uma imensa briga na noite em que ela morreu — sussurro, por fim. — Por causa do término do relacionamento deles.

Ela parece desapontada.

— Já sabemos disso. Preciso de algo novo.

Então uma informação de nossa primeira conversa surge em minha mente.

— Ele me disse que ela tinha medo de lâminas.

— Ok. — Ela anota a informação, bocejando.

— Não. Não na noite depois de encontrarem a Jessica. Antes de ele ser interrogado. Nenhum dos jornais mencionava como ela havia morrido, mas Greg me disse que não era possível Jessica ter cometido suicídio, pois tinha medo de lâminas. Como ele sabia que ela havia sido cortada?

Ela me dá um sorriso torto.

— Você é durona. Vi seu registro. Sei por que fez o que fez. Crianças mentem. Você até mesmo achou que estava fazendo a coisa certa. Espero que tenha aprendido que não protegeu ninguém. Vai saber? Se seu irmão estivesse na cadeia, talvez não acabasse morrendo.

As palavras dissolvem-se na minha língua. Ela não deveria ter acesso ao caso do meu irmão.

— Eu sei, sou uma vadia insensível. Mas há coisas piores do que isso. Eu vejo através de você, Katie. Conheço você. Meu parceiro trabalhou no caso do Todd. Mas vou seguir a sua pista. Nós nos ajudamos mutuamente e ficamos de boa. — Ela para por um curto tempo perto da porta. — No entanto... como é que *você* poderia saber que ela foi cortada por uma lâmina?

Dirijo o olhar para a mulher.

— Eu estava na cena do crime.

— Mas a arma do assassinato não estava visível. Todos os tipos de objetos podem causar feridas como as que você viu. Pedaços de metal, a ponta afiada de plástico duro, garrafa quebrada. — Ela balança a cabeça energicamente. — Seja como for, sinto muito por sua perda. Por suas perdas.

Sinto partes dos meus cabelos esmigalharem-se quase instantaneamente quando saio do prédio, e as roupas se tornam puro gelo em minha pele. Corro para junto de uma muralha de gelo até o dormitório de Brie, dou a volta na mesa da recepção e me atiro junto à porta dela antes de me lembrar de que ainda não retornou do fim de semana prolongado fora. De qualquer forma, bato com os punhos cerrados na porta, irracionalmente, antes de chutá-la com toda a minha força. Então saco o celular do bolso, por sorte do lado que não estava ensopado pelo meu colapso no chão do banheiro, mas não consigo enviar uma mensagem de texto para Brie. Meu corpo ainda está convulsionando demais por causa do frio, e é difícil manter os dedos firmes. Pego a caneta presa com uma fita de seda verde ao quadro branco, e com mãos trêmulas, parecendo letras de alguém do jardim da infância, rabisco a mensagem sombria que pulsa no poço do meu coração: *Você bem que poderia estar morta também, Brie.* ♥ *K*

Em seguida vou até o único outro lugar em que penso em ir, o quarto de Nola. Tenho pouca esperança de que ela esteja lá, e o frio congelou as minhas roupas e me abalou tão severamente que não consigo mais correr, então caminho pelo campus toda rígida, como uma criatura de um filme de terror. Não me registro na recepção porque meus dedos, além de tremerem, estão congelados como uma dura garra vermelha. Entre dentes que batem uns nos outros, grasno meu nome para a segurança, que o anota, olhando-me de esguelha.

Não sinto um pingo de energia para subir as escadas, mas, sem conseguir separar meus dedos para apertar o botão do elevador, subo as escadas pressionando minhas costas junto à parede e empurrando-me para cima um degrau de cada vez, com o mínimo curvar dos joelhos. Quando chego até a porta de Nola, apoio-me nela e paro por um instante para respirar, depois bato com a testa na porta três vezes.

Nola a abre e deixo meus músculos descansarem, deslizando até o chão.

— Kay? — Ela soa alarmada.

Garotas como nós

Do chão, ergo a vista para ela, e meus olhos se focam, perdem o foco, focam-se novamente. Nola está vestindo uma camisola de seda preta com um robe de veludo retrô e tirou a maquiagem. Então se apressa a fechar a porta.

— Fiquei tão preocupada. Você recebeu minhas mensagens? Os tiras me forçaram a vir para casa. Quer que eu chame os assistentes de saúde?

Balanço a cabeça em negativa.

— Congelada.

— Tire as roupas — ela ordena.

Então corre pelo quarto, e, em um instante, a água borbulha em uma chaleira proibida, e estou despida, apenas com o sutiã e a calcinha ensopados, encarando uma minúscula camisa de manga longa preta e uma calça de pijama combinando. Na melhor das hipóteses, a calça vai parar nos meus tornozelos. A parte de cima tem os dizeres: *Oh, Deus! Eu poderia viver recluso em uma noz e me considerar um rei do espaço infinito, se não tivesse pesadelos.* Seguro a camiseta junto a mim e me encolho.

— Essas são as maiores roupas que tenho — diz ela. Relutante, começo a vestir a camiseta, mas ela me interrompe. — Você não pode continuar com a calcinha e o sutiã ensopados. Eu me viro caso seja puritana.

Ressinto-me com a palavra que ela usou, mas não me sinto confortável com Nola me encarando. Ela revira os olhos e se vira, e rapidamente me livro das roupas de baixo e visto o pijama, que fica apertado e a calça só chega no meio da minha panturrilha. A camiseta, além de deixar expostos alguns centímetros do meu abdômen, é apertada nos ombros. Mas está seca. Nola me atira uma coberta de lã preta e me sento na cama dela, envolvendo-me como um casulo na coberta, grata por isso.

— Você está bem? — O tom de voz de Nola se torna mais suave conforme coloca a água fumegante em duas canecas e joga um saquinho de chá de camomila em cada. Não ligo para chá, mas estou agradecida por ter algo quente para beber e segurar nas mãos.

— Obrigada. — Pego a caneca e saboreio a sensação da cerâmica escaldante. — Sim, acho que sim. Não, não sei. Maddy está morta. Você está bem?

De repente olho para baixo, para minha xícara de chá, e me sinto enjoada. Empurro-a para longe.

Nola solta um suspiro e pressiona os lábios junto a sua. Quando os afasta, estão bem rosados.

— Não me sinto ótima, mas eu mal a conhecia.

— Não foi suicídio. A coincidência é grande demais. O blog descreveu a morte dela. Isso significa que não foi a Jessica que o escreveu. Ou ela nunca escreveu nada, ou alguém invadiu o blog e adicionou o poema da Maddy.

Nola estremece.

— Aquelas rimas são escritas no mesmo estilo. No mesmo tom.

— Por que alguém fingiria ser a Jessica, me usaria para chegar até suas inimigas e depois mataria a Maddy?

— Porque você está no centro disso, Kay. É a suspeita número um, foi quem a Falsa Jessica escolheu para levar a cabo sua suposta vingança, e você resolveu solucionar o assassinato dela. Para a polícia, você parece uma típica serial killer metendo-se na investigação.

Sinto-me hesitante. Clássico. Por que todo mundo sabe dessas coisas, menos eu?

— Não sabemos se a pessoa por trás do blog matou a Jessica. Só a Maddy. Para quem vê totalmente de fora, a pessoa por trás

Garotas como nós

do blog quer vingar a morte da Jessica. Só não faz sentido que a tenha matado. Tudo que sabemos sobre a Falsa Jessica é que ela escreveu o blog e/ou matou a Maddy ou ficou sabendo da morte dela assim que aconteceu. É como se o culpado soubesse de tudo que acontece na Bates no segundo em que as coisas ocorrem. Os segredos de todas, cada movimento nosso. — Sabia até mesmo do apelido da Maddy. Não Ruth Bader Ginsburg. Rebote. Boboca. Garota. Eu nem mesmo sabia que ela estava saindo com alguém.

Nola sorve, contemplativa, um gole do chá.

— Você está dizendo "ele"?

— Estou?

— O que você falou aos tiras?

— Que foi suicídio. E que o Greg provavelmente matou a Jessica.

Nola assente com um movimento de cabeça, mas não parece convencida. Parece estar agradando uma criança. Sinto o ritmo do meu coração dobrar e meu rosto ficar quente.

— Eles tiveram uma briga feia na noite anterior à da morte dela. Ele tem o melhor dos motivos.

Ela coloca a caneca de lado e atravessa o quarto para pegar o laptop na mochila.

— Quando esse era o seu motivo, era o pior dos motivos. Certo?

— Podemos não falar sobre isso por uma noite?

— Claro. — Ela se acomoda ao meu lado e coloca a cabeça no meu ombro. — Podemos ficar vendo as paredes descascando. — Ela aponta para um canto do teto onde o papel está começando a se curvar para baixo. Por algum motivo, isso me faz rir, e Nola ri também.

— Ou podemos ver um filme ou algo do gênero?

Nola acessa sua conta da Netflix e vemos uma comédia romântica, o tipo de filme que não exige muito do cérebro. Geralmente gosto de ação e ficção científica, e todas as séries e filmes vistos recentemente pela Nola são clássicos e *noir*, mas o máximo de suspense que aguento é saber se a adorável protagonista do filme vai se apaixonar pelo não atraente e levemente *stalker* par masculino antes ou depois de ele destruir a empreitada de negócios dela.

Meu celular vibra no meio do filme, olho para baixo e deparo com Brie me ligando. Silencio o celular. Não consigo pensar no que dizer, e mais um pouco de pressão que seja vai me rachar ao meio. Nola olha para mim, curiosa, e dispenso a questão, dando de ombros. Mas estou bem certa de que ela sabe quem é.

— Nola — Ela olha para mim. — O que você faria se descobrisse que matei a Jessica?

Ela parece assustada e um pouco desconfiada de mim, como se tentasse entender que armadilha eu havia lhe preparado.

— Chamaria você de mentirosa?

— Entre na brincadeira.

Ela estuda meu rosto.

— Perguntaria o motivo.

Balanço a cabeça.

— Não é permitido fazer perguntas. Apenas esboçar reações.

Nola ri, nervos.

— Que nova diabrura é essa?

— Não sei mais em quem confiar. Tudo é estratégia. Escola, futebol, relacionamentos, polícia. O que a gente diz, como a gente diz, quando diz para conseguir o que quer. Sou pior do que qualquer um. Greg confiou em mim e falei para a polícia ficar de olho nele. Brie era minha melhor amiga e me apunhalou pelas costas. E acho que o Spencer tentou voltar comigo hoje e isso é o oposto do que precisa acontecer.

Garotas como nós

Nola levanta a cabeça, interessada.

— A perfeita da Brie é de apunhalar as amigas pelas costas?

Pego um narciso e acaricio as pétalas sedosas. Essa é a primeira vez que estou dizendo isso em voz alta e mal consigo suportar a reação da Nola.

— Ela armou para que o Spencer ficasse com a Jessica. Não faço a mínima ideia do porquê Brie fez uma coisa dessas.

Nola coloca a mão na minha.

— Sinto muito.

Engulo em seco o nó na garganta e, por fim, ergo o olhar. A expressão no rosto de Nola é suave e compreensiva.

— Vamos fazer um pacto. Nossa amizade é livre de estratégias. Sem baboseiras. Preciso disso agora mesmo. — Meus lábios parecem indecisos e os aperto. Achei que tivesse isso com a Brie. Estava errada.

Nola estica a mão para trás e pega uma tesoura com a qual abre um pequeno corte em seu indicador, e depois me oferece o objeto.

— Pacto de sangue — diz ela, ansiosa. — É tradição.

Olho com repulsa para a ponta avermelhada da tesoura.

— Você tem alguma coisa para desinfetá-la?

— É só usar a outra lâmina — responde com urgência na voz. Hesito.

— Sinto muito, tenho um lance com germes.

Ela gira a tesoura em volta do dedo, cética.

— A intenção de um pacto de sangue é compartilhar o sangue.

— Desenterramos e voltamos a enterrar um gato juntas — digo, lembrando-a disso.

— Isso é um pacto de ossos. Bem mais *hardcore*. — Ela limpa o dedo em um lenço de papel, parecendo satisfeita. — É justo. Mas temos de selá-la com algo.

— Conheço um aperto de mãos animal — digo.

Nola, porém, rasteja em minha direção, e, antes que eu reaja, pressiona os lábios nos meus. São delicados, cobertos com protetor labial, e o hálito está doce com o mel e a camomila. O cheiro de desodorante que parece talco de bebê mistura-se com o perfume cítrico enquanto ela se aproxima ainda mais de mim e pressiona o corpo junto ao meu, de forma suave e sedutora. Não do jeito como geralmente nos tocamos, nem mesmo como eu e a Brie nos tocamos. A sensação poderia ser boa se não fosse pela terrível culpa, o sentimento sombrio que me invade como o pânico percorrendo meu peito até minhas entranhas, e mergulho em lembranças, os sons de Tai e Tricia gritando de tanto rir, o som da *minha* risada, dos olhos brilhantes de Nola, de palavras, palavras, palavras. *Necro.* Ela toca meu rosto com a mão fria, e solto-me dela, sentindo-me incapaz de respirar.

— Selado está — murmura, roçando os lábios mais uma vez nos meus.

— Nola?

Ela olha para mim, com algo como medo passando em um lampejo pelos olhos.

— Não vamos fazer isso de novo.

Ela dá de ombros.

— Tudo bem por mim.

Então apaga a luz, e me enrolo em um canto da cama. Ela vira o rosto para o outro lado e nos deitamos de costas uma para a outra, em silêncio. Sinto-a tirando o robe e jogando-o no chão,

Garotas como nós

e depois encurvando o corpo como se fosse uma bolinha, e sou lavada pela culpa mais uma vez. É agora ou nunca.

Pigarreio.

— Sinto muito por termos sido umas tremendas de umas vadias com você logo que chegou à escola.

Ela fica em silêncio por um bom tempo.

— Como assim…?

— Sabe…? — Procuro as palavras certas. — Aquilo que a Cori disse. Que às vezes as piadas são engraçadas para a pessoa que está contando, mas não são tão engraçadas para a pessoa a quem se referem.

— Você não é assim tão engraçada, Kay. Assim como nenhuma de suas amigas.

Faço uma pausa.

— Concordo. Eu estava tentando pedir desculpas.

— Agradeço a tentativa.

Meu corpo inteiro fica relaxado. Mas é difícil tirar aquelas imagens da cabeça agora que foram revividas. E estão mescladas com o cheiro de Nola e a sensação dos lábios dela nos meus. E aquela imagem horrível que continua me revisitando de Spencer e Jessica juntos. O anseio que sinto ao vê-lo mistura-se com a dor que vem depois de toda vez que faço isso. Minha última recordação de Megan, batendo com tudo a porta na minha cara, e de Todd, o caixão fechando-se nele. Uma dúzia de envelopes, selados e marcados com a expressão *Dear Valentine,* colocaram esse pesadelo em ação. E Brie. Tão perto de mim que eu jamais poderia imaginar que fosse perdê-la. O choque e a dor da traição dela. Mas estou grata por tudo isso. Porque a situação toda força Maddy a sair da minha cabeça. Pela manhã, terei de encarar a morte dela novamente.

Capítulo 15

Quando acordo, Nola está sentada à sua escrivaninha, fitando com ar sério a tela do computador. Sento-me direito, grogue, e ela me traz uma caneca de chá de camomila.

— Continue sentada — diz.

— O que está acontecendo?

Esfrego os olhos, tentando me orientar.

Não me lembro de imediato de que adormeci no quarto de Nola, e então a noite passada cai sobre mim como chuva, em fragmentos, como estilhaços de vidro partido. Maddy, Spencer, Greg, aquela coisa horrível que deixei escrita para Brie, o beijo, minha conversa com a detetive Morgan, todas as emoções horríveis que senti. Minha cabeça dói horrivelmente e o nariz está entupido e coçando. Espirro com força, e Nola me entrega uma caixa de lenços de papel. Assoo o nariz e olho instintivamente para o calendário de Matisse que está pendurado na parede. Estou doente, a investigação de assassinato ainda continua em andamento, e restam apenas poucos jogos agendados antes do fim da temporada. Eles não vão recomeçar até que a investigação termine. Preciso continuar correndo, manter minha velocidade acelerada.

Nola me entrega seu laptop, aberto em um site de notícias local.

— Em primeiro lugar, você estava certa em relação a Maddy. A polícia está investigando a morte como homicídio. Possivelmente ligado ao da Jessica.

Puxo o edredom ao meu redor, tremendo.

— A polícia acha que foi o mesmo assassino?

— Mesmo lugar, mesmo padrão. A Maddy sofreu overdose, mas morreu afogada. Nenhum bilhete, nenhuma indicação de que ela queria morrer. Jessica também não deixou nenhum bilhete. Essas são as notícias de última hora do dia. Se a mesma pessoa matou Jessica e Maddy, isso prova que o assassino escreveu o blog da vingança. F. J. vem arquitetando essa coisa toda e manipulando todos os movimentos que fazemos.

— F. J. é...?

— Falsa Jessica. A pessoa por trás do blog.

Há olheiras escuras sob os olhos dela, e me pergunto se chegou a dormir na noite passada. Nola não está mais vestindo a camisola de seda. Em vez disso, traja uma sóbria camisa preta de botões com uma gola branca de Peter Pan, uma saia de lã na altura dos joelhos e meias que também alcançam os joelhos. Sinto-me envergonhada em relação ao beijo da noite passada, mas a vergonha é sufocada pelo choque e pelo entorpecimento que sinto em relação à morte de Maddy e à culpa quanto à mensagem que deixei para Brie.

— Não podemos simplesmente presumir que Maddy e Jessica foram mortas pela mesma pessoa. — Tento manter a voz estável. — Eram duas garotas muito diferentes. Nada em comum. E quanto ao Greg? Ele não tinha nenhuma relação com a Maddy.

Garotas como nós

— Bem, talvez não tenha sido o Greg — diz Nola baixinho.

Pego o laptop de Nola sem dizer nada e abro o site da vingança. Destravamos a senha e clicamos no link do prato principal. A tela fica escura e então o forno se abre, revelando o poema da receita final.

Oh Kay, torta de carne morta
Corte-a, faça picadinho dela, transforme-a em carne moída
Chame os tiras para beberem e comerem
As receitas estão escritas e postadas
Espero que tenha gostado do menu que servi
Só faltam duas coisas — para arrematar tudo
Todo sofrimento é pouco para Katie.

De repente noto o *timer* da cozinha voando em uma velocidade vertiginosa.

— O que está acontecendo?

Ela clica no *timer* algumas vezes, mas ele continua correndo.

— Espere. — Então digita alguma coisa na caixa da senha, mas nada acontece. — Hummm.

Quinze segundos. Pego o laptop de novo.

— O que acontece no zero? — pergunto, com um grito agudo.

— Como vou saber?

Fico olhando, impotente, enquanto o *timer* chega ao zero, e então o site desaparece e as palavras *Servidor não encontrado* surgem na tela.

— O que aconteceu? — pergunto, com o pânico crescendo na barriga.

Nola fica com o olhar fixo no computador, incrédula.

— O site foi tirado do ar. Deve ter sido ajustado para expirar algum tempo depois que a última senha fosse destravada. Para sempre.

Volto a me afundar junto à parede.

— Estão armando pra cima de mim. E essa era a única prova.

Nola inspira fundo.

— Acho que faço alguma ideia de quem poderia ser F. J.

Fecho os olhos e cubro o rosto com as mãos.

— *Não* é o Spencer.

Ela me olha boquiaberta.

— Como você sabia?

— Ele é o único que me chama de Katie. Conhece todas as pessoas mencionadas no blog da vingança. E a Jessica. Intimamente. Até mesmo tem um motivo para querer me ferir.

— Presumo que seja o incidente que Cori mencionou.

— Obviamente, mas, se o Spencer quisesse se vingar de mim, ele poderia simplesmente ter *me* matado. E não tem nenhum motivo para ferir a Maddy.

Nola revira os olhos.

— Você é amadora em termos de vingança. — Em seguida, joga o celular dela para mim. — E Spencer tinha todos os motivos do mundo para ferir a Maddy. Para calá-la. Engraçado como ela apareceu morta horas depois que ele tentou voltar a ficar com você.

Olho para a conta do Instagram com a qual não estou familiarizada, e vejo fotos de Spencer e Maddy aninhados e dando uns amassos em uma festa, logo depois que eu e ele terminamos. E então tudo faz sentido. Maddy sendo tão legal comigo. Constantemente me perguntando se eu tinha falado com o Spencer. Brie agindo com frieza em relação a ela de repente, e Tai e as outras lhe dando aquele novo apelido, Notória R.B.G. Garota Rebote. Maddy e Spencer. Mas isso não só reforça o motivo de Spencer; duplica e muito o meu. E quando se leva em consideração o fato de que eu e Spencer nos encontramos sozinhos

Garotas como nós

no dia em que ela foi encontrada morta, a situação toda fica totalmente comprometedora. Mas sei que ele não é o culpado, embora possa muito bem ser.

Subitamente sou atingida por uma recordação vívida da noite em que nos conhecemos, do momento que consolidou nossa amizade. Eu tinha finalmente cedido à sugestão dele de que encontrássemos um quarto desocupado, e realmente ficamos lá a noite toda, bebendo e brincando de *Eu nunca,* nada divertido, pelo menos muito menos divertido do que o espetáculo público que fizemos para Brie. O jogo havia começado de forma insípida, e rapidamente escalonou até as três finais.

— Eu nunca parti o coração de alguém. — Nenhum de nós bebeu.

— Mentiroso — falei, observando enquanto o teto girava em círculos e eu abraçava uma almofada de flanela junto ao peito.

— Aparências enganam. Nenhuma lágrima foi derramada por mim, Katie.

Já me arrependia de ter lhe contado o meu apelido lá em casa no início do jogo. Nunca tive um apelido.

A próxima frase saiu deslizando pela minha língua antes que minha mente, que parecia dançar uma valsa, a processasse.

— Nunca cometi um crime.

Fui me insinuando até ele apoiada nos cotovelos e tomei um gole de sua gim-tônica antes que minha melhor parte, aquela mais esperta, tivesse tempo para encerrar a questão, gritar que eu parasse e fosse para casa. Ele ficou me encarando, pegou a bebida da minha mão e virou metade do conteúdo do copo.

— Eu obstruí uma investigação policial — falei, zonza, aninhando a cabeça no colo dele.

A sensação de contar isso foi boa, e eu tinha tanta certeza de que nunca mais veria aquele garoto de novo. Fiz a confissão perfeita. Spencer era afetuoso e divertido e irresistível, e era fácil conversar com ele. No dia seguinte, eu voltaria para a Brie, que já teria se esquecido daquela vadia pela qual estava me ignorando. Brie nunca se interessaria por uma menina de teatro. Drama demais.

— Eu armei para o meu pai por um roubo de carro.

Abri os olhos e fiquei contemplando-o, o rosto dele girando gentilmente junto com o restante do quarto.

— Impressionante.

— Ele era um bosta. Colocou o meu irmão no hospital e forçou a minha mãe a fugir para um abrigo duas vezes. Então roubei um carro e fiz parecer que ele era o culpado. Todos nós ficamos melhor assim. — Spencer inspirou profundamente o ar e exalou. — É realmente boa a sensação de dizer isso. Você quer sair para comer algo?

— Não acho que podemos dirigir. Além disso, não roube mais nenhum carro.

Ele abriu um largo sorriso.

— Fiquei com o carro *dele* quando foi preso. — E começou a rir. O sorriso perfeito, mais perfeito ainda quando havia um tom sombrio que se insinuava nos olhos dele. — De certa forma isso é um saco, porque definitivamente ele me ama, e sou, tipo, o único que ele não espancou, então, tipo... foda-se ele.

Subi na cama de joelhos com o mundo girando e me apoiei no peito dele.

— Tudo em relação a mim é mentira e me sinto aterrorizada com a possibilidade de que todo mundo descubra isso.

— Não — ele disse simplesmente, olhando fundo meus olhos. — Não conte e não descobrirão. Eu protejo você, Katie.

Garotas como nós

E então eu disse em um sussurro o último desafio do jogo:

— Nunca matei uma pessoa.

Nós dois bebemos ao mesmo tempo.

— Você primeiro — disse ele.

Fechei os olhos.

— Quando eu era criança, cheguei realmente perto de matar meu irmão mais velho. Ele saía comigo e com minha melhor amiga o tempo todo, lendo histórias em quadrinhos, jogando videogames, todas as coisas de nerds que os amigos legais dele não curtiam. Então, no verão depois do sétimo ano, eles começaram a flertar e as coisas ficaram esquisitas, e por fim começaram a sair sem mim. Quando voltam as aulas, Megan de repente me envia uma mensagem dizendo que quer me ver de novo. Ao chegar à casa dela, ainda estou magoada e emputecida com eles dois, e então fico toda preparada para uma imensa briga explosiva, mas, em vez de brigar, ela me puxa para dentro do quarto e tranca a porta. Vejo que esteve chorando por um bom tempo. E Megan me conta que havia enviado a Todd fotos dela nua. Tipo, muitas fotos, durante todo o verão. E, naquele dia, parece que eles terminaram e Todd encaminhou as fotos para todo mundo na escola inteira.

— Que merda — disse Spencer.

Abri os olhos e ergui o olhar para ele de novo. O copo estava erguido junto a seus lábios, mas vazio. Peguei-o dele e pressionei-o junto à minha testa quente.

— Eu não sabia o que dizer. Ela havia me ignorado durante todo o verão e eu tinha meio que me recusado a falar com o Todd esse tempo todo. Mas me parecia tão improvável que meu irmão pudesse ter feito uma coisa desse tipo deliberadamente. Eu o conhecia tão bem… para sempre. Ela estava me olhando como se a próxima coisa que saísse da minha boca fosse consertar tudo ou destruir a vida de todo mundo. Era como *Romeu e Julieta* ou algo do gênero. Tipo, por que fui escolhida como a mensageira fatal? Afinal, não fui incluída nos Atos de I a IV.

Comecei a rir. Não consegui evitar. Era isso ou chorar, e havia me esforçado muitíssimo até aquele ponto para não deixar que as lágrimas vencessem. O copo deslizou para a cama, e Spencer o pegou e colocou-o no balcão.

— Fim de jogo. — Sentei-me com a ajuda de Spencer. — Você não matou ninguém.

— Matei. Ambos morreram. Eu disse a Megan que achava que aquilo tudo era provavelmente um engano, e ela gritou comigo que eu fosse embora e nunca mais falasse com ela de novo. Então, quando perguntei a Todd o que havia acontecido, ele me disse que alguém tinha roubado seu celular naquele dia e que a pessoa devia ter enviado as fotos. Acreditei. Mas não havia ninguém com ele na hora que as fotos estavam sendo enviadas, então menti para a polícia e disse que eu estava com ele. Fez sentido na época. Mas aquelas fotos continuaram a ser postadas em sites e as pessoas comentavam e diziam as piores coisas sobre a Megan, que sempre odiou o corpo dela e costumava escondê--lo. Eu queria ligar para ela, mas temia fazer isso. E então, um dia, as aulas na escola foram canceladas. E ficamos sabendo que Megan havia se matado.

— Meu Deus, Katie. Você não precisa me contar tudo isso.

— Eu quero contar. E nunca fale nisso novamente. Nem para todo mundo, nem pra mim.

— Ok. — Ele cruzou as mãos na frente dos joelhos também cruzados, quase como se estivesse rezando.

— Então, nunca matei ninguém.

Peguei o copo vazio da mesa e bebi um gole de ar.

— Você...? — ele começou a dizer, hesitante. — Ainda acha que seu irmão estava dizendo a verdade?

Dei de ombros.

— É tarde demais para lhe perguntar a verdade agora. O irmão da Megan o matou depois de ela ter se matado.

— Mas o que *você* acha?

Olhei nos olhos dele.

— Não acho que eu me culparia se estivesse cem por cento certa de que ele era inocente. Você acha?

— Não é sua culpa — disse ele, pegando a minha mão. — Você acreditou nele na época. Não pode voltar atrás e mudar as coisas com base no que sabe agora.

— Ah, é? Quem foi que você matou?

— Não matei ninguém. Eu só estava terminando de beber.

Olho ao redor do quarto de Nola procurando as roupas que vesti na noite passada e observo, lamentando, que ainda estão jogadas e ensopadas exatamente onde as tirei. Olho para baixo, para mim mesma. Não posso fazer uma caminhada da vergonha pelo campus até o meu dormitório usando esse conjunto ridículo de roupas. Não com esse tempo. O vento está implacável e penetrante lá fora, e sinto-me genuinamente preocupada com o fato de que, se não me cuidar, posso pegar pneumonia. Estou indefesa. E essa é minha sensação menos predileta na face da Terra.

Ouço o toque do meu celular vindo de dentro da pilha de trapos molhados e enfio a mão ali para pegá-lo. Nola fica me observando, mordiscando a unha do polegar, um ar de ciúmes nos olhos. Ou talvez eu esteja delirando. É a Brie.

— Alô? — digo, com a voz rouca.

— Ai meu Deus. Você está bem?

Em um instante, toda a minha fúria se evapora e quero que ela esteja em casa de novo. Sinto-me doente, estou caindo aos pedaços e só quero estar perto dela.

— Estou doente.

— Quero dizer… você ficou sabendo?

— Eu a encontrei.

Um silêncio carregado de choque vem a seguir, e então ela diz em voz firme:

— Sinto muito por não estar aí, docinho.

Um calafrio gélido percorre minha espinha. Isso quer dizer que Brie não viu aquela mensagem horrível, bem de vadia sem coração mesmo que deixei na porta dela.

— Não se sinta assim — retruco, sentindo náuseas. Levanto-me, mas o quarto gira e preciso me segurar na cabeceira da cama para não cair de cara no chão.

— Vou para casa depois de tomar o café da manhã.

— Não faça isso. — Brie e Justine vinham planejando a viagem para Nova York durante meses. Tinham até mesmo ingressos para ver *Hamilton*. Nada insignificante isso. Sou uma narcisista de alto nível por culpá-la por querer passar o aniversário de namoro com a namorada.

— Maddy está morta.

As palavras caem pelo celular como tijolos de um prédio desmoronando, e não sei como responder. Maddy está morta. Parece novidade toda vez em que penso nisso ou ouço alguém falar sobre o assunto. Soa semelhante a sinos de um funeral. Não há como

Garotas como nós

impedir que o mundo siga em frente, não mais. Não sozinha. Brie tem de ficar sabendo, assim como aconteceu com a mamãe, como acontecerá com a família de Jessica, com a dra. Klein, enfim, ela descobrirá, todo mundo descobre, que a morte é apenas um arranhão que faz a agulha soltar em um disco de vinil. Depois que Megan e Todd morreram, eu me convenci por um período muito curto de tempo de que tinha um coração defeituoso e de que estava morrendo, mas me garantiram no pronto-socorro que era muito saudável e que estava vivenciando uma coisa chamada contrações ventriculares prematuras, causadas por ansiedade, trauma e estresse extremo.

A sensação é de que o coração da gente não está mais batendo, igual a saltos em um disco, mas, na verdade, apenas o ritmo ficou meio que preso, e quase sempre volta a pular e a tocar o restante da música, imediata e rotineiramente. Mesmo convencidos de que tudo está se dilacerando, as coisas continuam funcionando exatamente da forma como deveriam. Tive algumas consultas com uma psicóloga comportamental por um breve período por causa do meu transtorno de ansiedade, e elaexplicou a situação assim:

— Você vai dormir à noite e acorda pela manhã, e, esse tempo todo em que abriu mão do controle do seu corpo *para* o seu corpo, ele faz tudo que deveria fazer.

Saí do consultório e pisei em um pássaro que provavelmente havia acabado de morrer, pois o corpo ainda não atraíra abutres nem parecia sem vida, e o seguinte passou pela minha cabeça: "A morte é contração ventricular prematura. Parece o fim de tudo que foi feito e conhecido". Parecia que a rua deveria estar silenciosa sem o pássaro, no entanto havia muitos deles cantando e esquilos galrando uns com os outros. De alguma forma, achei que a escola fosse bloquear com tábuas o vestiário depois que Megan morreu ali, mas só limparam o armário dela, e comecei a me trocar no banheiro no fim do corredor. Senti como se o time de futebol tivesse de parar de jogar depois da morte do Todd, mas... finais de campeonato. Mamãe foi parar no hospital, mas papai continuou trabalhando. Fui para a escola, e a princípio me safei de não fazer nem lição nem trabalhos, mas depois fui mal em uma prova. Minha melhor amiga se fora e meu irmão também. Alguma garota escreveu no meu armário: "Eu amo pervertidos". Outra menina riscou a frase e escreveu: "Eu amo pervertidos mortos". Alterada, fiquei com Trevor McGrew atrás da escola e comecei a ter as contrações ventriculares prematuras. E as coisas só continuaram acontecendo e acontecendo e acontecendo...

— Você ainda está aí? — A voz de Brie soa bem distante. Parece que meu cérebro está nebuloso e sinto muita dificuldade de me focar.

— Sim. Estou no quarto da Nola. Dormi aqui.

Segue-se uma pausa.

— Por quê?

— Porque eu estava sozinha e tremendamente assustada, Brie.

Nola levanta as sobrancelhas para mim e articula com os lábios: *Devo ir embora?*

Balanço a cabeça negando.

— Ligue-me quando tiver voltado, ok?

— Ok.

Ela fala com voz arrastada, soando como se quisesse me perguntar outra coisa.

— Quer que eu leve algo quando estiver indo para o campus?

— Remédio para resfriado. E suco de laranja.

— Lamento muito por não estar aí — ela repete em voz baixa.

Garotas como nós

— Você não sabia. Ninguém de nós sabia.

— Não morra, Kay.

Sorrio e sopro um beijo para o telefone. Nola não está sorrindo quando ergo o olhar para ela.

— Podemos nos focar, por favor?

Meu nariz está entupido, minha cabeça dói e parece que há navalhas raspando minha garganta quando falo. A única coisa que quero é descansar.

Volto a me deitar na cama e fecho os olhos.

— Em quê?

— Em Spencer.

— O eminentemente infiel.

— O eminentemente homicida.

Ela me mostra fotos de Spencer e Maddy mais uma vez. Jogo o celular de Nola de volta para ela, os olhos ardendo.

— Maddy está morta. Estou com algum tipo de praga, peste, e a minha cabeça parece cheia de explosivos. Não consigo mais falar sobre isso.

Ela morde o lábio.

— Tudo bem. Mas alguém matou a Maddy e a Jessica também. Sua melhor aposta para limpar o seu nome é gravar uma confissão. — Ela saca um pequeno gravador da escrivaninha, coloca-o dentro de um saco de ziplock e o põe no bolso da minha jaqueta. — Uso isso quando estou ensaiando para as peças. É antigo, mas funciona. Vamos precisar de um gravador de mais qualidade para registrar uma conversa de verdade em um local público com ruídos de fundo, mas esse aí é melhor do que nada.

— Não vou usá-lo contra o Spencer.

— Pense bem. Agora que temos dois corpos e sua motivação se aplica a ambos, o tempo está acabando. — Nola afasta os cabelos da minha testa. — Você está ardendo em febre, Kay. — Ela revira as gavetas da escrivaninha até encontrar um frasco de aspirina. — Tome uma.

— Pensarei no assunto — digo a ela.

Capítulo 16

Acordo toda suada, mas tremendo com os calafrios. Devo ter caído no sono enquanto ainda estava deitada na cama de Nola, vestindo o pijama dela. Sento-me e assoo o nariz enquanto meus olhos lentamente se ajustam à luz. O celular está brilhando no chão ao meu lado e, quando o pego, vejo que já é de tarde e tenho três chamadas perdidas da Brie, e um SMS que é uma foto da mensagem desagradável que deixei na porta dela. Esfrego a testa com a palma da mão. Uma enxaqueca está ganhando força. Também vejo o registro de uma chamada perdida de Spencer, mas nenhuma mensagem na caixa postal. Toco no nome dele para ligar, mas, tão logo o telefone chama, finalizo a chamada e digito o número da Brie.

— Onde você está? — ela me pergunta como forma de saudação.

— Ainda no quarto da Nola.

As cordas vocais detonadas e o nariz entupido, combinados com a congestão nos ouvidos, fazem a minha voz soar como a voz maníaca de um troll, o que me alarma tanto que quase deixo o celular cair.

— Logo mais estarei aí.

Ela desliga o telefone e continuo ali sentada, sentindo-me desconfortável como uma criança esperando na sala do diretor a chegada dos pais, de modo que a punição comece. É ainda pior que eu esteja vestida como um personagem em um filme peculiar no qual o desejo de uma criança de ser adulta de repente se realiza com consequências hilárias. Estico as mãos para pegar as roupas que vestia na noite passada, as quais continuam em uma pilha no chão, mas, para o meu desânimo, ainda estão molhadas e frias. Cerro os dentes com o desgosto e envio uma mensagem à Brie:

"Traga roupas para mim, por favor?"

Dou uma olhada no quarto de Nola. Estranha é a sensação de estar no quarto de uma pessoa sem ela. Na primeira vez que fiquei sozinha no quarto de Spencer, esquadrinhei cada centímetro do espaço. Procurei provas de remédios prescritos, ex-namoradas, fotografias embaraçosas da infância, aparelho ortodôntico, qualquer coisa que não soubesse sobre ele. Nada particularmente escandaloso apareceu. Havia alguns desenhos levemente pornográficos nas páginas finais de seu caderno de Matemática, o suéter cor-de-rosa e felpudo de alguma garota nos fundos do guarda-roupa e uma caixa de balas de menta na gaveta de cuecas na qual havia um punhado de comprimidos diversos, que identifiquei como três anfetamínicos, quatro benzodiazepínicos, quatro opioides e dezessete balas de menta de verdade.

Fiquei curiosa em relação ao suéter, um cardigã que parecia novinho em folha, mas estava tão enterrado ali atrás entre camisas de futebol e casacos de inverno que particularmente não fiquei preocupada. E a minúscula pilha de comprimidos parecia doce de criança em comparação com algumas porcarias que os

Garotas como nós

amigos de Spencer usavam. A expedição no quarto tinha sido decepcionante, e nunca mencionei minhas descobertas. Mas agora estou pensando no suéter. Isso aconteceu meses antes do incidente que nos separou, mas claramente o suéter pertencia a *alguém,* e Spencer pode ter ficado com a pessoa no quarto antes da noite em que entrou lá e me flagrou com a Brie.

Levanto-me com a cabeça anuviada e as pernas bambas, e sigo até a escrivaninha de Nola, meticulosamente organizada, com pilhas de livros em um dos lados, dispositivos eletrônicos do outro e várias fileiras de quinquilharias ladeando a beirada. Há também uma caixa que parece entalhada em madeira jogada na praia pelo mar, um tinteiro antigo, além de um conjunto de instrumentos de escrita, entre eles várias canetas-tinteiro antigas e uma pena com longas e empoeiradas plumas. Vejo ainda uma réplica de uma caveira humana montada em uma base polida de mogno, com uma placa de latão na qual estão entalhadas as palavras *Ai, ai, pobre Yorick.* Até eu reconheço a citação de *Hamlet*. Ela tem pilhas de diários e scripts encadernados em couro e camurça, alguns deles são shakespearianos e outros, peças de que nunca ouvi falar: Nicky Silver, Wendy MacLeod, John Guare.

Pego um dos diários e folheio-o. Está repleto de entradas belamente escritas à mão em tinta violeta. A primeira que viro é datada de três anos atrás e descreve um café da manhã em detalhes excruciantemente entediantes: estamos falando de aveia com leite e mel, uma xícara de chá e um copo de suco de laranja. A entrada descreve a consistência da aveia, a acidez e a quantidade de polpa no suco, as rachaduras no teto. Deve ter sido algum exercício de escrita ou algo do gênero. Continuo a folhear o diário, no entanto alguém batendo à porta com insistência faz uma onda de culpa percorrer-me. Coloco o diário de volta no lugar, abro a porta e deparo com Brie parada na entrada, sem sorrir, segurando uma pilha de roupas. Fica até mesmo mais difícil interpretar o que ela está sentindo e/ou pensando do que o de costume quando está, como agora, usando óculos de sol aviador e um capuz que lhe obscurece parcialmente a face. A pele parece pálida, quase cinza, e os lábios geralmente brilhantes estão secos e rachados.

— Oi.

Aspiro o ar com o narizentupido.

Ela entrega as roupas para mim e entra no quarto, fechando a porta.

— Vista-se — ela me ordena. — Estamos indo.

Obedeço-lhe, submissa, enquanto ela tira os óculos de sol e olha com repulsa o quarto. Então pega as minhas roupas do chão e as coloca em sua mochila.

— Então, que foi? Você é tipo a cachorrinha da Nola Kent agora?

Livro-me da minúscula camiseta da Nola e olho feio para Brie.

— O que quer dizer com isso?

Brie ergue a camiseta do chão com um dedo como se estivesse contaminada por percevejos.

— Em primeiro lugar, você está vestida como se fosse um clone dela. E, só para saber, fica ridícula com isso.

— Eu sei.

Visto o casaquinho de lã que Brie trouxe para mim e me sinto instantaneamente reconfortada tanto pela sensação familiar quanto pelo cheiro. A fragrância da Brie, de *nossos* xampus de cranberry e romã, e de *nosso* desodorante com cheiro de menta e manjericão. Sinto-me um pouco como eu mesma pela primeira vez em dias.

— E aquela porcaria de mensagem que você deixou na minha porta... — Os olhos dela enchem-se de lágrimas, e parece que

Garotas como nós

uma faca apunhala meu peito. — Aquilo não é uma coisa que você faria.

— É, sim. — Agora os meus olhos parecem quentes e ardem. — Não é culpa dela. Ela nem mesmo estava lá.

— Que diabos está acontecendo com você então?

Tiro a calça justa do pijama, deslizando-a pelas pernas abaixo, e visto a calça de corrida que Brie me trouxe. Balanço a cabeça, incapaz de lhe dar uma resposta, e vou pegar o meu casaco, mas ainda está molhado. Brie tira seu próprio casaco e o entrega a mim, e o gesto me faz desmoronar. Sento-me na cama de Nola e enfio o rosto nas mãos.

— Não sei — respondo, engasgada.

Limpo o rosto com um punhado de lenços de papel, mas estou terrível com o choro. Quando começo a chorar, levo a vida toda para parar, e às vezes as coisas escalonam de um jeito que até perco o controle do meu corpo inteiro em espasmos de uma mágoa entristecedora que irrompe, pulsante, um pesar que passa correndo por mim como ondas de choque. É a sensação mais aterrorizante do mundo. É por esse motivo que decidi nunca mais fazer isso de novo; é por esse motivo que projetei mentalmente a sala com espessas paredes de gelo. Para não me perder dentro de mim mesma.

— Não vamos falar sobre isso — diz Brie. — Trouxe remédio para resfriado e suco de laranja. Consegue voltar até o meu quarto?

Respondo que sim com um movimento de cabeça. De qualquer forma, não quero que Nola me veja chorando de novo, e ainda me sinto estranha em relação à noite anterior. Volto ao quarto da Brie com a cabeça baixa para que meu cabelo cubra por completo meu rosto. Sei que não preciso fazer isso. As pessoas esperam que eu esteja chorando, assim como Brie também espera o mesmo de mim. Uma de nós está morta. Eu gostaria de poder ligar para Tai e Tricia. Até mesmo para Cori. Deveríamos estar juntas neste momento. Mas não posso ser eu a fazer a ligação. Preciso ser a pessoa que vai atender à chamada. Realmente espero ter uma oportunidade para isso. Quando chegamos ao quarto de Brie, ela pega seu casaco de volta e o pendura direitinho no lugar, e coloca minhas roupas no aquecedor. Então me serve um copo de suco de laranja e uma dose do remédio para resfriado.

— Você vai dormir aqui? — ela me pergunta.

— Vai me matar enquanto eu estiver dormindo?

Brie me fita com uma expressão horrorizada de decepção.

— Sério?

— Desculpe-me. Meu cérebro está cheio de nós. Durmo aqui, se você quiser.

— Para ser sincera, sou eu que deveria ficar de olho em você.

As palavras são uma ferroada pior do que qualquer outra coisa. Tomo o remédio e elimino o gosto horrível com o suco.

— Desculpe-me. Pela mensagem e por todo o resto. Não ando sendo eu mesma. Ou ando, mas não minha melhor parte.

— As pessoas dizem isso para se livrarem de responder com a verdade — diz ela em tom de bronca. Em seguida, senta-se ao meu lado e olha nos meus olhos. — Você e a Nola estão dormindo juntas?

Sinto-me culpada por algum motivo, o que é completamente irracional.

— Por que isso importaria?

— Porque vou ficar emputecida se não for a primeira a saber. E porque não gosto dela.

— Não, não estamos dormindo juntas. Mas ela me beijou.

Brie arregala os olhos.

Garotas como nós

— Péssima ideia, Kay.

—- Esqueci. Sou a estrela do futebol. Você é a estrela das lésbicas.

Ela parece magoada.

— Não foi isso que eu quis dizer, e você sabe. Mas me deixou completamente de lado desde que eu lhe disse o que penso dela.

Levanto-me.

— Acha que ando evitando você por causa da Nola?

— Por que outro motivo faria isso?

— Porque descobri o que você fez — respondo, irritada.

— O que foi que eu fiz?

— Você a jogou para cima dele.

Brie fica paralisada, como uma estátua. Tão imóvel que o som da minha própria respiração começa a me deixar desconfortável.

— Kay, não faço a mínima ideia do que está falando.

— O eminentemente infiel — digo. — Ele optou por me trair, e é culpado disso. Mas você queria que acontecesse. Até ajudou a acontecer.

Brie fica revigorada novamente, o rosto vermelho.

— Kay, você está me assustando. O que está falando não faz nenhum sentido.

— Inacreditável.

Pego minhas roupas do aquecedor e Brie fica em pé na frente da porta, de braços cruzados, com uma expressão devastada.

— Você não pode simplesmente ficar brincando com o coração das pessoas, Kay.

Sinto como se o mundo estivesse girando na direção errada. Não sei de nada nem conheço mais ninguém. Foi Brie quem não me quis. Aquela havia sido a primeira vez que reconheci ter sentimentos por uma garota, e isso me nocauteou como uma onda gigantesca. Ela era uma pessoa incrível, a melhor amiga que por sorte eu tinha, linda de tirar o fôlego. Tudo em relação a Brie era cálido, e eu queria estar perto dela de um modo tão tremendamente febril... Quando nos sentávamos uma ao lado da outra, minha pele ficava elétrica e eu vibrava, sentindo-me viva. Adorava estar perto do Spencer, mas Brie estava um nível acima. Compare um ímã com uma supernova implodida. Incrível e aterrorizante e eu conseguia suportar porque tinha tanta certeza de que era mútuo. Havia tanto flerte, tanta provocação, eu não era modesta a ponto de duvidar de que haveria um beijo no final.

Mas então veio o incidente de Elizabeth Stone. Ela queria entrar na equipe de tênis e começou a seguir Tai por toda parte durante semanas, uma coisa infeliz, patética. Quando chamei a atenção de Tai porque havia deixado Elizabeth ficar babando na dela, ouvi como resposta que eu era pior, andando por toda parte com a Brie, como se fosse um misto de cãozinho resgatado e lésbica rejeitada. Eu disse que, se havia alguma lésbica nesse cenário, era a Stone, pois cortava o cabelo como as lésbicas, tinha mãos de homem e cheirava a um time de basquete. Foi uma coisa horrível de dizer, e pelo menos uma vez por dia a cena vem à minha mente em algum momento, só para me lembrar de que sou uma pessoa irredimível que não merece ser amada. Porém, na época, tudo se limitou a palavras, uma coleção de clichês de comédias não engraçadas, comédias stand-up, e um milhão de fragmentos ouvidos de conversas feias.

E todo mundo riu. Quase todo mundo. Brie me olhou como se eu fosse uma estranha que ela não queria conhecer. Eu não havia pensado antes de falar. Ela ainda não tinha saído do armário, mas eu sabia como era a sensação. No entanto, quando finalmente tive a coragem de lhe deixar um bilhete tão, mas tão patético, perguntando se queria ir à Dança do Esqueleto daquele ano *comigo*, ela escreveu um não como resposta. Apenas *não*. E nós nunca mais falamos sobre o assunto novamente. Ela levou, de todas as pessoas, Elizabeth Stone. Foram vestidas como Roxie Hart e Velma Kelly, do musical *Chicago,* e estavam gostosas e incríveis. Peguei emprestada a fantasia de Tinker Bell da Tai do ano anterior, usei maquiagem de zumbi e fui fantasiada de desejo de morte.

Nunca fiz uma piada como aquela de novo. E chorei muito naquela noite depois do nosso ritual no lago.

Não sei o que pensar agora, enquanto Brie fica me olhando através de seus olhos molhados. Aqueles sentimentos não desapareceram por completo, mas não são os mesmos, não daquele jeito que mescla dor com anseio. Se eu me permitisse abrir aquela porta de novo por completo, doeria demais ficar perto da Brie. Eu não seria capaz de olhar nos olhos dela, e não suporto a ideia de colocá-la para fora da minha vida. Sei que ela ama a Justine. Sei que ela se arrepende de ter me beijado. Não consigo não sentir isso. E esse sentimento me queima.

Fecho os olhos e os abro novamente, com os cílios molhados.

— Nunca baguncei com o seu coração.

— No momento que conheceu Spencer naquela festa, você me largou como se eu fosse algum brinquedo idiota do qual estava entediada.

— Não foi assim. Você me abandonou por causa da Justine. E isso depois que passou um ano me rejeitando. Dança do Esqueleto, *Valentine's Day*, Baile da Primavera.

— Eu estava *conversando* com ela. Em menos de cinco minutos você estava babando por ele.

Não é desse jeito que me lembro das coisas.

— Se você e Justine estavam apenas conversando, por que foi para casa com ela? Por que ainda está com ela?

Brie afunda novamente junto à parede e olha para mim, cansada.

— Você teve outra oportunidade de me escolher, Kay. No quarto do Spencer. Quando ele entrou, peguei a sua mão e você me empurrou para longe.

— O que esperava que eu fizesse? Depois de dois anos com você me atraindo e depois me afastando repetidas vezes, até que eu não tivesse mais ideia do que queria?

— Não confio em você, Kay. — Os lábios dela tremem. — Não confio que não vá me magoar.

— Brie, se eu pudesse voltar no tempo... — Faço uma pausa. — Nem mesmo saberia por onde começar. Muita coisa a ser desfeita.

— Você esteve com a Jessica e com a Maddy segundos depois que elas morreram.

— Você também esteve com a Jessica.

— E o que você fez?

Minha voz treme.

— Muitas coisas. Não sou uma pessoa muito boa, ok?

— Então apenas seja sincera comigo, Kay.

— Eu sou sincera com você. — Não aguento o jeito como ela está olhando para mim. Não depois do que Cori disse. Caso perdido. — Ok, você quer saber o que perdeu? — Abro o e-mail da Jessica no meu celular e mostro-o a ela. — Correspondência de cadáveres. O projeto final? Um site me chantageando para que eu realizasse a vingança de uma garota morta contra as minhas melhores amigas. E isso tudo cai em cima de mim. Tai, Tricia, Cori, Maddy, Jessica. Estou ferrada. E você está brava porque não a convidei para se juntar a essa confusão toda comigo. Deveria estar agradecendo a Nola por empurrar você para fora do banco do passageiro. Do que mais gostaria de saber, Brie?

— Que site?

— Não existe mais.

Ela morde o lábio inferior. Os olhos estão cheios de lágrimas e a voz soa densa quando se pronuncia de novo:

— O site simplesmente desapareceu, do nada?

Quando me dou conta disso, sinto-me tomada por uma onda gélida.

— Você realmente acha que sou louca.

— Isso é uma má ideia. Idiotice.

— O quê?

— Cansei.

Alarmada, levanto-me.

— Brie, pare com isso. Você não vai desistir de mim. É só uma briga. Você é a minha melhor amiga.

Ela olha nos meus olhos.

— Você matou a Jessica?

— Não!

— O Hunter?

— O quê? Não.

— Maddy?

É como se fosse um tapa na cara atrás do outro, mas os mereço, então eu fico parada, recebendo-os.

— Não. Isso é tudo?

Ela arranca o casaco e rasga a camisa para me mostrar um gravador.

— Cansei. Eu cansei.

Capítulo 17

Ligo para Nola assim que chego lá fora, mas a chamada cai na caixa postal repetidas vezes. Tento ligar para o Spencer em seguida.

— Você me contou sobre a Jessica. Por que escondeu a Maddy de mim? — pergunto assim que ele atende ao telefone.

— Tentei contar. Quando nos encontramos no Cat Café, tentei lhe contar. Nós não estávamos exatamente nos falando antes disso. Depois eu ia lhe contar no jantar, mas você não apareceu.

Parece que ele também esteve chorando.

— Nós não tínhamos planos.

— Meu Deus! — Ele faz uma pausa. — Tenho uma mensagem sua me pedindo que me encontrasse com você.

— Certo. Alguém usou meu número exatamente como falsificou meu e-mail. Isso é mesmo possível?

— Sim, mas bem complicado. Você poderia simplesmente dizer que me deu o cano.

— Mas não fiz isso, Spencer. E você encheu minha caixa de mensagens. Fique de boa.

— É mesmo? É assim que tenho de ficar? Quantas mentiras você contou à polícia nesta semana?

— Quantas mentiras você me contou? Tipo, que você me perdoaria pelo lance com a Brie? Do que precisa? Tem de dormir com todas as alunas antes que estejamos quites? Talvez colocar algumas professoras na parada?

— Nada a ver com ficarmos quites.

Parece que estou correndo sem parar, mas me sinto fraca, e a necessidade premente e constante de tossir me impede de respirar direito. Vou até o lago e caminho rapidamente em volta do trajeto que dá para a Old Road, nosso ponto de encontro. Não sei qual é o meu plano. Pedir-lhe que se encontre comigo, continuar seguindo pelo vilarejo e nunca olhar para trás, fazer um circuito de corrida infinito ou mergulhar na água e gritar na escuridão gélida.

— Eu nunca, *jamais* tentei magoar você.

— Ficando com a Brie na minha cama?

— Foi um erro, não tinha nada a ver com você, e me arrependo. Já você talvez não possa dizer o mesmo.

— Eu me arrependo de verdade do que fiz. No instante em que acordava, a realidade me atingia e eu queria que desaparecesse.

As palavras me nocauteiam e me deixam sem fôlego. Olho para cima de repente e paro com tudo. O carro dele está estacionado na curva do caminho.

— Onde você está?

— Dirigindo em círculos.

Viro-me devagar, mas estou completamente sozinha. Afastei--me muito do caminho a ponto de as cercas vivas e espinhentas e as densas bordas de árvores agora me separarem dos edifícios do campus. Definitivamente aquele é o carro dele, o antigo e detonado Volvo com um capô amassado e o farol dianteiro esquerdo

Garotas como nós

destruído. Começo a voltar na direção do campus, de olho no carro de Spencer.

— Onde?

— Perto do campus. Quer que eu vá buscar você?

— Por que está aqui?

— Porque…

— Por que você sempre está aqui?

Ouço passadas atrás de mim, viro-me, vejo-o descendo pelo caminho e saio correndo. Escuto Spencer me seguindo e corro na direção do carro dele. Não há outra opção. Os arbustos espinhentos, densos demais, acabariam me prendendo e o lago me deteria também. Ele grita que eu pare, e grito em resposta que só vou parar se ele fizer o mesmo. Por fim diminui a velocidade quando me aproximo do carro e ouço-o parando atrás de mim. Viro-me e o vejo a uns dez metros atrás de onde estou: na divisa de um vilarejo, e, considerando a hora, as pessoas estão passeando, indo de uma loja para a outra. Faço um sinal, com cautela, para que ele venha na minha direção.

— O que foi que fiz, Katie?

— *Não* me chame de Katie. Especialmente não agora.

Ele elimina os últimos passos que nos separam e me olha sem mais vivacidade nos olhos, o rosto transformado em uma ruína. Cheira a cigarro e café e não se barbeia há alguns dias.

— Não sei mais o que você quer de mim.

— Quero saber quão longe iria para me machucar.

Ele fecha os olhos e uma nuvem fantasmagórica de respiração escapa de seus lábios.

— Não dormi com a Maddy para machucar você. Simplesmente acabou acontecendo.

— Jessica?

— Talvez. — Ele abre os olhos, que continuam do mesmo tom azul-pálido pelo qual quase me apaixonei, mas o paradoxo angelical-demoníaco se desvaneceu. Os olhos estão inexpressivos, vazios. — Funcionou?

— Você matou a Maddy para me machucar?

As palavras ardem na minha boca, mas tenho de dizê-las. Machucará mais se não as disser. Não suporto mais a incerteza nem a sombra dela.

Spencer pega minhas mãos nas dele e as vira, examinando minhas palmas. Então traça uma linha e ergue o olhar para mim, com uma última centelha fazendo o fogo arder nos olhos, um sorriso torto no rosto.

— Está vendo esta linha? Todo mundo se foca na linha da vida e na do amor. Esta é a linha do assassino. Você é uma assassina, Kay. Parece inocente, mas estilhaça tudo que toca. — Spencer faz uma pausa, e então pressiona minha mão junto aos lábios dele.

— Isso não é justo — digo, em um sussurro.

Os olhos dele enchem-se de lágrimas e se fecham.

— Não. Não tudo. Apenas todo mundo que ama você.

Ele solta minha mão e volta andando para o carro, e fico parada, congelada e sem palavras.

Então alguma coisa dentro de mim se endurece.

— Bem, todas as meninas com quem transou estão mortas, Spencer.

Uma calma inquietante cai entre nós, e, por um instante, o resto do mundo fica em silêncio. A imagem dele com a Jessica morta passa em um lampejo na minha cabeça mais uma vez.

— Que coincidência infernal.

Ele relaxa encostado no capô do carro e coloca as mãos sobre a boca.

— *Você* acha que eu matei a Maddy?

— Não sei quem a matou.

Volto os olhos para o vilarejo. Não há ninguém passando por ali. Tenho apenas Spencer e seu carro na minha frente, uma barreira de espinhos de um lado e, do outro, o lago onde Jessica foi assassinada.

Spencer se afasta do carro e dou um passo para trás, na defensiva, mas ele se limita a puxar a porta, abrindo-a.

— Adeus, Katie.

E então se vai.

Tento falar com Nola novamente e por fim ligo para Greg, mesmo que ele não tenha nenhum motivo para falar comigo depois do que fiz.

Ele atende no primeiro toque.

— Senhorita Kay Donovan — diz, com voz agradável. Claramente não sabe o que fiz. Vendo pelo lado positivo, não parece que causei muitos danos.

— Você está ocupado?

A voz dele muda de tom.

— Está chorando?

— Só preciso conversar com alguém.

— Não estou ocupado. Você está bem?

— Estou no extremo oposto de bem.

— Quer que eu vá buscá-la?

— Podemos nos encontrar no Cat Café?

— Claro. Precisa de alguma coisa?

— Só que você esteja lá.

Desligo o telefone. Meus nervos estão tão à flor da pele que não consigo projetar minhas respostas de forma espirituosa ou graciosa. Mal me reconheço no reflexo na porta de vidro da cafeteria. O frio e o acesso de choro incharam meu rosto, que dobrou de tamanho. Meus olhos também parecem inchados e machucados, e meus lábios estão secos e pálidos. Faz mais de um dia que não tomo banho, e meus cabelos, sem brilho e frisados, escapam do rabo de cavalo de um jeito selvagem. Peço um chá descafeinado, encho-o de limão e açúcar e assoo o nariz em um monte de guardanapos. Então me ajeito em uma mesa de canto, longe do ar gélido que vem pela porta da frente.

Uma rajada congelante de vento entra com tudo junto com Greg, que pula sobre uma mesa e se senta na minha frente.

— O que aconteceu?

— Minha melhor amiga tentou secretamente gravar a confissão de que matei a Jessica, um gato e uma das minhas melhores amigas.

Ele desliza a mão pela mesa e pega a minha na dele, áspera e macia ao mesmo tempo.

— A boa nova é que não acho que você seja mais suspeito — digo.

— Isso é engraçado. — Ele puxa seu gorro de lã para fora da cabeça e chacoalha os cabelos para arrumá-los. — Porque, depois que Madison Farrell morreu, eles voltaram a me procurar. Não creio que tenha sido a última vez que os verei.

— Você sempre lhes diz a verdade, toda a verdade e nada além da verdade?

— Nem sempre a verdade basta — ele admite.

— Vou beber em saudação a isso. — Ergo minha xícara e Greg bate com o punho cerrado nela. Depois solta um suspiro.

— Eu não conhecia a Madison. Por que estão me fazendo perguntas sobre ela?

Não consigo pensar em um motivo. A menos que queiram realmente estabelecer uma conexão e eu esteja subestimando o quanto a polícia vem se focando no Greg o tempo todo. Meu Deus, eu contribuí para isso?

— Gostaria de ter condições de responder. — Faço uma pausa. — Eles me fizeram perguntas sobre você.

— Ah. Então é daí que se originou a linha de interrogatório sobre lâminas.

Sinto meu rosto ficando bem vermelho. Ele não parece nem um pouco perturbado.

— Você mencionou as lâminas. A polícia não liberou essa informação.

— Ah, meu Deus, Kay, eu devo ter matado a minha namorada — ele diz, em voz zombeteira.

Espero.

— Sei que, se você estivesse confessando, estaria chorando ou algo do gênero. Porque você a amava.

— Justine me contou como você e a Brie encontraram a Jessica. Ambos choramos. Isso basta?

Sinto-me uma imbecil.

— Lamento muito.

— Isso é muito uma merda à la *Game of Thrones*. Quero dizer que claramente você é a Cersei.

— O quê? Não. A selvagem de cabelos vermelhos.

O rosto dele abre-se em um sorriso.

— Ygritte. Ela tem nome. E morre.

— Não morrem todos?

— Alguns conseguem se vingar antes. Gosto de me considerar...

— Jon Snow. Seus cabelos o entregam. Mas nem mesmo pense nisso.

Greg reclina-se na cadeira.

— Gosto que podemos ser adversários táticos e ainda assim conversar como se fôssemos amigos. É essa a sensação de viver em uma história em quadrinhos?

Movimento a cabeça negando. Greg me deixa de bom humor. Ele me faz lembrar muito do Todd antes que ficasse arruinado. É uma sensação boa e dolorosa ao mesmo tempo.

— Por que não suspeita de mim? — pergunto a ele. — Até mesmo minhas melhores amigas acham que sou capaz de matar.

Ele coloca um pedaço de chiclete na boca, masca-o, pensativo, e então olha direto nos meus olhos.

— Porque você não tem o rosto de uma assassina.

— Essa é a coisa mais idiota que já ouvi na vida.

— É? Por que você tem tanta certeza de que não fui eu?

— Bem, de fato falei com os tiras sobre todo o lance da lâmina — admito. — Mas é verdade. Não me parece que você poderia ter assassinado a Jessica.

— O que os vizinhos sempre dizem nos interrogatórios? Rapaz calado, reservado. Nunca achei que ele fosse capaz de fazer algo assim.

— Meus vizinhos acham que definitivamente eu seria capaz de fazer algo assim.

— Bem, meus colegas de classe ficam sussurrando coisas. — Ele bate com as pontas dos dedos na mesa rapidamente, como se estivesse tocando um concerto de piano em silêncio. — Não vamos lamentar por nós mesmos. Estamos vivos.

Tento sorrir, mas o tiro sai pela culatra.

Garotas como nós

— Você acha que ainda vamos nos sentir assim depois de passarmos vinte anos na cadeia?

— Quer saber o que realmente pensei a primeira vez que a vi? — ele me pergunta, os olhos claros como uma lagoa calma.

— Saia da minha fila de café, sua vadia metida.

Greg abre um grande sorriso e afasta os cabelos ondulados da frente do rosto.

— Quem é essa garota que arruinou a minha peça?

Dou de ombros, sem entender o que ele está falando.

— Dirigi a produção da peça dos alunos no outono no ano passado. E tinha o hábito narcisista de ficar observando o público, porque, até a noite de abertura, havia me esforçado ao máximo com os atores e só queria ver como as pessoas reagiriam ao nosso trabalho. E, na quarta fileira, a seis assentos do corredor do lado esquerdo, estava uma garota que ficou enviando mensagens no celular e sussurrando durante metade do espetáculo. Assim como metade do público. Os únicos que estavam com os olhos realmente grudados no palco eram os pais dos atores. — Ele revira os olhos e sorri na palma da mão. — Porém, quando foi chegando perto do final, as pessoas pararam de enviar mensagens pelos celulares. Porque quase todo mundo começa a prestar atenção no final de *Nossa cidade*.

Cobri a boca com a mão, lembrando-me do que tinha acontecido. Greg se referia ao espetáculo que eu e a Brie fomos ver na noite em que conhecemos Spencer e Justine.

— E, durante o discurso de despedida da Justine, a garota que ficou enviando mensagens e sussurrando e rindo com sarcasmo o tempo todo simplesmente assumiu uma expressão bela, assombrada e imóvel. E, por causa do lugar exato em que estava sentada em relação ao palco, um pálido feixe de luz recaiu sobre ela, como se fosse um holofote. E lágrimas silenciosas começaram a escorrer por sua face, exatamente no momento em que eu desesperadamente implorava que Justine começasse a chorar.

Lembro-me daquele discurso. A personagem de Justine havia morrido e voltado a viver para dar seu adeus final a todo mundo de quem ela sntiria falta. Cada uma daquelas palavras me alfinetara em uma parte distinta do coração.

— E eu pensei, garota na plateia, você está arruinando a minha peça, porque você é o fantasma. Os pelos na minha nuca ficaram arrepiados, afinal, eu tinha sonhado com você sem a conhecer. E me senti como se tivesse, de alguma forma, escolhido aquela peça inconscientemente só para conhecê-la. Então, de repente, você se levantou e saiu correndo do teatro. Depois, na festa do elenco, antes que eu tivesse a coragem de me levantar e falar com você, vi Spencer Morrow babando pra cima de você, que depois disso insultou a minha peça e então me chamou de Gollum de 1,80 metro, e minha segunda impressão ocupou o lugar da primeira.

Eu me senti como se estivesse prendendo a respiração por mil anos e, se não a soltasse, explodiria.

— O que quer dizer com isso, Greg? — consigo perguntar.

— Confiei em você antes de nos conhecermos. Minha intuição me diz que é uma boa pessoa. Sei que não nos conhecemos há tanto tempo assim, mas, se algum dia precisar conversar, pode falar comigo. De suspeito para suspeita. — Ele arregaça as mangas da camisa, expondo os antebraços intricadamente tatuados. — Então, vamos finalmente confiar um no outro?

Envolvo minha caneca com os dedos e avalio minhas opções novamente. Brie e Spencer já eram. Tenho Nola, mas as coisas estão estranhas agora. O tempo está se esgotando. Com a polícia colocando escuta em Brie, até onde eu saiba, continuam seguindo

Garotas como nós

em frente, procurando prender alguém. E parece que as coisas também não estão indo bem para o Greg. No mínimo dos mínimos, talvez andem considerando a possibilidade de ligar para os meus pais de modo que possam me interrogar formalmente, e preciso evitar isso a todo custo.

— Confiança é uma palavra forte.

— Justo. Vamos manter as coisas casuais com um quê de paranoia. Vamos falar sobre suspeitos alternativos. Gosto de você, mas entendo como seus vizinhos podem vê-la como potencialmente um mal. Aquele comentário de eu ser um Gollum alto não me fez exatamente ficar todo feliz da vida.

— Não foi pessoal — apresso-me a dizer. — Eu nem mesmo me lembro de ter dito isso. Fico falando coisas idiotas como essa o tempo todo. Costumava fazer isso. Agora estou... repensando algumas escolhas de personagens.

Ele me fita com ar de dúvida.

— Você não é atriz? Fala como uma.

— Nola. Tudo com ela tem a ver com dança e teatro. Ela está me transmitindo esse hábito.

— Bem, você acha que suas escolhas anteriores podem ter feito com que merecesse alguns inimigos?

— Eu diria definitivamente que sim.

— Todos os motivos clássicos podem se resumir ao orgulho. Você insulta alguém e potencialmente cria um inimigo para o resto da vida. Talvez um inimigo mortal. — Ele pega um caderno e um lápis do bolso. — Então vamos traçar o perfil de nosso assassino ou nossa assassina. Afinal de contas, talvez ela seja uma aluna da Bates. Alguém com acesso a Jess, ao lago e à festa.

— Você eliminou o Spencer?

— Ele não tem nenhuma ligação com a Madison.

— Entendi.

Deixo que ele continue a falar:

— Poderia ser uma aluna que guarde ressentimento contra a Jess ou contra você, caso estejam armando para cima de você. Uma amiga que na verdade é uma inimiga. Uma rival. Ou uma vítima de bullying. Não vou demonizar as vítimas, mas a vingança é um forte elemento motivador.

— Então, basicamente todas as alunas.

Ele me desfere um olhar de reprovação.

— Todo mundo?

— Você está querendo dizer que eu nunca fui vítima de bullying, certo?

— Eu não disse...

— Ninguém se safa ileso, Greg. As pessoas gostam de se achar tão moralmente superiores... Há alguém mais embaixo na escada social de quem você riu ou de quem zombou, ou que não convidou para alguma ocasião, ou que escolheu por último.

— Não acho que eu seja nem um pouco superior — ele diz.

— Só porque sou legal com você, isso não significa que não tenha, digamos, um estádio cheio de arrependimentos.

— Arrependimento é uma palavra cortês demais.

— Para...?

Sinto-me tão cansada a ponto de criar um ninho com os meus braços e descansar a cabeça neles. Greg aproxima-se de mim.

— Eu e Tai... minha ex-amiga, creio eu... costumávamos dizer as coisas mais típicas de vadias no mundo, mas as pessoas achavam que éramos tão engraçadas, então acabávamos nos safando.

— Ok.

— Você pode se safar impune de um assassinato se tiver sorte. Nem mesmo precisa de esperteza. Basta ter algo social ou político

Garotas como nós

contra todos os outros. As pessoas fingem não ver as coisas quando querem. Todo mundo sabe disso.

— É verdade, às vezes.

— Não quero me safar mais.

Ele fica muito quieto por um bom tempo, e então sua voz sai rasgada em um sussurro:

— Fez uma confissão, Kay?

— Não. Esqueça.

Aperto os olhos e os fecho com firmeza para minimizar o risco de chorar. De tudo que aconteceu nas últimas semanas, o pior foi Brie afastando-se de mim, e não aconteceu de repente. Na hora em que ela concordou em tentar me aprisionar, eu já a havia perdido. Ou será que comecei a perdê-la anos atrás, quando fiz aquela piada imperdoável? Fiquei com tanto medo de pedir desculpas; um pedido de desculpas seria a admissão de que fiz algo horrível?

— Como se pede perdão por algo que não pode ser desfeito?

— Se você lamenta o que fez, o ponto não é o perdão, é? — diz ele.

— Não tem a ver com se sentir melhor; tem a ver com fazer melhor. — Ele abre um largo sorriso. — Totalmente plagiado do Pastor Heather. — Greg para de falar por um instante. — Mas me sinto melhor. Ter algo a *fazer*.

— Não sou a mesma pessoa que eu era antes — digo. — Não sou.

Ele aperta a minha mão.

— Acredito. Nunca pensei que você fosse má. Mas, Kay, não estou aqui só para sessões de abraços. Nós somos suspeitos de assassinato. Temos merdas a descobrir. Consegui convencê-la de que a assassina é uma aluna?

Solto um suspiro.

— Está pensando em alguém?

— Para falar a verdade, sim. Tem alguém por aí que viveu os mesmos meios e as mesmas oportunidades que você.

— Motivo?

— Ressentimento de longa data.

— É mesmo? — Tento olhar para o caderno de Greg, mas ele o segura longe do meu alcance. — A polícia tem conhecimento disso?

— Ela vem mentindo para a polícia. Você está ajudando a garota a mentir.

— O quê?

— A única peça que está faltando é um encontro na noite do assassinato. Se a Jess brigou com alguém naquela noite, acho que isso bastaria para levar a uma prisão.

— Ela brigou mesmo com alguém. Com você.

— Ou talvez com a Brie.

Capítulo 18

Fico tão chocada que dou risada.

— Brie não matou Jessica. Ela nem mesmo é capaz de berrar.

— Então talvez tenha agido silenciosamente.

— Não consigo acreditar que esteja falando sério.

— Tremendamente sério.

Ele me mostra seu celular, e vejo uma foto de Jessica e Brie usando camisetas da orientação da Academia Bates, de braços dados, sorrindo para a câmera.

Cubro a boca com a mão.

— Brie mal conhecia a Jessica.

Greg balança a cabeça negando.

— Elas eram as melhores amigas no primeiro mês de aula e depois tiveram uma separação épica.

— Você não a conhecia na época.

Mas eu também não conhecia a Brie naquela época.

— Foi ruim. Essa coisa deixou a Bates saturada para a Jess. Era por esse motivo que nunca ficava lá. Ela me enviou essa foto quando começamos a namorar e me disse: "Esta é Brie Matthews. Ela vem às festas de elenco. Nunca fale com ela".

— O que aconteceu?

Ele movimenta a cabeça em um gesto de negação.

— Elas ficaram íntimas com muita rapidez mesmo. Contavam uma à outra seus mais profundos e sombrios segredos, juravam que seriam as melhores amigas pela vida toda. Acho que talvez Jess possa ter sentido algo pea Brie, mas meio que sinto que não era recíproco.

Concordo, tentando ignorar a estranha e quente sensação que se insinua em minha nuca.

— Não é nenhuma viagem isso.

— Então a Brie começou a andar com outras garotas, e acho que talvez a Jess não fosse legal o bastante para elas ou algo do gênero. No ano seguinte, parece que Brie fez umas merdas malvadas e indizíveis sobre as quais a Jess não queria entrar em detalhes.

— Não acredito nisso.

— As pessoas nunca acreditam que alguém que elas amam seria capaz de fazer algo cruel.

Fico feliz por não ter contado a Greg sobre o Todd, mas, da forma como ele está olhando para mim, parece que sabe disso.

— Jess ficou realmente chateada, então ela foi até o quarto da Brie e deparou com a porta destrancada, e o computador desprotegido, e ela encaminhou um bocado de e-mails da Brie aos pais dela. Não sei para quem eram os e-mails nem o conteúdo deles. No entanto, basta dizer que o resultado foi uma animosidade entre a Jess e a Brie.

— Não tem como — digo, de forma simples. — Eu confiaria na Brie até a morte. Mesmo que ela decidisse nunca mais falar comigo, eu sofreria as consequências por ela.

— Você faria isso mesmo, não é?

Garotas como nós

— Porque tenho certeza de que ela é inocente.

Ele abre um sorriso triste.

— São coisas como essa, Kay. Coisas desse tipo complicam acreditar que você seja uma assassina.

Levanto-me.

— Lamento por não conseguir comprar sua teoria.

— Ela tornou a vida da minha namorada miserável e agora Jess está morta. Não há mais ninguém que eu ache que poderia ser o assassino.

— Talvez sua namorada tenha mentido. — Greg me desfere um olhar que é um aviso. — Desculpe-me. — Fico fitando dentro da minha xícara, com medo de olhar nos olhos dele.

— O que quer que Brie possa ter feito para ferir os sentimentos da Jessica, o que fiz foi pior.

Ele olha para mim, inexpressivo.

— O que você fez?

Conto-lhe a verdade sobre *Dear Valentine*, a única coisa que me conecta e a todo mundo citado no blog da vingança com a Jessica.

Dear Valentine deveria ser um evento para arrecadação de fundos; as alunas poderiam comprar uma flor para entregá-la a outra aluna durante as aulas, e o dinheiro seria usado para o Baile da Primavera, mas o evento geralmente servia como uma espécie de concurso de popularidade. Eu, Tai, Tricia e Brie sempre acabávamos com imensos buquês de rosas, enquanto a maioria das alunas geralmente recebia uma ou duas flores das melhores amigas.

Dois anos atrás, recebi orquídeas brancas muito caras de alguém que as enviou para mim anonimamente, com um bilhete que dizia: *Seja minha*. Meses haviam se passado desde o incidente com Elizabeth Stone, e Brie vinha agindo toda fofinha e flertando comigo de novo, então, presumi que as flores vinham dela e me humilhei agradecendo-lhe com um poema rimado e mal escrito. Porém, Brie jurou de todas as formas que não tinha sido ela quem me enviara as orquídeas, na frente de todos no refeitório. Também não fora nenhuma das nossas outras amigas. Eu estava tão certa de que tinha sido a Brie, e que assim finalmente viveríamos nosso grande momento de história de amor de cinema, que meio que comecei a odiar aquelas flores. Elas ficaram em cima da minha escrivaninha no vaso de vidro genérico da floricultura do vilarejo, assombrando-me com sua presença todas as noites enquanto eu tentava dormir. E estavam lá pela manhã, teimosamente vivas, pálidas, perfeitas e eternas.

Por terem sido enviadas no anonimato, eu não tinha como saber de quem vieram, mas passei a odiar também a pessoa que as enviara. Afinal, não havia sido uma crueldade enviar flores com um bilhete não assinado dizendo *"Seja minha"* a uma pessoa que está tão óbvia e perdidamente apaixonada por outra? É claro que presumi que vinham de Brie. E é claro que fiquei arrasada quando descobri que não era verdade. Achei que a remetente estava me assombrando por alguma coisa aleatória de vadia que eu havia dito ou feito a ela. Sejamos honestos. Havia muitas possibilidades para que eu tentasse adivinhar quem era.

No entanto, tinha certeza de que o presente viera por malícia de alguém que ficava me vendo repetidamente partir meu próprio coração com a Brie e que queria me torturar. Então decidi torturar a pessoa.

Com o apoio de Tricia, subornei as alunas que estavam no comando do *Dear Valentine* para que entregassem vários presentes de volta a quem havia me enviado as flores. Elas não revelaram a identidade da pessoa, mas ficaram felizes de arranjar uma série

Garotas como nós

de entregas. Uma para cada orquídea que ela me enviou. Os doze dias de Valentines, foi como Tai se referiu ao fato. Ela e Tricia me ajudaram a ter ideias, e a Tricia assumiu o papel de mensageira. No primeiro dia foi um bilhete simples — *Sou sua* — com um dos botões da orquídea junto.

No segundo, um cacho dos meus cabelos, novamente com um dos botões.

No terceiro, uma mancha de sangue em uma ficha. Acompanhando cada bilhete, enviávamos outro botão da orquídea.

No quarto dia, enviamos um osso de costelinha cuidadosamente limpo do refeitório com a frase: *Tudo de mim.*

Naquela noite, Tricia disse que a garota da entrega do *Dear Valentine* apareceu à porta dela, nervosa. E disse que a pessoa que havia me enviado as orquídeas estava bem perturbada e me pediu que eu, por favor, parasse com as entregas. Mas então já tínhamos tantas ideias, e Tricia bancou, feliz, o restante do projeto, e a garota da entrega concordou em pegar o dinheiro, sem fazer perguntas. Acho que agora eu sei que essa não era toda a verdade. Nola era a entregadora, e Tricia não lhe pagou com dinheiro. Pagou-lhe com promessas e mentiras, o que foi tão cruel quanto a "brincadeira" em si.

Nós havíamos nos divertido tanto com esse projeto do *Dear Valentine*, caçando "partes do corpo" on-line, em lojas do vilarejo, até mesmo no bosque.

Só que Brie não quis participar. Ela saiu completamente do radar durante todo aquele tempo. No dia em que entrei com tudo no quarto dela com um doce estranhamente realista em formato de cérebro que havíamos encomendado pela internet, Brie me olhou e só apontou para a porta, sem dizer nada.

Tal reação me levou a mergulhar no projeto ainda com mais determinação. Se Brie não entendia, Tai e Tricia entendiam. Era uma *piada*. No final, a orquídea não passava de dois caules esqueléticos presa a falsos galhinhos de plástico, e eu me senti um pouco melhor. Joguei os caules fora, limpei o vaso e o enchi de chocolate, pois Brie *de fato* havia me dado um pacotinho, sem nenhum cartão. A garota do *Dear Valentine* merecia. *Ela* estava zombando de mim com o presente, e, se tivesse algo a me dizer, poderia fazê-lo na minha cara. Achei que fosse o fim, mas, quando enviei uma mensagem à Brie convidando-a para o Baile da Primavera, ela me dispensou novamente, sem nenhuma explicação. Escrevi uma resposta com o coração na boca: *Mais alguém?* E ela escreveu: *Garota do Dear Valentine*. E nem mesmo apareceu no baile.

Nunca mais falamos sobre isso de novo.

Aquela foi minha primeira e última "pegadinha". Iniciações e trotes de estudantes, sim. Mas nada como *Dear Valentine*.

Por fim olhei para o Greg.

— Eu fiz aquilo com a Jessica. Minhas amigas também. Provavelmente ela achou que Brie estivesse envolvida, mas Brie se recusou a participar da brincadeira. Provavelmente era essa a coisa indizivelmente malvada a que Jessica estava se referindo.

— Meu Deus, Kay! Nem sequer passou pela sua cabeça que ela poderia de fato ter gostado de você?

— Diga-me você. Eu andava com a Brie na época. O tempo *todo*. Elas não eram malvadas. Simplesmente as aceitei assim.

Ele solta um suspiro pesado.

— Ela nunca me disse o que foi, então não tenho como saber. Ela ainda se vingou da Brie, então Brie tinha motivo para matar a Jessica.

Garotas como nós

— Ela não a matou. Brie nem mesmo quis mandar uma porcaria de presente de *Dear Valentine!*

— Tudo depende do que aconteceu depois — retruca Greg. — Elas se trombaram ou não na noite do assassinato? Existe a possibilidade de que isso tenha acontecido?

Volto a pensar na noite do assassinato. Eu havia secado metade da garrafa do prosecco quando os faróis varreram a água escura. Os detalhes dos meus pensamentos estavam anuviados, como se fossem rabiscos em uma folha de caderno rasgada, mas as *ideias* destacavam-se como em fonte em negrito, urgentes e intensas. Não me levantei quando Spencer saiu do carro e bateu a porta com tudo porque eu sabia que poderia ficar zonza e cair, e precisava que ele entendesse quão sério era aquilo tudo.

Ele me fitou chocado.

— Katie?

— Quem diabos é Jess?

Ele olhou para o celular.

— Ah, merda. Sinto muito. Recebi duas ligações em sequência. Apenas presumi...

— Você disse que tudo ia ficar bem.

— Eu queria que tudo ficasse bem. Ainda quero.

— Depois do que você fez?

— Não sei mais o que fazer.

Ele bebeu um gole da minha garrafa e fez uma careta.

— Meu Deus, Katie.

— Faça as coisas ficarem bem.

Eu o puxei para perto de mim e o beijei. Ainda estava suada da dança e fria por causa do ar gélido da noite, e assim tremi junto à pele quente dele.

— Não sei mais como fazer isso — ele sussurrou na minha boca.

— Termine. Quem quer que ela seja, livre-se da garota. Não quero ouvir o nome dela de novo. E menos ainda ver a cara dela.

Voltei a avançar para as sombras, puxando-o pela mão.

— Ainda vou ouvir o nome da Brie?

— Ela se foi. — Eu o beijei novamente, dessa vez mais devagar, dançando com meu corpo junto ao dele, guiando sua mão em volta da minha cintura, e a outra no meu ombro, os dedos dele entrelaçados na tira do meu vestido. — Livre-se da garota.

Agora o Greg olha para mim com ares de expectativa.

— É possível que a Brie tenha brigado com a Jessica naquela noite?

Nego com um movimento de cabeça.

— Duvido.

Capítulo 19

Quando volto para o meu quarto, encontro um pedaço de fita decorativa em cima da placa com meu nome; nela, a palavra "assassina" impressa em grandes letras vermelhas. Na porta há mensagens rabiscadas com canetas de escrita permanente em preto e vermelho, junto com alguns recortes de jornal sobre os assassinatos recentes. Alguém fez um desenho grotesco de um jogo de forca com o corpo de um gato pendurado e as letras "k-a-y" nos espaços. A frase *Você poderia muito bem estar morta também* está repetida diversas vezes em uma variedade de cores e caligrafias. Há referências sutis a pelo menos uma dúzia de meninas que emputeci nos últimos três anos e meio, centralizadas em uma hostilidade generalizada resumida no desenho do gato pendurado na forca, o cadáver com o qual lidei, mas em cuja morte não tive participação alguma.

Ouço uma risada abafada atrás de mim e me viro tão rápido que quase perco o equilíbrio. A congestão do resfriado me deixou com vertigem e movimentos súbitos arrancam o chão de sob os meus pés. No entanto, a porta do outro lado do corredor é batida com força antes que eu tenha tempo de ver quem está ali, e, desorientada, não consigo sequer identificar a porta: se era a que fica diretamente em frente à minha ou duas mais abaixo no corredor, ou se até mesmo está ecoando o som da porta sendo batida lá no fim do corredor. Talvez seja positivo o fato de eu continuar uma suspeita de assassinato. Pelo menos as garotas sentem medo demais para dizerem tudo na minha cara.

Escapo para dentro do meu quarto e rastejo ainda vestida para debaixo das cobertas, tremendo em razão da febre e do frio, e também por estar completamente sozinha. Não quero ligar para a Nola. Não consigo evitar sentir que, em parte, a situação toda é culpa dela, mesmo que tenha lhe pedido que participasse de tudo. Eu a subornei para destravar a primeira senha.

Reviro-me na cama, chuto os sapatos para fora dos pés e então assoo o nariz até que a pele em volta das narinas fique sensível. Meu instinto, como sempre, é de ligar para a Brie, mas não há nada a ser dito. Não posso pedir desculpas e não posso exigir dela um pedido de desculpas. O que fez foi imperdoável, e também me avisou, de forma ameaçadora, que *eu* não estou perdoada. Checo o meu e-mail e deparo com alguns lembretes de última hora sobre os exames na semana que vem, antes do Dia de Ação de Graças. Uma coisa boa em relação à Bates é que eles dividem as provas do primeiro semestre, sendo aplicadas uma parte antes do recesso do Dia de Ação de Graças e a outra só depois do recesso de inverno, de modo que a gente não precise passar a semana inteira ignorando a família e estudando.

É claro que não passo o Dia de Ação de Graças com a minha família. No ano em que Todd morreu, passamos a data no hospital em que mamãe estava internada, uma situação triste e nojenta, e tive intoxicação alimentar em decorrência do viscoso

Garotas como nós

peru recheado que foi servido. Fiquei com minha tia Tracy no restante do fim de semana enquanto papai e mamãe faziam terapia de casal intensiva para lidar com o luto. Eu e ela víamos *Days of Our Lives* enquanto bebíamos café com aroma de abóbora e tomávamos sorvete de baunilha com poucas calorias em quantidade suficiente para anular os benefícios da contagem de calorias.

Desde que me matriculei na Bates, passei todos os Dias de Ação de Graças com a família da Brie, na mansão em Cape Cod, fingindo ser uma segunda filha perfeita e amada. Eles fazem coisas como jogos anuais de futebol no gigantesco quintal dos fundos da mansão que dá para o oceano, enquanto o sol se derrete no céu noturno, e contam histórias de fantasmas ao lado de uma lareira que ocupa toda uma parede também gigantesca, além das sessões noturnas de cinema em casa com pipoca caramelada feita no forno e chocolate quente caseiro. Para o jantar, a cozinheira prepara imensas lagostas fresquinhas nadando na manteiga, pinhão assado, purê de nozes de carvalho com uma crosta um pouco dura de açúcar tostado como se fosse crème brûlée, aspargo com amêndoas e purê de batatas ao alho. Todo ano é a mesma coisa, e é delicioso.

Estar lá faz com que me sinta melhor do que sou. Mais importante, com mais valor. Eles são uma família *de verdade*. Sinto-me distante dos meus pais quando me sento no sofá entre Brie e a mãe dela sob o imenso teto estilo catedral, vendo comédias clássicas. Em casa, mesmo que meus pais estivessem por perto, ficaríamos comendo alguma coisa, como sanduíches de peru frio, na sala de estar escurecida, diante de um jogo de futebol americano com o qual nenhum de nós se importava. Eu trocaria mensagens no celular ou fingiria trocá-las para que não ficasse chato demais o fato de não conversar com eles. Meu pai dormiria ou fingiria que dormia pelo mesmo motivo, e mamãe vasculharia sua bolsa à procura de um sedativo, por causa daquele jogo na televisão com o qual ninguém se importava? Era do time predileto do Todd. E provavelmente estariam perdendo.

Este será o primeiro ano que não sou convidada para ir até a casa da Brie. Não quero saber o que ela vai dizer à família. Por algum motivo, sinto-me envergonhada, como se tivesse decepcionado todos por lá. Como se eles tivessem se arriscado comigo, como se eles tivessem acolhido o filhotinho de cachorro abandonado daquela raça perigosa que, todo mundo sabe, tem predisposição para atacar bebês e senhoras idosas indefesas, e reagi a isso mordendo a filha deles.

Decido não contar a verdade de modo algum aos meus pais. É tarde demais para informar à escola que não tenho para onde ir, mas pensarei em alguma coisa. Faço a rolagem pelas notificações dos exames e vejo que recebi um e-mail da Justine. Abro-o, relutante.

Fique longe da minha namorada, vadia.

Que adorável. Encaminho o e-mail à Brie, com a seguinte mensagem:

Diga para a sua namorada que não tenho nenhuma intenção de falar com a namorada dela nunca mais na minha vida de novo.

Clico em enviar.
Então acrescento mais uma coisa:

Garotas como nós

Obrigada pela decoração.

Apago a luz, deslizo para debaixo das cobertas e abro minha página no Facebook. Tenho quarenta e três notificações. Meu mural está cheio de recados e minha caixa de entrada está repleta de mais mensagens similares às rabiscadas na porta. Pelo menos não são anônimas. Meus olhos ficam anuviados e pisco com força enquanto leio cada palavra, analiso cada nome e cada rosto, e acrescento-os mentalmente à lista de pessoas que talvez tenham desejado me ferrar. Tudo era muito mais simples quando apenas se referia a quem poderia ter querido machucar a Jessica. Há tantos nomes aqui. Tai. Tricia. Cori. Justine. Holly. Elizabeth. O nome da Brie não aparece. Graças a Deus. Vejo que a maioria dos comentários recebeu várias curtidas e uma série de comentários próprios; encolhendo-me, clico em um deles para ler tudo que escreveram. Minha garganta se fecha.

Justine escreveu: "Proteja-se, vadia".

Embaixo, Nola respondeu: "Ela está protegida. E você?".

Clico nos outros. Nola respondeu a quase todos, saindo em minha defesa. Checo meu celular. Ela nem me enviou mensagem nem me ligou.

Limitou-se a ficar quietinha controlando os danos de cada comentário postado. Enquanto estou revendo a página, um novo aparece no fim, da Kelli, e Nola responde em poucos segundos. Desligo o celular, soltando um suspiro. Vou ter de dar um tempo das pessoas, on-line, na vida real e até mesmo na minha memória, se quiser passar nas provas.

Eu me enterro em frascos de remédio para resfriado, caixas de lenços de papel e pilhas de livros de estudos pela próxima semana e meia. Tenho uma prova em todas as aulas, menos de Francês, antes do recesso do Dia de Ação de Graças, e, com meu cérebro congestionado e (legitimamente) dopado movendo-se como uma lesma, preciso de cada momento extra para me atualizar nas minhas leituras e me preparar para as provas. As mensagens não param de chegar, por e-mail, no Facebook, na minha porta, tão coberta de pichações que mal consigo ver a madeira, e, agora, no celular. Tentei marcar um encontro com a madrinha do meu dormitório para falar sobre isso, mas ela estava muito distante e me disse que tinha muitos compromissos até depois do recesso. Até mesmo liguei para a boa e velha oficial Jenny Biggs da polícia do campus, mas ela cortou o meu barato.

— Estou sendo atormentada — eu lhe disse. — Posso fazer uma queixa ou algo do gênero?

Ela ficou em silêncio por um tempinho.

— Para falar a verdade, Kay, tivemos tantas queixas de incômodos contra você no decorrer desses anos que não sei se quero fazer alguma coisa em relação a isso.

E desligou o telefone na minha cara.

Nola e eu elaboramos resumos e *flashcards* e nos alternamos fazendo perguntas sobre as matérias uma para a outra, usando condicionamento respondente, à base de estímulos, para as informações entrarem no nosso cérebro. Quando ela acerta uma resposta, ganha um Skittle. Quando eu acerto a resposta, ganho uma gota de xarope. Tiro meu telefone do campus do gancho e coloco o meu celular no modo silencioso. Pouco importa; ninguém me liga, exceto ligações com ameaças vagas. Minhas ligações semanais para casa tornaram-se até mesmo menos torturantes

Garotas como nós

do que de costume. Eles começam fazendo perguntas sobre os jogos, querendo saber se já recomeçaram, e entram em ladainhas (papai), sobre a injustiça da parte da administração de tirar os esportes de crianças em luto, e queixas (mamãe) porque me tornei tão distante e não responsiva. Acabo gritando que não posso fazer nada quanto à administração; papai berra que eu poderia fazer uma petição ou escrever um editorial no jornal ou algo do gênero, e mamãe diz que não me conhece mais, e quando foi que me tornei tão raivosa e agressiva? Então desligo e tento colocar o celular no modo silencioso antes de receber uma ligação ameaçadora de algum morador local prometendo que vai me derrubar (sim, os moradores locais também estão fazendo isso agora). Não vou passar o Dia de Ação de Graças com a minha família, com ou sem Brie na jogada.

Então solto um automático *Sim, por favor* quando Nola me pergunta inesperadamente se estou interessada em ir para a casa da família dela no Maine.

— Ah, é mesmo?

— Minha família não comemora o Dia de Ação de Graças. Eu estava planejando me esconder debaixo da cama comendo pretzels e purê de maçã.

Ela faz uma pausa.

— Bem, na verdade, nós não fazemos nada muito elaborado, mas é melhor do que pretzels e purê de maçã.

— Combinado.

Nola não apenas foi a única pessoa que ficou do meu lado enquanto passo por tudo isso, mas também vem sendo ferozmente protetora. Eu não tinha ganas para me defender. Talvez, se não merecesse pelo menos um pouco do ódio que está sendo jogado para cima de mim, até tivesse. Mas sei que as pessoas estão usando o assassinato como uma desculpa para soltar a raiva acumulada por causa de coisas que fiz ou disse a elas, talvez anos atrás. Coisinhas que não pareciam importar na época. É impossível livrar-se disso. Dificulta a defesa. Não sei o que faria sem a Nola. Fui bem horrível com ela, que acabou me perdoando, prova de que ainda há salvação para mim. Uma parte minha cultiva esperanças de que as pessoas vão notar a mudança e pensar: "Ah, veja! Kay foi uma tremenda de uma vadia com a Nola e agora elas são melhores amigas. Eu deveria seguir o exemplo dela e perdoar a Kay também. Como é glorioso fazer a coisa certa! Volte para nós, Kay arrependida! Tudo está perdoado!".

Entretanto, acho que não é assim que funciona a redenção.

Capítulo 20

Partimos para a casa dos pais de Nola na noite do domingo. O trem onde estamos corta a mesma paisagem pela qual eu e a Brie costumávamos passar para ir ao litoral, e então ruma para o norte, ao longo da costa rochosa onde costumávamos pegar um ônibus para seguirmos em direção ao sul, indo para Cape Cod. Sempre adorei o litoral da Nova Inglaterra. Meus pais costumavam levar a mim e a Todd para a praia em Nova Jersey todos os anos. Ela fica *abaixo* da costa. A areia é um lençol dourado escaldante, e a água é verde-escura e quente. Eu adorava os nossos verões lá, tentando pegar siris na arrebentação espumosa, correndo atrás do caminhão de sorvete que descia pela calçada quente e passando horas fervendo na água, esquecendo-me de passar protetor solar novamente e acabando, no final de todos os dias, queimada, bem vermelha, e com a pele tão sensível que ninguém podia nem encostar nela.

Porém, depois que ele morreu, tornou-se impensável voltar lá.

As praias da Nova Inglaterra não são nada, nada em comparação com as de Nova Jersey. Não descemos até a orla; subimos a costa.

Os grãos de areia são grandes, pinicantes, granulados e grudam, causando desconforto nas solas dos pés, e o fundo de água fria e translúcida é de pedrinhas. Se permanecemos tempo demais na água, começamos a ficar dormentes. As cores predominantes são o cinza e o branco e uma mescla menos vívida de vidro marinho. Em Cape Cod, o único dourado com que deparamos está nos cães de raça pura correndo nos arredores de parques de cachorros ou nas praias que permitem que se divirtam nas ondas. Pelo menos, esse é o Cape Cod da Brie. Sempre existem partes que acabamos não conhecendo quando estamos familiarizados com um lugar visto pelas lentes de uma pessoa específica. Porém, ao viajarmos subindo a costa ou indo de ônibus para o sul, para Cape Cod, isso é tudo que vemos. A paleta em tons pastéis de cor de ossos e vidro marinho, cinza cor de olho de tubarão e branco fantasmagórico.

Essa cena praticamente resume tudo que vislumbro quando estamos seguindo para a casa de Nola também, só que a costa é mais rochosa, e o mar parece mais raivoso, estapeando as encostas das colinas. O sol afunda rápido demais no horizonte aquoso, proporcionando um breve espetáculo de algumas fitas brilhantes cor de tangerina, e então só resta uma faixa de luar e a luz do farol ocasionalmente fazendo sua varredura com o feixe de um lado para o outro sobre a água.

Nola está enrolada como uma bolinha e usa uma máscara de olho rendada de cetim sobre o rosto, o casaco puxado sobre ela como se fosse um cobertor, protetores de ouvido bloqueando os sons do trem e de nossos colegas passageiros. Tento fechar os olhos, mas a luz acima é brilhante demais, além disso, o som da mulher chorando ao telefone atrás de mim acaba me distraindo.

Olho para Nola e me pergunto quão longe estamos da chegada.

Garotas como nós

Não pode faltar tanto assim. A viagem toda durava apenas algumas horinhas. Encosto a testa na janela, tentando ver além do meu próprio reflexo. O trem começa a diminuir a velocidade, estamos prestes a entrar em uma estação. Chuto os pés de Nola, que solta um grunhido e tira a máscara, apertando um dos olhos ao olhar para mim.

— Já chegamos?

Ela espia pela janela, com um dos olhos ainda bem fechado, o que a deixa com um estranho ar de pirata, especialmente com a máscara ainda torta no rosto e os cabelos presos em uma trança meio solta e bagunçada.

— Infelizmente, sim. — Ela boceja, levando a bolsa até o ombro enquanto o trem para com tudo e o motorista anuncia o nome da estação. — Prepare-se.

Acompanho-a no estacionamento escuro, um pouco nervosa para conhecer quaisquer que sejam os seres humanos bizarros que deram à luz Nola Kent, mas, enquanto ela caminha sob as luzes brilhantes do estacionamento, com as sandálias de salto clicando no pavimento escorregadio, um homem grisalho e cheio de energia vem e tenta erguê-la em um abraço de urso.

— Ela está de volta! — O sujeito está radiante.

Ela se contorce para soltar-se dele e faz um gesto apontando-me de forma educada.

— Esta é Katherine Donovan. Katherine, este é o meu pai.

Ele parece surpreso e muito satisfeito.

— Bem, isso é uma maravilha.

O homem estica uma das mãos para mim em um ângulo amplo, então não sei ao certo se ele vai me dar um aperto de mãos ou um abraço.

Opto pelo aperto de mãos.

— Pode me chamar de Kay. Sinto muito, sr. Kent, achei que estivessem esperando minha chegada.

Lanço um olhar incerto para Nola, que balança a cabeça com vigor.

— Está tubo bem.

— Está mais do que bem. E pode me chamar de Bernie — diz o sr. Kent, retumbante. Ele me conduz até o banco de trás de um Jaguar reluzente e pula para o banco da frente. — Próxima parada, tranquilidade.

— Pai — diz Nola entredentes.

Olho para Nola com ar de questionamento. Ela só balança a cabeça. Quando chegamos, entendo. A casa não é uma casa. É uma mansão. Em comparação com a família de Nola, a de Brie vive em uma cabana e, em comparação com o que vejo, vivo em uma caixa de sapatos. A casa faz a minha parecer um ornamento de mesa. É uma daquelas mansões tradicionais à beira-mar, pintada em tons pastéis, com dezenas de quartos com os quais nada poderia ser feito além de os decorar e contratar alguém para limpá-los constantemente enquanto se esperam os hóspedes que possivelmente nunca virão. No caso da Nola, imagino que eu talvez seja a primeira, embora, pelo que eu saiba, os pais dela sejam ávidos para entreter as pessoas. Definitivamente são falantes. Tranquilidade é o nome da propriedade que se lê em uma charmosa placa branca arrematada com uma corda vermelha e branca na caixa de correios, e novamente dentro do vestíbulo, que é do tamanho das minhas salas de estar e de jantar juntas. Ali, uma placa enquadrada em que se lê, escrito à mão, *Seja bem-vindo à Tranquilidade,* está pendurada sobre um livro de hóspedes com encadernação de couro, acompanhado de uma pena e de um tinteiro. Passo os dedos sobre as fileiras de nomes na página aberta do livro, perguntando-me se foi Nola quem fez a placa. A caligrafia é muito mais bonitinha do que a escrita que me lembro de ter visto no caderno dela e nas linhas de versos nas paredes de seu dormitório. A tinta nesta página está fresca e há muitos nomes ali, e todos casais; nenhum solteiro nem famílias.

Nola fecha o livro em cima do meu dedo e recuo, sentindo-me culpada, a sensação de que fui pega bisbilhotando a gaveta de roupas íntimas de alguém.

— Isso não é para nós, é para eles — diz ela, dispensando o assunto do livro. Aí acena para que eu vá até o fim do corredor.

O piso é de madeira de lei polida e as paredes são de um tom de creme de limão. Imensas janelas de sacada ao lado da porta da frente da casa revelam um quintal cercado por um portão de ferro forjado e ladeado por pinheiros balsâmicos. Através de arcos grandes em cada lado do vestíbulo, há corredores em curva que dão em um dos lados para uma biblioteca cavernosa, com prateleiras de imbuia do chão até o teto. No final do outro corredor, há um solário de vidro cheio de plantas exóticas.

Uma mulher até mesmo mais baixa do que Nola, mas com os mesmos olhos sonhadores e feições élficas, parece flutuar por uma escadaria em espiral, vestindo camisola de seda. Os cabelos, tingidos de um vermelho vibrante, estão presos em um coque apertado no topo da cabeça e, ou ela fez alguma cirurgia com um mestre nessa arte, ou o dom da eterna juventude lhe foi concedido.

— Minha doçura — diz em um sotaque sulista —, você está sumindo.

— Estou exatamente com o mesmo peso que tinha no dia primeiro de setembro — retruca Nola, parada em pé, educadamente, enquanto sua mãe dá beijinhos no ar ao lado de cada uma das bochechas da filha.

Então a mãe de Nola volta os olhos cintilantes para mim.

— Quem é ela?

— Essa é Katherine.

Mais uma vez meus dentes meio que rangem quando ouço o meu nome inteiro.

As pessoas não costumam me chamar de Katherine. E Nola sabe disso. Está começando a me irritar.

— Kay — digo, forçando meus lábios a formarem um sorriso.

— Vai passar o fim de semana conosco?

Olho para Nola.

— Mãe, o fim de semana acabou. Ela vai ficar conosco a semana inteira.

A sra. Kent pisca.

— Bem, perfeito! Tem espaço aqui para todo mundo. Quero ouvir tudo que você tem a falar sobre suas aulas, docinho, mas se eu não tomar meus remédios para enxaqueca e me deitar com uma toalha úmida sobre os olhos agora mesmo, vou ficar de mau humor enquanto você estiver falando. — Ela beija o ar novamente. — Há sobras de comida na cozinha. Marla preparou quiche e batatas gratinadas e como de costume há sempre o que beliscar se quiser comer alguma coisinha. — A mulher faz um aceno de cabeça na minha direção. — Prazer em conhecê-la, Katherine.

Bernie pisca para mim.

— Você não pode perder a quiche de siri — diz ele, e então dá um beijo na bochecha de Nola e acompanha a esposa escadas acima.

Adiante da escadaria fica a cozinha, nos fundos da qual há portas duplas de vidro que se abrem para uma faixa arenosa e uma borda de rochas, e, além disso, um declive súbito que dá para o mar.

Garotas como nós

Espero até que eles tenham ido embora, e então me viro para Nola com curiosidade.

— Lugar para todo mundo?

Quero lhe perguntar sobre o comentário bizarro da mãe dela em relação ao fim de semana, mas imagino que a resposta não seja alguma coisa tão simples quanto "álcool".

Ela dá de ombros.

— Não se chamaria Tranquilidade se não estivesse repleta de detestáveis puxa-sacos e conhecidos aleatórios sugando a gente como sanguessugas, chamaria?

Acompanho Nola até a cozinha. Ciente do piso branco e imaculado em que estou pisando, tiro as botas e as penduro nos dedos pelos cadarços.

Ela me olha quase com desprezo.

— É só um piso. Que serve para a gente andar.

— Não consigo evitar. Está mais limpo do que os pratos da sala de jantar.

— Porque os funcionários da cozinha da Bates são uns preguiçosos.

Estou na verdade um pouco chocada com essa descarada exibição de elitismo. Nola não diz essas coisas quando está na escola. Acho que todo mundo age de um jeito diferente quando está em casa. Tenho tanta culpa em relação a isso quanto as demais pessoas. Mas não há nem mesmo ninguém por perto para ver a cena. Ela enche um prato com salada de frutos do mar e batatas geladas, pega uma Coca Diet e então me deixa sozinha com a imensa geladeira. É difícil saber o que fazer com ela, que é mais de meio metro mais alta do que eu e quase da mesma largura quando fico de braços abertos, e cada espacinho está repleto de comida, provavelmente esperando o festim do feriado. Não sei se posso ou não pegar o que quiser, então sigo a sugestão de Bernie e preparo um prato com quiche e batatas. Quando me viro, vejo Nola calmamente servindo duas doses generosas de rum em copinhos estranhos na forma de vidro de compotas.

Olho, com ar reflexivo, na direção da escadaria.

— É uma boa ideia?

— Eles não ligam.

Ela acomoda as bebidas e os pratos em uma bandeja e coloca a bolsa no ombro, e eu a acompanho escadaria acima, indo até o fim de um longo corredor, e subimos por uma segunda escadaria em espiral menor do que a anterior, até o quarto dela.

O cômodo é uma pequena torre empoleirada sobre o restante da casa, que dá para o mar de um lado e para o vilarejo do outro, e a vista é de tirar o fôlego até mesmo com apenas essa faixa de luar. Nós nos sentamos na cama dela no escuro, observando a água silenciosamente desabar e bater nas pedras lá fora, e uma estranha sensação de calma assenta-se sobre mim. Decido que vou ficar aqui. Vou morar no porão ou nos quartos da empregada ou algo do gênero. Vou me tornar lavadora de pratos aqui. Não preguiçosa como o pessoal da cozinha da Bates. Serei uma lavadora de pratos das boas. Vou falar com Marla, explicar meu caso para ela logo pela manhã. Não tenho certeza quanto à sra. Kent, mas Bernie me pareceu um cara legal. O plano é bom. Ou eu poderia simplesmente me declarar uma hóspede por tempo indeterminado e me tornar uma daquelas sanguessugas da Tranquilidade de que Nola falou com tanto desdém. Viro-me para ela, com a intenção de fazer uma piada sobre isso, e deparo com seu rosto a poucos centímetros do meu. Fico tão repentinamente alarmada que quase caio da cama.

— Que diabos?

Garotas como nós

— Bebi meu rum com Coca-Cola rápido demais e agora tenho de fazer xixi.

Fico encarando-a, seus olhos brilhantes no escuro.

— Então vá fazer xixi.

— Ok. — Ela se levanta, meio zonza. — Você não bebeu o seu — ressalta.

— Porque não gosto de refrigerante diet nem de rum. Juntos eles têm gosto de bala de caramelo líquido adoçado sinteticamente.

— Tudo bem.

Ela pega o meu copo e então sai do quarto, supostamente para ir ao banheiro. Enfio a mão na bolsa que preparei com as coisas para a viagem e puxo uma calça de moletom e uma camiseta de manga comprida da Bates, e depois escovo os cabelos para desembaraçá-los e faço uma trança com eles. Sinto-me aliviada ao ver que há duas camas individuais, cada qual com um edredom cor-de-rosa bebê, dossel e saia de cama na cor creme. Parece que decoraram o quarto quando Nola tinha cinco anos de idade e não mais o alteraram desde então. Ajeito minhas coisas debaixo de uma das camas e estou prestes a puxar as cobertas para trás quando Nola sai do banheiro com um copo vazio na mão, andando um pouco instável, vestindo apenas um maiô e meias listradas que vão até o joelho.

— Você está de brincadeira! — digo.

— Nado noturno — diz ela. — Uma tradição.

Capítulo 21

— Estou me recuperando de um resfriado monstruoso e a temperatura está apenas um pouquinho acima do nível de congelamento — digo, lembrando-a da situação.

— E daí? As pessoas nadam no Polo Norte no auge do inverno. Não ficamos muito tempo debaixo d'água. Isso tem a ver com o ritual, não com lazer — explica Nola, puxando o meu braço.

— Não vou lá fora sem um casaco e um gorro — digo com voz firme.

Ela dá de ombros.

— Tudo bem. Segure a minha toalha.

Desço as escadas nas pontas dos pés depois dela, sentindo-me presa em uma armadilha. Se formos pegas, vou ser a má influência, aquela que deixou a preciosa filha dos Kent bêbada e que a levou para dentro do mar gélido. Mas, se tentar impedir Nola, serei a perdedora que não gosta de rum e que não pula em águas turbulentas e congelantes em pleno inverno. Quando me tornei isso?

Ah, sim. Halloween, logo depois da meia-noite.

Nola me conduz ao longo de um caminho tortuoso e estreito que corta pronunciadamente a encosta da colina atrás da casa, até que termina de forma abrupta, a uns seis metros acima da água. Ela se vira para mim, tremendo. Estou congelando até mesmo aninhada no casaco do Todd, com o gorro puxado para cobrir as orelhas. Seguro-me na encosta da colina para me equilibrar e me curvo para a frente, espiando lá embaixo. A descida é tranquila, apesar de íngreme, mas a água chicoteia bruscamente a encosta. Infelizmente uso luvas de caxemira, e meus dedos estão ensopados. Pressiono as costas junto à parede da colina e enfio as mãos dentro dos bolsos.

— Não me diga que você vai pular.

Os dentes dela batem ruidosamente uns nos outros.

— Essa é a tradição, Kay. Você não conhece o lugar. Eu vivi aqui a minha vida toda. Há bastante espaço livre.

— E quanto à correnteza? Seus ossos serão esmagados. E não vou pular depois que você tiver pulado — Ela parece magoada.

— Dois corpos esmagados não são melhores do que um, Nola! Quem inventou essa tradição? Onde está essa pessoa agora?

— Meu avô. Está morto. Ele pulava deste penhasco para dar início à semana de Ação de Graças desde que tinha a nossa idade.

Oh.

— Ok… Ele era o único que participava dessa tradição?

Ela balança a cabeça negando. Seu corpo está tremendo com tanta violência que a voz sai quase em rompantes ininteligíveis.

— Mas, quando ele morreu e nos mudamos para a casa, a maior parte dos membros da minha família parou de falar um com o outro, de modo que meus primos não vinham mais para cá. Então sou só eu agora. Bem, e a minha irmã. Mas neste ano a Bianca não vem. Conhecer a família do noivo é mais importante para ela.

Garotas como nós

Tiro o casaco e coloco-o nos ombros de Nola, que o empurra de volta para mim, com raiva. Estico a mão para pegá-lo, mas uma forte rajada de vento o leva até lá na beirada. Fico olhando sem poder fazer nada e não acreditando no que está acontecendo enquanto ele voa para baixo, para o mar, como um grande pássaro condenado e aterrissa sem vida junto às rochas, antes de ser arrastado para baixo da arrebentação. Então surto.

— Qual é o seu seu problema, porra?

Ela se encolhe, mas não de um jeito realmente apavorado nem como se estivesse pedindo desculpas. É como quem diz: *Mal aí. Vamos seguir em frente.*

— Vá em frente, Nola, pule. Agora. É tradição, certo? Desça lá e traga o meu casaco de volta. Traga-o de volta, ou nunca vou lhe perdoar por isso.

Ela me olha com uma expressão de incerteza, mas limito-me a apontar para baixo, para o mar que se revolve insanamente. Digo a mim mesma que não estou errada. Nola tem total domínio sobre a situação e estar aqui foi ideia dela. Ficou insistindo, forçando, e não é responsabilidade minha dissuadi-la da tradição. E agora que ela perdeu o meu casaco, o casaco do Todd, meu pedaço dele que ninguém pode tirar de mim... Ela foi a culpada de ele parar lá no mar.

— Na verdade, nunca pulei sozinha — diz ela por fim.

— Então eu vou.

Tiro minha camisa e a empurro para os braços de Nola.

— Você não pode fazer isso. — Há uma pontada de pânico na voz dela.

— Claro que posso. Tenho de fazer. É tradição.

A face do penhasco rochoso afunda nas minhas costas quando me apoio nela, tirando um tênis de cada vez.

285

— Kay, você não sabe como fazer isso aqui. A água está muito turbulenta esta noite. Vamos voltar e procurar o casaco pela manhã.

Tiro a calça de moletom, entrego-a à Nola e vou avançando até a beirada do penhasco, com as passadas instáveis e os pés doendo.

— Você vai morrer, Kay — diz ela por fim, a voz trêmula.

Olho para baixo, para a água escura. Pode ser que ela esteja certa. E, mesmo que não estivesse, eu ainda poderia não conseguir encontrar o casaco do Todd. Penso ter visto um pedaço dele preso em uma pedra, mas não sei.

— Esqueça isso.

Pego minhas roupas e começo a caminhar de volta em silêncio. Ouço-a soluçando atrás de mim, mas não há nada que consiga dizer a ela. Foi um acidente, mas Nola ainda é responsável por ele. Não tinha realmente nenhuma intenção de pular. Então por que me arrastou até aqui fora? Isso provavelmente passará, assim como aconteceu comigo depois de todas as coisas infernais que enfrentei neste semestre, nesses últimos anos, mas, em vez disso, parece uma lasca fresquinha enfiada no meu coração. Quero meu casaco de volta. Quero o colarinho desgastado e os botões soltos e o cheiro imaginário do Todd, as mangas longas demais e o bolso interno que nunca abro, aquele que tem de permanecer fechado porque, se eu olhar para a fotografia que está lá dentro, vou desmoronar. A foto minha com Todd no dia em que ele morreu, logo antes do jogo, com ele me abraçando e mostrando o polegar de um jeito cafona para a câmera, com a mamãe tentando colocar uma bola de futebol no fundo, e eu olhando feio para a câmera. Preciso daquela foto. Quero de volta o casaco e tudo mais que vem junto. Quero me enrolar nele nesta noite e chorar por todas as coisas maravilhosas e terríveis que perdi na vida.

Garotas como nós

Quando acordo pela manhã, no chão há pilhas de casacos de inverno. Nola está sentada na cama, vestida com uma camisa polo listrada de azul-marinho e branco, uma calça cáqui, sem maquiagem e com os cabelos em um rabo de cavalo. Parece que acabou de sair das páginas de uma propaganda de moda casual feminina. A versão de Nola Kent quando está com sua família é tão diferente de sua versão na escola que chega a me dar arrepios.

— Eu me levantei assim que o sol nasceu, procurei na água e o casaco não estava mais lá — ela diz, com uma expressão prosaica no rosto. — Esses são todos os casacos que as visitas já deixaram nesta casa. Nós os guardamos para o caso de as pessoas os pedirem de volta quando retornarem. Alguns são bem chiques.

— Claro que não está mais lá — digo, grasnando em uma voz matinal. — O oceano o arrastou a noite toda. — Caminho em meio à montanha de casacos de inverno. — Não quero suas porcarias de roupas usadas.

— Tem certeza? Alguns desses itens abandonados já foram de propriedade da realeza britânica. — Ela ergue um caban detonado cor de camelo com botões de casco de tartaruga que parece ter sido pego de um abrigo para pessoas sem-teto. — Talvez este lhe agrade?

Balanço a cabeça negando e procuro na minha bolsa a minha escova de dentes.

— Não, obrigada.

Nola procura um casaco na pilha.

— Vossa Majestade realmente tem um gosto estranho. Posso sugerir este casaco de lã azul-marinho da Burberry novinho em folha? Não é tão diferente assim daquele seu casaco velho, só tem um formato um pouco distinto. E a qualidade deste aqui é melhor, para ser totalmente franca.

Olho feio para ela.

— Você não tem como substituir o meu casaco. Era do meu irmão. Ele está morto. Não terá outro.

Ela faz uma pausa e depois joga o casaco da Burberry na minha cama.

— Sinto muito mesmo, Kay. Foi um acidente. Você ainda precisa de um casaco. Aquela outra coisa que vive usando pelos arredores do campus mal é um suéter. — Ela se senta na cama ao meu lado. — Nunca mencionou que seu irmão morreu. Fala dele como se ainda estivesse vivo.

— Você nunca mencionou que seu avô morreu.

Ela revira os olhos.

— Todo mundo tem avós mortos.

— Tenho quatro. Nenhum dos meus deu início a uma guerra civil familiar.

Ela abre um sorriso travesso e sombrio.

— Ah, isso. Bem, quando há espólios, sempre haverá guerra.

Sento-me e coloco o casaco no colo. É um gesto de paz.

Eu deveria tentar lidar com graça com esta situação.

— Você era muito chegada aos seus primos?

— Eram basicamente meus únicos amigos. Antes de virmos morar aqui, nós nos mudávamos a cada três ou quatro anos por causa do trabalho do meu pai. E minha irmã mora em sua própria pequena galáxia perfeita. Então meus primos eram os meus únicos amigos constantes. Porém, quando a disputa aconteceu, as coisas ficaram feias realmente rápido. Para falar a verdade, a coisa começou antes mesmo de o meu avô morrer, porque, assim que ele foi diagnosticado com Alzheimer, o tio Walt acusou

Garotas como nós

meu pai de convencer meu avô a mudar o testamento. Então o advogado do meu tio Edward disse que nenhum dos primos deveria falar um com o outro até que a disputa fosse resolvida, e o resultado foi que aquele lado da família não podia ter nenhum contato com o restante de nós. A filha de Edward, Julianne, era minha melhor amiga. E quando lhe liguei para dizer quão idiota tudo aquilo era, ela me acusou de tentar sabotar a reivindicação legal da família deles e disse que eu era egoísta e gananciosa, exatamente como minha mãe judia. Então, esse foi o fim daquela amizade. Nós não falamos com nenhum deles agora.

— Uau. Ela foi diretamente nazista.

— É. Acontece que as pessoas da minha família não são legais. — Ela faz uma pausa. — Não que você e suas amigas fossem muito mais legais, não é?

Tapa merecido na minha cara.

— Espero que você esteja brincando.

— Totalmente. — Mas o rosto de Nola está inexpressivo e a voz soa suavemente cantada, e tenho a sensação de que ela talvez esteja zombando de mim. Essa é a primeira aparição da versão escolar de Nola desde que chegamos à Tranquilidade. Então ela abre um sorriso reconfortante. — Não se dê crédito demais, Kay. Toda essa sua operação é café pequeno.

De repente me sinto um pouco sortuda por minha mãe, abalada pelo luto, e meu pai, controlador e imerso em imenso pesar, estarem desconectados de mim, por mais irreparável que o caso pareça, às vezes. Até mesmo minha tia Tracy. Ela estava por perto quando precisamos dela, mesmo que sua ideia de conforto e nutrição seja novelas e sorvete. Para algumas pessoas, isso é confortante e nutritivo. Talvez seja saudável chafurdar um pouco. Mais do que antissemitismo e alienação.

— E quanto ao seu irmão? — Nola experimenta um luxuoso casaco de pele e acomoda-se aos meus pés.

— Ele foi assassinado

Ela tira o casaco.

— Bem. Agora o drama da minha família parece trivial. Sinto muito. Não acredito que você nunca tenha mencionado isso.

Dou um chute na pilha de casacos.

— Não é minha recordação predileta.

— Posso perguntar?

— O que aconteceu?

Distraída, traço uma linha na palma da minha mão.

— Ele estava namorando a minha melhor amiga. Ex-melhor amiga. Os dois meio que me abandonaram para ficarem juntos. Então terminaram, e todas aquelas fotos dela nua que havia enviado a meu irmão foram misteriosamente encaminhadas aos amigos dele.

— E, ao falar "misteriosamente", quer dizer que ele enviou as fotos aos amigos.

Solto um suspiro.

— Meu irmão disse que alguém tinha roubado o celular dele.

Ela mordisca o lábio.

— Não é querer falar mal de entes queridos mortos, mas roubaram o celular *e* conseguiram descobrir a senha *e* sabiam exatamente a quem deveriam enviar as fotos?

— Eu sei. — Faço uma pausa. — Mas não foi assim que pensei na época. Então eu disse à polícia que estava com meu irmão na hora e que ele não tinha feito aquilo.

Nola faz um movimento afirmativo com a cabeça.

— Megan, minha amiga, nunca mais falou comigo de novo. Logo depois, ela se suicidou.

Garotas como nós

— Ah, não. — Nola coloca um dos braços em volta de mim.

— Parecia que Todd não seria punido e o irmão da Megan decidiu que aquilo não poderia acontecer. Então ele o matou.

Nola me abraça apertado.

— Isso é um nível de vingança no maior estilo de *Romeu e Julieta*.

— Exceto que Romeu nunca terminou com Julieta nem mostrou a Benvólio e Mercúcio desenhos nus dela.

Ela olha de um jeito estranho para mim.

— Você realmente conhece um pouco de Shakespeare.

— Só essa peça. Ela me atingiu.

Não a parte da história de amor. Os assassinatos por vingança. As famílias que não são capazes de perdoar. A parte em que Romeu tenta fazer as pazes e acaba causando a morte do melhor amigo.

— Você está perdendo muita coisa boa.

Mas não acho que esteja, não. Já tenho bastante drama na minha vida. Amor, perda, vingança.

E erros fatais.

Eu gostaria de poder algum dia saber o que pensar em relação ao irmão que eu tanto amava, que me defendia quando qualquer um me colocava para baixo. Que fez uma coisa ruim. Uma coisa indizível.

Será que alguém que faz uma coisa ruim, mesmo uma coisa realmente ruim, merece que coisas ruins aconteçam com ele? Será que a pessoa merece ser assassinada ou ser incriminada por assassinato?

Não consigo decidir se ainda me é permitido lembrar-me de Todd como quero me lembrar dele, como o irmão que eu adorava, ou se a sombra do que ele fez tem de escurecer e distorcer aquilo para sempre. Acho que a sombra talvez também esteja me obscurecendo e me distorcendo. Porque não consigo parar de amá-lo nem de sentir falta dele. Talvez meu cérebro esteja rachado ou meu coração apodrecido. Quero ser uma boa pessoa que apenas diz e faz coisas boas e que ama pessoas boas, mas não faço nem sou nada disso. Gostaria de poder ligar para a Brie agora. Sinto como se eu estivesse desaparecendo.

Capítulo 22

Passamos a manhã na sala de jogos, um cômodo bem iluminado pelo sol no canto noroeste da casa, com vista para o mar. No centro há uma mesa de bilhar gigante, e as paredes são cobertas por relíquias de parques de diversão, como antigas máquinas de skee-ball, pinball e uma daquelas máquinas sinistras de videntes com olhos brilhantes às quais, por um centavo, a pessoa pode fazer uma pergunta e a resposta é cuspida em uma tirinha de papel. Gostaria de permanecer indefinidamente na máquina de pinball, em cujo topo há um palhaço com ar presunçoso sorrindo de forma demoníaca para mim. Porém, depois de mais ou menos uma hora, Nola parece cada vez mais entediada de jogar perfeitamente skee-ball. Ela espia lá fora.

— Você quer lançar algumas bolas de golfe no oceano?

— O quê? — Não tiro os olhos do palhaço do mal. — O que sou, a Cori?

— O golfe não é exclusividade dela — Nola murmura, e então se planta em um cavalo de carrossel e tira um caderno e um lápis do bolso. — Ótimo. De quem você gosta mais, do Spencer ou do Greg? — pergunta ela.

Viro-me relutante da máquina de pinball, com a mão ainda no fliperama.

— Sério? Depois de tudo que aconteceu, provavelmente vou deixar de namorar por um tempinho.

Ela dá risada.

— Eu estava querendo dizer de quem você gosta mais como suspeito... — Ela morde a ponta do lápis. — Spencer tem uma obsessão esquisita e sinistra. Ele mata a Jessica e arma para que você vire suspeita como vingança por magoá-lo. Então ele mata a Maddy quando ela fica no caminho dele, que está tentando ter você de volta. Já o motivo de Greg envolve ciúmes. É mais limpo. Mas não tem nenhuma conexão com a Maddy.

Hesito.

— Não consigo ver nenhum dos dois matando a Maddy.

— Consegue ver algum dos dois matando a Jessica?

— Não mais do que você ou eu ou a dra. Klein. — Deslizo até o chão. — Qual foi a pior coisa que você já fez na vida?

Ela mastiga a ponta do lápis por um bom tempo.

— Fiz Bianca e o namorado terminarem. Nós quase parecemos gêmeas, e, quando éramos pequenas, costumávamos trocar de roupas, amigos, namorados, só para ver quanto tempo poderíamos fazer essas coisas sem nos metermos em encrenca.

— Então vocês eram chegadas antes.

— Parou de ser divertido quando me dei conta de que as pessoas gostavam mais de mim quando eu "era" ela. Então terminei com o primeiro namorado de minha irmã quando estava "assumindo o papel" dela. Eu lhe disse que ele cheirava a um hamster morto. Mas ela me perdoou. Eu só tinha oito anos de idade.

— Bem, provavelmente você não vai para o inferno por dizer tais coisas — comento, suspirando.

— Se você acreditar no meu pai, podemos ser perdoados por qualquer coisa — diz ela.

— Parece o meu pai falando. — Meu pai antes da morte do Todd. Depois do funeral, ele deixou de ser católico, pois era ofensivamente inaceitável que uma pessoa matasse, pedisse perdão e fosse absolvida. Não, o irmão de Megan arderia no inferno. Essa era a nova religião do meu pai. A religião em que os erros são pagos no inferno. De não buscar nenhuma vingança na terra, porque não pode ser assim. Isso simplesmente não é o que nós fazemos. Mas o maldito vai arder no inferno. Essa é a fé que mantém os Donovan seguindo em frente.

— Ele manipulou mesmo e totalmente o meu avô — diz ela com um sorriso fraco, apoiando a cabeça na crina pintada de cor-de-rosa do cavalo. — Meu pai.

— Para ficar com a casa?

— Você não faria isso?

Olho ao meu redor. A casa é bonita, mas está estranhamente vazia agora que já sei que costumava fervilhar com os familiares. Não me surpreende mais que eles recebam tantas visitas. Se não fosse assim, daria para desaparecer na casa.

— Ele poderia ter dividido a casa, não?

Nola parece desapontada com a minha pergunta.

— Não como uma residência permanente. Você não entenderia. Provavelmente morou no mesmo lugar a vida toda. Você é tão normal, Kay, que é encantadora.

Ela sorri, dá uns tapinhas na minha cabeça, e eu me abaixo e me afasto um pouco.

— E se Spencer for culpado?

Sento-me no chão e apoio a cabeça nas mãos.

Ela desliza ao meu lado.

— Então você respirará aliviada porque isso terá acabado e a vida continuará. Se foi o Greg, a vida também continuará. Este pesadelo acaba de uma forma ou de outra. — Nola vira o meu rosto com gentileza na direção do dela. — Você é infernalmente resiliente, Donovan.

Tento sorrir, mas a expressão em meu rosto é de derrota. *Resiliente,* uma palavra errada para alguém que é um ímã de tragédias, mas que sobrevive para ver seus entes queridos morrerem.

Mais tarde depois de um banho morno em uma gigantesca banheira com pés em forma de garras, mergulhada em sais de banho com aroma de rosas, sinto-me muito mais calma. Eu e Nola ficamos sentadas juntas no canapé de couro da biblioteca, observando as chamas hipnóticas de uma lareira a gás saltarem e dançarem.

Fico contemplando os anéis de fogo, vendo o azul transformar-se em amarelo e dourado.

— Não temos o quadro completo. — Nola olha para mim sem dizer nada. — Nossa lista de suspeitos está obscurecida pelo que sabemos sobre as pessoas — continuo. — Pelo que pensamos delas. E, no fim das contas, pelo que queremos que aconteça com elas. Não temos nenhuma evidência física. Por isso os tiras levam uma tremenda de uma vantagem sobre nós. Veja como se pode estar tão errado em relação a alguém que acha que conhece.

— Mas nós também sabemos de coisas que eles desconhecem. Como o blog da vingança.

— Isso é verdade. Mas quero dizer que precisamos ir mais a fundo. Brie tentou gravar uma confissão porque pensou que

Garotas como nós

conseguiria extrair uma de mim. Não porque *tivesse* alguma prova contra mim. Porque achou que, se ela dissesse as coisas certas, eu acabaria confessando.

— E acha que consegue fazer isso?

Faço que sim com um movimento de cabeça, devagar.

— Acho que tenho uma chance. Com Spencer, definitivamente. Com Greg, talvez. Ele fica com a guarda bem aberta.

— Então faça isso.

A imagem que se materializa na minha cabeça é a de Spencer empurrando Maddy para baixo da água, e isso suga o ar dos meus pulmões. Cruzo os braços sobre a barriga e me inclino para frente, tentando mascarar a minha incapacidade de respirar. Inalo o ar devagar. E exalo longamente.

— A menos que Maddy e Jessica tenham sido mortas por pessoas diferentes.

Nola balança a cabeça indicando que discorda.

— Não foram. O blog da vingança é uma prova disso.

— Qualquer um poderia ter escrito o blog. Qualquer um dentre sete pessoas poderia tê-lo redigido. — Estou falando rápido demais, mas Nola não parece notar. Continuo contando as vezes em que inspiro e expiro.

— Meu Deus, Kay, quem você está tentando proteger?

Fico paralisada por um instante, e então me dou conta de que essa é uma pergunta retórica.

— Ninguém. Só acho que nós precisamos manter nossa mente aberta.

Ela solta um suspiro e descansa a cabeça no meu ombro.

— Spencer tem um motivo mais forte. Mas você decide quem vai interrogar primeiro.

Bato com os dedos nos joelhos.

— Greg acha que é uma aluna e tudo se resume a saber se Jessica entrou em uma briga na noite do assassinato. — Não menciono quem é a aluna de quem ele desconfia.

— Isso seria conveniente para ele, mas todos os sinais apontam para ele mesmo ou para o Spencer. — Ela dá um apertãozinho na minha mão. — Você consegue fazer isso.

Fico me perguntando se consigo.

— Um problema: talvez eu não consiga extrair uma confissão de nenhum dos dois.

Nola pigarreia.

— Armaram pra cima de você.

— Então?

Ela olha nos meus olhos.

— Então vale tudo. Se você tiver plena certeza de quem está armando para cima de você, digo que deve fazer o mesmo com essa pessoa em resposta. Não há nada de desonroso em armar para alguém por um crime que ele de fato cometeu. Na verdade, isso não é exatamente armar para a pessoa. Trata-se apenas de plantar as evidências para certificar-se de que a pessoa seja pega. Conduzir a políia na direção delas e afastá-los de você.

— Você está falando sério.

— Já mentiu para a polícia pelo Todd. Por que não fazer isso para se salvar? Jogar limpo não está dando certo, Kay. Os culpados não podem vencer dessa vez.

Por um instante nós duas ficamos nos encarando, em um silêncio denso e doloroso. Então o ar entre nós desaparece, e os lábios de Nola estão nos meus. Agora retribuo o beijo, e, embora não sinta o mesmo magnetismo experimentado com Brie e Spencer, estou cálida e feliz, e a sensação de relaxar e sorrir junto à boca de Nola é boa. Ela acaricia a minha nuca e desliza para mais perto de mim,

Garotas como nós

passando o braço em volta das minhas costas e envolvendo-me com uma perna.

Olho ao nosso redor, mas ela dá um apertão tranquilizante no meu ombro.

— Não se preocupe; meus pais estão fora, jogando tênis, tomando chá ou fazendo alguma coisa que envolva sair desta casa vazia, vazia, a casa pela qual lutaram tanto.

Eu a beijo novamente, tentando afastar nossa conversa da cabeça.

Nola morde o meu lábio superior e desliza para o chão, puxando-me para cima dela. Passa as mãos para cima e para baixo nas laterais do meu corpo e, por um instante, todos os sentimentos ruins que me oprimiam nos últimos meses vão embora, como que flutuando. Ela beija o meu pescoço e então os ombros e afasta a alça do meu sutiã para o lado.

Solto um suspiro e rolo, ficando com as costas no chão, e os lábios dela roçam os meus. Mais um beijo e minha cabeça fica zonza. Nola puxa meus braços para cima da minha cabeça e me dá um beijo profundo. Sinto-me segura. Segura, doce e deliciosa. Porém, a cada segundo que passa, acentua-se a ansiedade na boca do meu estômago, como da primeira vez em que nos beijamos. Não se parece com aqueles rápidos e cruciais momentos em que eu e Brie nos movíamos juntas no quarto do Spencer, nem nas mil vezes em que ele e eu nos jogamos para cima um do outro.

— Você está feliz? — Nola murmura, e sente o sabor dos meus lábios.

Ergo o olhar para ela, sem saber ao certo o que dizer, e então me forço a ir um pouco para cima, apoiando-me nos cotovelos. — Você gostaria que eu fosse a Brie?

De súbito, parece que jogaram água gélida sobre o meu corpo. Nola fica subitamente rígida e rola para longe. Ergo o olhar e a sra. Kent está parada na entrada, com uma raquete de tênis na mão e uma expressão estranha no rosto.

— Tem sanduíches e limonada no solário — diz ela, e então desaparece escadaria acima.

Nola endireita a camisa, a calça e alisa os cabelos.

— Você tem uma escolha a fazer — diz ela, de um jeito formal, como se o beijo jamais tivesse acontecido. — Spencer ou Greg.

Capítulo 23

No dia seguinte, Nola tenta me convencer a acompanhá-la até a cidade a fim de comprar um microfone melhor para gravar as confissões, mas finjo que estou com cólica e fico para tirar um cochilo. Só preciso mesmo de um tempinho sem falar da investigação. Achei que fosse disso que se tratasse esta semana. Também preciso de tempo para desanuviar a mente depois do beijo de ontem e da pergunta que Nola me fez com um *timing* bizarro em relação à Brie. Fico observando da janela do quarto enquanto ela entra no carro da mãe, sai de ré da entrada de carros, passa pelo portão de segurança e desaparece na longa estrada tortuosa que ladeia a encosta do penhasco. O pai e a mãe saíram de novo, e Marla está de folga, então na casa há apenas vazio e silêncio.

Desço, pego um refrigerante com sabor de toranja e entro na sala de jogos, mas paro quando o sol me atinge com tudo pelas paredes de vidro, refletindo minha imagem que me olha. Quase não me reconheço. Perdi peso e massa muscular no último mês. Desde a noite que Maddy morreu e fiquei doente, nem mesmo corri mais. Estou pálida como um fantasma, o que é de se esperar nesta época do ano, mas as olheiras acinzentadas e escuras debaixo dos meus olhos me fazem parecer esquelética. Tenho uma aparência de doente, não apenas doente por causa do resfriado, mas como minha mãe parecia naquele ano em que estava incapacitada de fazer alguma coisa além de se prender à vida e não desistir. Por mim. Estou um bagaço.

Vou andando lentamente na direção da janela, mas, conforme me aproximo dela, o sol me cega e minha imagem desaparece. É de dar calafrios, como em uma história quando o fantasma percebe que está morto desde o começo. Não estou morta. Apenas irreconhecível, com cabelos que parecem uma maçaroca de lã que se soltou do novelo, a pele descuidada e um corpo desprovido de condicionamento. Recuo uns passos até que meu reflexo volte a ficar em foco e balanço os cabelos. Posso mudar esta situação. Agorinha mesmo. E não ter de lidar com isso por um bom tempo. Ando determinada até a cozinha e reviro as gavetas até que encontro uma tesoura, que levo até o banheiro de Nola.

Umedeço os cabelos e penteio-os até que estejam caindo em ondas pelo meu rosto e ombros. Então puxo um punhado deles bem firme entre meu dedo do meio e o indicador e fecho a tesoura com um corte gratificante. Corto bem uns quinze centímetros a princípio, eufórica com a súbita leveza do meu crânio, e então uma onda nauseante de nervosismo me atinge quando percebo a dificuldade de cortar uniformemente os cabelos. Tenho de molhá-los de novo várias vezes e usar vários espelhos de mão, sem contar que a tesoura da cozinha não está muito afiada.

Há algumas ferramentas úteis nos armários do banheiro de Nola, e encontro vários conjuntos de tesouras de salão e

Garotas como nós

máquinas de raspar cabelos, com as quais faço experimentos. Acabo puxando para cima em um coque a camada superior dos meus cabelos e raspando a camada inferior, deixando-os com uns dois centímetros de comprimento, do jeito que vi uma vez em uma jogadora profissional de futebol que admiro, e depois corto a camada de cima curto atrás e longo na frente. Parece um pouco diferente em mim porque meus cabelos são ondulados, mas ainda assim é bem legal. Acho que as ondas na verdade escondem o fato de que não consigo cortá-los perfeitamente retos. Quando estou finalizando os últimos cortes, ouço a porta da frente abrir-se e ser fechada com força lá embaixo. Apresso-me para colocar todas as evidências do que fiz dentro da lata de lixo, enxáguo a tesoura e os pentes e depois seco os cabelos com a toalha e visto uma camisa que não está coberta de cabelos molhados cortados.

Atiro-me na cama e pego um dos livros da Nola, fazendo cara de paisagem. Quero uma reação sincera.

Nola abre a porta com tudo e acende a luz.

— Tive a melhor ideia possível. Quando você ligar para o Spencer... — Ela para. — O que fez?

Levanto-me com um pulo.

— Tá-dá!

— Você parece uma aberração circense!

Cruzo os braços sobre o peito, sentindo-me menos confiante, mas também irritada.

— Não, não pareço não. Estou parecendo a Mara Kacoyanis. Ela é, tipo, minha heroína pessoal.

Nola aproxima-se de mim, encolhendo-se, e me faz girar em um círculo.

— Por que não me pediu primeiro?

Fico olhando boquiaberta para ela.

— Permissão?

Nola revira os olhos.

— Minha opinião. Não quero me gabar, mas entendo um pouco de moda.

— Não aqui.

Ela faz uma pausa.

— Você tem algum problema com o jeito como me visto quando estou perto dos meus pais?

— Você tem algum problema com o jeito como uso os meus cabelos quando estou perto deles? Ou, a propósito, com o meu nome? Nunca uso o meu nome inteiro. Katherine.

Ela senta-se e solta um suspiro na própria mão.

— O apelido da minha avó era Kay, e a rverenciam como uma espécie de fantasma adorado que nunca é mencionado.

Fico me mexendo, alternando o peso do meu corpo entre os pés, indo para a frente e para trás.

— Existe algum motivo freudiano pelo qual você se tornou minha amiga?

— Não, isso é só uma daquelas coisas de família. Kay é um nome sagrado. Você não pode ser a Kay. Ela chegou primeiro.

— E os meus cabelos?

— Feios. — Sua expressão fica mais suave. — Sinto muito. Não estão feios. Só não é o que eu escolheria. — Ela faz uma pausa. — Vou arrumá-los para você.

Recuo, mordida pela súbita mudança em relação a ontem.

— Não, gosto de como ficaram.

Ela morde o lábio inferior e parece estar lutando para não dizer alguma coisa.

— Tudo bem.

Garotas como nós

— Por que você se importa com isso?

— Eu gostava de você como estava —responde ela sem pensar.

Toco nas macias pontas de meus cachos acentuados.

— Estou como estava antes.

Ela anda um pouco de um lado para o outro e mordisca as unhas.

— É só que gosto das coisas de determinada maneira. Esqueça. O importante é do que o Spencer gosta.

— Ah, meu Deus!

Eu a empurro para longe e me sento na cama.

— Ele não se importa com a minha aparência.

Nola encolhe-se ao ouvir minhas palavras.

— Oras, se ele não é o iluminado?

Ela joga uma sacola plástica aos meus pés. Abro-a e encontro ali um microfone corporal e um gravador, minúsculo e brilhante, que parece caro. O recibo de pagamento cai e, quando me dobro para pegá-lo, vejo o valor total e fico ofegante.

— Não posso aceitar isso, Nola.

Ela empurra a sacola para as minhas mãos.

— Você tem de aceitar. Não vou permitir que recuse.

Nola pega minhas mãos na dela e olha nos meus olhos.

— Kay, não vou ver você ir para a cadeia por causa dos crimes cometidos por outra pessoa. A coisa toda está sendo um pesadelo. Um último empurrão e então a vida recomeça, e tudo voltará a ser como era antes.

As palavras reviram na minha cabeça. Nada voltará a ser como antes, mas, se há dois caminhos na minha frente e um deles me levará para a cadeia e o outro me oferece a possibilidade de conseguir bolsas de estudo e ir para a faculdade, não tenho escolha. Pego a sacola plástica e a enfio dentro da bolsa que trouxe para passar uns dias aqui.

— Obrigada — digo, engolindo em seco.

O fracasso não é uma opção.

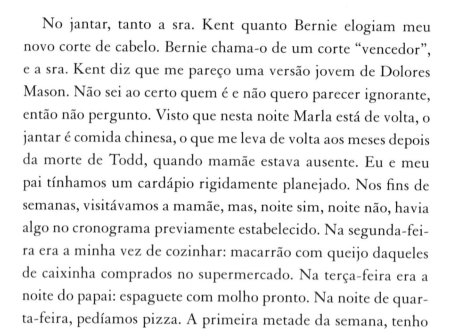

No jantar, tanto a sra. Kent quanto Bernie elogiam meu novo corte de cabelo. Bernie chama-o de um corte "vencedor", e a sra. Kent diz que me pareço uma versão jovem de Dolores Mason. Não sei ao certo quem é e não quero parecer ignorante, então não pergunto. Visto que nesta noite Marla está de volta, o jantar é comida chinesa, o que me leva de volta aos meses depois da morte de Todd, quando mamãe estava ausente. Eu e meu pai tínhamos um cardápio rigidamente planejado. Nos fins de semanas, visitávamos a mamãe, mas, noite sim, noite não, havia algo no cronograma previamente estabelecido. Na segunda-feira era a minha vez de cozinhar: macarrão com queijo daqueles de caixinha comprados no supermercado. Na terça-feira era a noite do papai: espaguete com molho pronto. Na noite de quarta-feira, pedíamos pizza. A primeira metade da semana, tenho de admitir, era pesada em carboidratos. Na quinta-feira, pedíamos comida chinesa.

— Essa é a melhor comida chinesa de Chinatown — diz Bernie, brincando, e a sra. Kent ri, mas Nola revira os olhos e mexe a boca, sem emitir som, dizendo: *Toda vez.*

— Tenho certeza de que é melhor do que aquela com a qual estou acostumada. Eu praticamente comia comida chinesa diariamente lá em casa.

Tomo um gole do Pinot Noir que Bernie colocou na minha frente, que é bem mais seco do que qualquer vinho que já degustei na vida, com um gosto residual estranho de papelão. Pergunto-me se é a

Garotas como nós

isso que as pessoas se referem quando falam sobre sabor de carvalho.

Tanto Bernie quanto a sra. Kent lançam para mim um olhar de solidariedade.

Olho para o meu camarão a *lo mein*. Estive evitando comida chinesa desde aquele período sombrio. Por um lado, porque estava para lá de saturada de comê-la, por outro, porque ela me fazia reviver aquela sensação de isolamento, de ficar sentada na sala de estar em silêncio, comendo diante da TV, vendo programas ruins e perguntando-me por quanto tempo teria de ficar ali sentada antes que pudesse fugir e ir correr sem a sensação de estar abandonando o meu pai. Ou se, tipo, ele se mataria caso eu o deixasse sozinho por tempo demais ou se eu fosse atropelada ou se algo terrível acontecesse comigo. De qualquer forma, esse *lo mein* não é muito bom. O lugar de comida chinesa lá perto de casa era melhor. Os *noodles* estão gordurosos e o molho tem alho demais. Dou uma mordida em um pedaço de camarão, que pelo menos está roliço e, tenho certeza, muito fresco.

A sra. Kent de súbito volta-se para mim com um sorriso tímido.

— Então, srta. Katherine, pode nos falar alguma coisa sobre o novo cavalheiro misterioso da Bianca?

Volto rapidamente os olhos para Nola, que franze os lábios e me fita de um jeito provavelmente muito significativo e comunicativo. Mas não faço a mínima ideia do que ela está tentando me dizer.

— Estou tão curiosa quanto vocês — digo, tentando simular uma expressão tímida como a dela.

A sra. Kent parece insatisfeita.

— Bem, espero que valha a pena mentir por isso.

Levo um instante para absorver a ferroada presente nas palavras dela. Minto sem nenhum constrangimento. Todo mundo faz isso, embora talvez não com tanta frequência quanto eu, mas nunca, nenhuma vez antes, um adulto me chamou a atenção por isso com tanta casualidade. Sinto-me insignificante, como se ela estivesse me fazendo saber que estou andando por um terreno desconhecido.

— Ninguém está mentindo, mãe. Só não entendo por que precisamos falar sobre ele até que tenhamos certeza de que as coisas são sérias.

Pergunto-me o quão mais sérias as coisas podem ficar do que um noivado, mas então parece de fato que a Nola tem um relacionamento bem porcaria com a Bianca, e talvez haja um lance de ciúmes em ação.

— Como o último, hummm? — diz Bernie, de um jeito sombrio.

Nola olha feio para ele.

— Que pena que Bianca não conseguiu… — digo.

Nola me dá um chute debaixo da mesa.

A sra. Kent ergue um dedo enquanto tosse no guardanapo.

— Que pena que Bianca não conseguiu o quê?

Torço o meu guardanapo formando nós nele sob a mesa. A família de Nola é aterrorizante.

— Acho que vir jantar, certo?

A sra. Kent coloca o garfo sobre a mesa e fica analisando Nola com um ar austero.

— Bem.

Concluo que sou culpada pelo rumo da conversa e que cabe a mim alterá-lo.

— Quem liga para o jantar quando se vai planejar um casamento, não é?

Todos me fitam com ar de irritação, até mesmo Nola.

— À Bianca.

Sorvo um gole de vinho e gostaria de desaparecer. Bernie cruza

Garotas como nós

as mãos sobre a mesa, com todos os traços de sua personalidade amigável e jovial evaporados.

— *Nola*.

— Pelo amor de Deus — diz a sra. Kent bem baixinho em sua taça de vinho, embaçando as laterais dela.

— *Bernie*. — Nola vira o restante do conteúdo da taça e coloca-a sobre a mesa com um pouco de excesso de firmeza.

— Por que você está discutindo assuntos de nossa família com estranhos? — Bernie bate o dedo mindinho no prato e, por algum motivo, o som me desperta a vontade de gritar.

— Katherine não é nenhuma estranha — Nola insiste, e lança para mim um olhar carregado de desespero, mas não há nada que eu possa fazer para salvar a situação.

— Notei — comenta a sra. Kent em um tom seco.

— Ela não me contou nada — digo, em uma débil tentativa de fazer alguma coisa. E eu achava que minhas amigas eram cheias de segredos. Quem proíbe as filhas de discutir assuntos familiares com pessoas que não são membros da família? — Vi uma foto da Bianca com um cara e perguntei quem era ele. Nola disse que vão se casar.

Nesse momento realmente comecei a chutar a mim mesma. Porque a chave para uma boa mentira é ser vaga.

— Que foto foi essa? — pergunta a sra. Kent, em um tom gélido.

— Katherine, por favor, peça licença e vá embora — diz Bernie em uma voz perigosamente calma.

— Você não tem de ir embora — retruca Nola, com o tom da voz mais alto e agudo.

— Esta é a minha casa — diz Bernie, grunhindo.

Nola levanta-se, batendo com força os dois punhos cerrados na mesa.

— Não, não é. Não deveria ser. Você mentiu para ficar com a casa. É um hipócrita.

Segue-se um longo momento de silêncio e então Bernie se volta calmamente para mim.

— Katherine, ficaríamos encantados com sua estada aqui em um outro momento, mas receio que nesta semana sua presença aqui simplesmente não dará certo. Se arrumar as suas coisas, ficarei feliz em pagar por sua passagem de volta para casa e levá-la de carro imediatamente até a estação de trem.

Subo voando as escadas enquanto Nola grita com os pais, que gritam em resposta a ela. Todos os tipos de frases feias são lançados de uns para os outros, a maior parte delas com as palavras "etiqueta" e "minha". "Minha convidada" e "minha casa". "Minha irmã" e "minha amiga". E, da Sra. Kent, "você prometeu" e "última chance", embora eu não tenha como saber se isso é dirigido a Nola ou ao pai dela.

Fico esperando do lado de fora no frio cortante até que Bernie venha até aqui fora para me levar de carro até a estação de trem. Nola não aparece para se despedir de mim, embora eu esteja vendo a luz acesa em seu quarto e também a veja se jogando na cama. Pergunto-me se ela mentiu em relação a haver um namorado e se os pais são tão porcarias quanto os primos. A mãe definitivamente não pareceu feliz quando entrou e viu nosso beijo. Talvez esse seja o lance com a Bianca também. Nola na verdade nunca disse que o noivo era um cara, mas eu fiz isso à mesa de jantar. Agora que os conheci um pouco melhor, não sei ao certo se quero que a família de Nola goste de mim.

Sento-me calada no banco de trás do carro enquanto Bernie me leva até a estação.

Ele pigarreia.

Garotas como nós

— Sinto muito por aquilo — ele pede desculpas, sem graça. — Você realmente será bem-vinda em outra ocasião. — Certo. Estarei no próximo trem. — Essa é uma questão complicada. Meu coach da vida insiste firmemente que eu lide com os conflitos da minha família de forma direta e, na hora em que acontecem, simplesmente não acho que sejamos capazes de fazer isso com hóspedes em casa.

Pergunto-me não só sobre esse coach da vida (que talvez seja um código para psiquiatra), mas também sobre quanto progresso se pode esperar que a pessoa faça quando vê a filha poucas vezes no ano?

— Claro — digo.

Quando chegamos à estação, ele dá a volta no carro e abre a porta para mim.

— Obrigado por ser compreensiva — diz. — E por ser uma amiga para a Nola. E por não mencionar esse incidente infeliz a nenhuma das outras garotas na escola — continua, com um olhar profundo, e pressiona um envelope na minha mão. — Tenha um feliz feriado, Katherine. Compre uma passagem para visitar seus pais.

Estou assombrada demais para reagir quando ele me abraça e então desaparece no carro, acenando enquanto vai embora, dirigindo-o. Sento-me no banco, esperando o próximo trem, a figura solitária em uma estação vazia, e dou uma espiada dentro do envelope, que está cheio de notas de cinquenta dólares.

Meu primeiro impulso é ligar para a Brie, mas, mesmo que não tivesse jurado que não o faria, acho que ela nunca me atenderia.

Então sigo o conselho de Bernie: vou para casa. Passa bastante da meia-noite quando chego e pego um táxi.

A casa às escuras é a última em uma rua sem saída ladeada por arbustos esqueléticos, árvores sem folhas e quintais cheios de bicicletas enferrujadas, piscinas infantis congeladas e carros quebrados em um estado infinito de restauração. A nossa casa é a menor de todas, dois quartos com uma combinação de cozinha e lavanderia, uma sala de estar onde só cabem nossa TV antiga e um sofá detonado, além de um sótão em estilo loft que meu pai converteu no meu quarto quando eu tinha dez anos.

Da última vez que eu e meus pais nos falamos, acabamos brigando, e nem mesmo tenho certeza de que eles estarão aqui. Não celebramos o Dia de Ação de Graças em casa desde que Todd morreu. Não me dou ao trabalho de bater à porta, e então busco evidências de que ambos estão em casa. A bolsa da mamãe está em cima da mesa da cozinha, a carteira do papai, no balcão. Andando na ponta dos pés pela cozinha, surpreendo-me agradavelmente ao ver como as coisas parecem bem. Está arrumada, não há nem pratos nem pilhas de contas. Espio dentro da geladeira e lágrimas de verdade se acumulam nos meus olhos quando vejo sinais de um jantar de Ação de Graças parcialmente preparado: batatas descascadas em uma grande tigela coberta com plástico filme, caixas de sidra e gemada, laranjas e pacotes de cranberries, e até mesmo um pequeno e semicongelado peru. Pisco e as lágrimas escorrem pelo meu rosto. Nunca, nem em um milhão de anos, teria imaginado que isso aconteceria até realmente chegar aqui, e sinto-me feliz em casa. Mesmo que me arrependa amanhã, mesmo que mamãe

Garotas como nós

aja como uma tremenda de uma vadia e que o papai não cale a boca, falando sem parar sobre o time de futebol voltar a jogar, só esta visão incrível de comida preparada para o jantar de Ação de Graças me faz agradecer por ter sido chutada para fora da Tranquilidade e enviada para casa em desgraça. Aleluia!

Capítulo 24

A primeira reação de mamãe quando me vê pela manhã é gritar como se tivesse visto um fantasma. Em seguida me abraça e chora. Papai me abraça e então me faz perguntas sobre futebol. Ele diz que estou a cara da Mara Kacoyanis. Percebo que os dois estão extremamente felizes por me verem aqui, e nenhum deles me faz perguntas sobre a Brie.

Assumo a tarefa de cortar as batatas em cubinhos sem perguntar. Não fazemos purê de batatas no Dia de Ação de Graças, mas sim salada de batatas. É uma antiga tradição dos Donovan. Papai está cortando cranberries, e mamãe tenta terminar de descongelar o peru.

Ela me vê observando-a e lança um olhar defensivo para mim.

— Isto não precisa ficar pronto antes de amanhã, Katie.

— É a primeira vez que você está tentando cozinhar um peru? — pergunto, enquanto ela o mexe desajeitada em uma panela gigantesca.

— Desde que a vovó morreu — mamãe responde, evitando a data mais precisa.

Papai não ergue o olhar da tábua de cortar, mas pigarreia alto, como se fosse um aviso para que eu me desviasse dessa linha de questionamento. Parece que ele ganhou peso desde o verão, e mamãe está mais corada. Os cabelos de um castanho-avermelhado com mechas brancas estão puxados em um coque na nuca, e ela usa um vestido de denim que tem desde antes de eu nascer. Estou convencida de que esta é a roupa mais macia do mundo, embora tivesse implorado que ela o queimasse, repetidas vezes, nos últimos dezessete anos.

Pergunto-me o que eles andaram fazendo. Nós só conversamos sobre mim quando me ligam, e são apenas perguntas sobre a escola e o futebol. Às vezes sobre o que Brie anda fazendo e como está o Spencer. Então me dou conta de que nem mesmo sabem que nós terminamos.

— O que vocês andaram fazendo nos últimos feriados de Ação de Graças? — pergunto, e papai pigarreia de novo, dessa vez junto com um olhar que é claramente um aviso.

Mamãe apenas gira o acendedor no fogão a gás, e as chamas sobem embaixo da panela.

— Pedimos comida chinesa — diz ela. — Cozinhar é uma tremenda de uma dor de cabeça.

— Qual é a ocasião especial neste ano?

— Bem — diz ela, colocando a colher de pau em cima do balcão. — Neste ano nós temos algo a celebrar.

Papai para de cortar as cranberries.

— Karen, talvez essa não seja a hora.

Mamãe senta-se ao meu lado à mesa e pega minha mão na dela.

— Katie, precisamos conversar sobre uma coisa.

— Você está grávida — digo sem pensar. Não, isso não faz sentido. Eles estão velhos demais. A tia Tracy está grávida.

Garotas como nós

— Para falar a verdade, sim — admite minha mãe, com os olhos brilhantes e as bochechas coradas. — Mas é o começo da gravidez, e, na minha idade, muitas coisas podem dar errado, então não vamos contar a novidade a ninguém, nem mesmo à tia Tracy. Nem mesmo íamos contá-la a você até o Natal, mas... bem, eis você aqui.

Fico analisando-a. Seria um bebê substituto? Então me cai a ficha de que há certas reações esperadas nessas situações, dou um grande abraço nela e digo:

— Que incrível!

— Você não tem de fingir que não está chocada — diz meu pai, e juro que estou vendo o primeiro sorriso abrir uma fenda no rosto dele desde que Todd morreu. — Sabemos que nos acha uns anciãos.

— Eu não diria anciãos — protesto. Bem, não na cara deles.

— A casa fica vazia sem você, Katie. Nós apenas sentimos que estávamos prontos.

Minha mãe dá um apertãozinho no meu ombro e me forço a sorrir. Consigo congelar no rosto um sorriso largo e idiota até que o restante das batatas esteja cortado em cubinhos, e então vou andando com tanta casualidade quanto possível até a escada e subo para o meu loft antes de cair no colchão e chorar aos soluços no travesseiro. Eles me fizeram ir para a Bates. Minha ida representava a solução para os problemas deles, conforme as exatas palavras de minha mãe. Por isso esta maldita casa está vazia. A morte do Todd e o meu exílio.

Mamãe vem até aqui em cima depois de um tempinho para ver se está tudo bem comigo, e uso a desculpa que fica guardada sempre como uma carta na manga: cólica. Então vou na ponta dos pés até o quarto do Todd em busca de um novo item reconfortante para substituir o casaco que Nola jogou no mar, alguma coisa nova em que eu possa chorar, mas, para o meu choque, o quarto antes preservado como se fosse um museu durante quatro anos agora está vazio. Sem móveis, sem troféus, nem pôsteres nem fotos nas paredes, nem mesmo uma caixa de papelão que acomode as coisas dele. O closet também está vazio, e a tinta anterior das paredes foi substituída por um branco cremoso. Cobriram o piso de madeira de lei com um carpete felpudo e removeram as persianas das janelas, trocando-as por cortinas de um amarelo transparente. Fecho a porta e volto lá para baixo.

— O que aconteceu com o quarto do Todd?

Meu pai me lança mais um olhar cheio de avisos.

— Vai ser o quarto do bebê.

— E todas as coisas dele?

— Nós precisamos nos desfazer delas — responde mamãe em um tom de voz calmo e comedido, como se estivesse repetindo algo que lhe disseram, algo que fora dito repetidamente até que por fim fazia sentido.

— Por que não me contaram?

— Porque a decisão não cabia a você — responde meu pai, jogando o conteúdo da tábua de cortar em uma tigela.

— Eu deveria tomar parte da decisão. Também sou um membro da família.

— Não da parte da família que toma decisões — retruca ele, entregando a tigela à mamãe e retirando-se para a sala de estar, onde um jogo de futebol está em andamento em alto e bom som.

Mamãe segura impotente a tigela.

— Brad — ela chama o meu pai. — Katie, o que você queria que tivéssemos lhe dito? Você já se preocupa o bastante com notas e futebol.

Garotas como nós

Dou risada. Quase conto à mamãe bem ali as coisas com que de fato tenho de me preocupar. Mas as consequências não fariam a verdade valer a pena.

— E se eu quisesse guardar algo para me lembrar do Todd?

Mamãe começa a chorar. Papai volta para a cozinha.

— É por isso que não pode ficar aqui, Katie. Você não deixa o passado para trás. Sua mãe já não sofreu o bastante?

— Não é culpa dela, Brad.

— O que fiz exatamente? — Minha voz sai tremida, mas mantenho uma posição firme. — Além de não salvar o Todd, o que eu fiz para ser chutada para fora de casa?

Minha mãe estica a mão para mim, mas eu me afasto.

— Você nunca foi chutada para fora de casa.

— Sim, eu fui, e agora vocês estão trazendo uma nova pessoa para viver nela. O que eu fiz?

— Katie, ninguém a culpa. — Mamãe pega minha mão, hesitante, e faz carinho nela. — A Bates nunca foi uma punição. Estar aqui era doloroso para todos nós. Você estava em um estado miserável. Aquelas crianças foram horríveis com você. Todas as coisas que escreveram no seu armário, as coisas de que a chamaram. As garotas que a seguiam e transformaram sua vida num inferno? Depois de tudo que aconteceu, queríamos que você saísse daqui porque merecia coisa melhor. — Ela engasga e começo a chorar. — Estamos nos esforçando tanto, Katie. Não vamos permitir que tudo que aconteceu nos faça desmoronar. Estamos procurando começar do zero. Você já passou quatro anos em uma escola de primeira linha e tem quatro anos de faculdade pela frente.

Olho para o meu pai.

— Pai?

— Ninguém culpa você de nada. — A voz soa como um eco perfeito da voz da minha mãe.

Não acredito nele. Não consigo. Venho me esforçando demais há muito tempo, forçando os limites do que eu posso razoavelmente conseguir fazer para compensar a perda de Todd, para que assim eles me perdoem por deixá-lo morrer.

Mas minha mãe se recusa a ver isso e continua falando:

— Você tem seu futebol, suas amigas, Brie e Spencer. Nós nos orgulhamos muito de você. Só não queremos que se afaste de nós. — Ela tenta novamente me abraçar, e eu permito. — Amamos você, Katie.

Envolvo-a em um abraço apertado. Gostaria que houvesse alguma forma de rebobinar o tempo, de voltar para o lugar onde eu podia escolher me afastar ou não. Sinto falta da minha mãe. Sinto falta da minha família inteir. Mas não tenho como explicar tudo. É demais.

— O que fariam se acontecesse alguma coisa ruim comigo? — pergunto.

Ela me aperta com mais força.

— Por favor, converse conosco. Sobre o que quer que seja.

— O que falei não saiu do jeito certo. Só estou com medo de decepcionar vocês. — Endireito-me e olho para eles dois. — Pode ser que não tenha nascido para ser uma estrela do futebol. Pode ser que não consiga uma bolsa de estudos. Pode ser que eu fracasse na escola, na vida e em tudo. Eu e Spencer terminamos. Eu e a Brie não estamos nem nos falando. — Os dois ficam esperando como se eu ainda fosse fazer uma grande revelação. Eu poderia fazê-la. Poderia contar a eles agora mesmo. Em vez disso, só falo: — Não quero piorar as coisas.

Mamãe balança a cabeça em um movimento de negação.

— Não se feche para nós e isso não vai acontecer — ela diz. Falar é fácil.

Espero até o dia seguinte para visitar o túmulo do Todd. Sempre fico com uma imensa ansiedade em relação a essas visitas porque tenho medo de que a lápide esteja coberta de pichações como meu armário, indistinguível exceto pelo nome e pelas datas. O Dia de Ação de Graças deve ser popular para visitar os mortos, porque o cemitério está repleto de bandos de familiares. Revejo algumas pessoas que conheci faz tempo. Espero que ninguém me reconheça. Não mantenho nenhum laço com o meu passado nesta cidade. Não foi uma época feliz da minha vida, não depois que Todd e Megan morreram, ou mesmo após o escândalo de Todd e Megan. Aquele foi o momento da virada. Eu tinha o futebol depois disso, e ia a algumas festas, mas não podia dizer que estava feliz. Significava só me manter ocupada, atirando-me no ato de estar viva.

A terra está seca e rachada, e a grama, sem brilho e amarelada, é esmagada sob mim quando me sento. Passo as mãos na lápide de Todd, tracejando as palavras com as pontas dos dedos. Não consigo não pensar no corpo de Hunter quando o desenterramos, na pilha de ossos e tufos de pelos. Faz mais tempo desde que enterramos Todd (e sinto-me enojada só de pensar nisso), mas encheram o Todd de substâncias químicas para preservá-lo antes de ele ir para debaixo da terra. Apesar disso, ainda acho que, a esta altura, ele tenha virado uma pilha de ossos. Estou literalmente sentada na terra acima dos ossos do meu irmão. Acho que, quando eu morrer, insistirei em um daqueles enterros ecológicos em que, em vez de um caixão, eles enterram a gente em um saco biodegradável e marcam nosso túmulo com uma árvore. Gosto da ideia da minha essência terrena ser absorvida para dentro de uma árvore e assim passe pelo ciclo sazonal da vida ano após ano, florescendo, verde e com botões de flores, selvagemente, e então irrompendo em chamas outonais e morrendo novamente, só para renascer. Melhor do que passar a eternidade em uma caixa de ossos.

Lembro-me da minha promessa não dita a Megan de que eu encontraria a pessoa que roubou o celular do Todd e faria com que pagasse com sangue. Todd havia jurado que me ajudaria. Porém, na manhã em que encontraram Megan morta, eu e meu irmão nos sentamos no quarto dele, no chão, chorando, e não havia nada mais paraconsertar. Nada consertaria a morte dela. Mamãe ficava pairando perto de nós tentando nos forçar a comer, ameaçava nos levar ao médico. Vomitei depois de me engasgar com um pedaço de torrada. Todd nem mesmo olhava para a comida, sem sair do quarto durante vários dias. Ele estava inconsolável. As coisas não ficariam bem.

O fato é que meu irmão realmente mentiu para mim. Ele enviou as fotos para seus quatro melhores amigos: Connor Dash, Wes Lehman, Isaac Bohr e Trey Eisen. Juntos, os quatro as enviaram para mais vinte e sete alunos, entre eles Julie Hale, que as reenviou a Megan. Isso não parou aí. Ninguém sabe ao certo quem foi que as postou no site: *Dê uma nota para a minha namorada*. Nem quem escreveu aquelas centenas de comentários degradantes.

Eu sei disso porque, seis semanas depois da morte da Megan, o irmão dela, Rob, estacionou sua caminhonete ao lado da minha bicicleta no caminho para a escola e me forçou a entrar nela. Fiquei aterrorizada pensando que estava prestes a ser sequestrada ou assassinada, mas, em vez disso, ele apenas me entregou, sem

Garotas como nós

nada dizer, uma pasta de evidências do processo civil que ia abrir contra Todd antes da morte de Megan. O sujeito ficou olhando diretamente para a frente, os dedos segurando apertado o volante, enquanto eu lia páginas e páginas provando ser mentira tudo que eu e Todd dissemos à polícia. Então havia mais páginas e mais páginas de bilhetinhos, pedaços de papel amassado e rasgado com palavras feias escritas neles. *Vadia. Vagabunda. Puta.* Ninguém nunca escreveu nada no armário da Megan. Só colocaram nele bilhetes anônimos. Eu nunca soube disso. Todd. Connor. Wes. Isaac. Trey. Uma cadeia de pessoas que destruiu a Megan. E, do lado, um nome circulado de vermelho conectado ao de Todd com uma grossa linha vermelha. Katie.

Não acho que Todd tenha compartilhado aquelas fotos para feri-la. Era como se, depois de terem terminado, ela fosse alguma garota aleatória, e não a ex-namorada dele. Sinistro e zoado, sim. Acho que ele pensou que a situação ficaria entre ele e os companheiros e que ela nunca ficaria sabendo. Que ninguém ficaria sabendo. E só quando eles encaminharam as fotos meu irmão realmente se deu conta de que aquilo não ficaria entre eles. Nada fica entre amigos. Se algum ponto disso tivesse passado pela minha cabeça na época, eu teria contado à polícia. Todd seria preso. E não estaria morto.

Sua lápide não é tão lisa quanto eu esperava. Túmulos deveriam sempre parecer novos. Nola comentou que eu falava sobre Todd como se ele não estivesse morto, e talvez seja porque a morte dele ainda pareça tão recente para mim. Mas não é. Meu irmão está ficando cada vez mais no passado.

Beijo meus dedos, pressiono-os no granito frio e então me levanto, limpando a terra grudada em mim.

Adeus novamente, Todd.

Capítulo 25

Mamãe me pede que fique pelo restante do fim de semana, mas digo-lhe que preciso voltar para estudar para as provas. Preciso estudar de verdade, mas também tenho a necessidade de colocar um ponto final na investigação, de uma vez por todas. Enquanto estou parada na plataforma do trem, meu telefone toca. Greg Yeun. Atendo, com cautela.

— Alô?

— Você perdeu muita coisa.

— Tipo…?

— Passar o Dia de Ação de Graças em uma cela de detenção.

Um trem passa e não consigo ouvir o que ele está dizendo.

— Aguenta aí! — grito, correndo pela plataforma para tentar encontrar um lugar que esteja silencioso. — Você está me ligando da cadeia?

Exatamente neste instante o trem termina de passar e todo mundo na plataforma se vira e olha boquiaberto para mim. Abro um sorriso sarcástico e aceno para eles.

— O quê? Como se eu fosse desperdiçar meu único telefonema da cadeia com você. Eu saí, obviamente. Estou ligando para avisá-la.

— Para me avisar do quê? Então, espera, você foi inocentado?

— Parece que sim, por ora. Eles me mantiveram lá da noite para o dia e me fizeram um montão de perguntas. Queriam saber sobre fragmentos de uma garrafa quebrada que encontraram perto do lago. Eles acham que estão com a arma do crime.

Meu sangue corre frio nas veias.

— Que tipo de garrafa?

— Algum tipo de garrafa de vinho. Estão fazendo um teste de DNA, mas leva alguns dias, e provavelmente já está contaminado a esta altura do campeonato. Pode ser que tenha vinte e quatro, quarenta e oito horas. Dependendo do nível de contaminação da garrafa.

— Merda. Por que prenderam você?

— Eles também encontraram algo meu no lago. Uma garrafa com um rótulo que rastrearam e descobriram que foi comprada com o cartão de crédito do meu pai. O problema é que não tem digitais nem traços de sangue. Eu nem bebo. Acho que alguém estava tentando armar para cima de mim e acho que a polícia pode, definitivamente, ter me excluído da lista de suspeitos.

— Então por que está me avisando?

— Porque vi o quadro de evidências e você está nele. Com apenas mais uma outra pessoa: Spencer Morrow.

Cerro os dentes.

— Isso acaba com a sua teoria sobre a Brie.

— Eu já estive errado antes. Kay, fique longe dele. E arrume um advogado. E, quando perguntarem a você sobre… — Quando meu trem se aproxima, as palavras de Greg se afogam no barulho.

Merda.

Garotas como nós

Faço uma lista de tudo que sei até agora na viagem de trem de volta até a Bates.

A localização do corpo e a hora em que o encontramos.
Hora estimada da morte, hora e conteúdo da conversa entre Jessica e Greg.
Descrição do corpo: as marcas nos pulsos, a posição. Totalmente vestida, com olhos e boca abertos. Pulseira da dança, de fantasia.
Relacionamentos: Greg, Spencer, familiares, professores, voluntários desconhecidos, membros da comunidade.

Solto um suspiro. Se a polícia tem acesso a todas essas pessoas e ainda estão se focando em mim e em Spencer, isso não é nada bom.

O blog da vingança
Pessoas conectadas: Tai, Tricia, Nola, Cori, Maddy, eu.
Faço uma pausa e então acrescento: *Hunter*.

Na hora em que faço a baldeação para o trem que segue para o oeste, meu caderno é uma teia de aranha de informações. Estou prestes a cochilar com a cabeça apoiada na mão quando alguém para no corredor ao meu lado e coloca um chocolate em cima do caderno de anotações. Ergo o olhar e deparo com Brie olhando nervosa para baixo, para mim.

— Oi — digo, com ar de dúvida.

— Todo mundo sentiu sua falta — comenta ela.

— É mesmo?

— E sinto muito. Por tudo. As coisas saíram bastante do controle.

— Como foi que me encontrou?

— Liguei para a sua mãe.

— Ela lhe disse para voltar para a escola, fazer baldeação de trens e viajar *para longe* da civilização por algumas horas?

— Ela me passou o número do seu trem e a hora em que ele ia sair. Espero que não se incomode por eu ter feito isso. Eu queria vê-la. — Ela faz uma pausa. — Gosto do seu cabelo. Parece aquela jogadora de futebol profissional que todo mundo odeia.

— Eles a odeiam porque ela é o máximo.

Brie sorri um pouco e senta-se ao meu lado.

— Sei disso. Sinto muito mesmo, Kay. — Ela tira o casaco e o cachecol cor de neve e alisa o vestido de lã macio cinza-claro com colarinho branco. — Eu não deveria ter gravado o que você… Deveria só ter conversado com você. A dúvida é a pedra angular da fé.

Tento não sorrir, não porque haja algo de engraçado nisso, mas porque a declaração é essencialmente típica da Brie.

— Que profundo — digo, fingindo que estou assombrada.

— É verdade. A fé cega não faz sentido. E não dura.

Lanço-lhe um olhar penetrante, e ela coloca um pedaço de papel dobrado em cima do meu caderno.

— Ainda tenho fé em você. Não abra isso ainda.

— Achei que você estivesse "tão cansada" de mim.

— Você me magoou, Kay — afirma ela num tom duro. — Aquilo que escreveu na minha porta foi a gota d'água. Você fez umas merdas no passado e fingi que não vi, pois é isso que fazemos. Tai faz umas merdas. Tricia. Cori. Não gosto disso, mas gosto de você. Então engoli tudo. Mas passei muito tempo fingindo rir

Garotas como nós

com vocês nos últimos anos. E a culpa é minha. Foi minha opção. Escolhi você.

— Você escolheu Justine.

— Amo vocês duas. Mas é com ela que estou. E você mudou. Parou de retornar as minhas ligações e começou a andar com a Nola Kent; depois que a Maddy morreu, pensei no assunto. Os arranhões nos seus braços. A janela de tempo quando você desapareceu. O lance com o Spencer. Quando a gente soma tudo isso... Maddy e Hunter... A detetive Morgan me disse que encontrou você jogando o corpo do gato no lago. É verdade?

Abro a boca para negar, mas estou determinada a não mentir mais. Não para a Brie.

— A situação é extremamente complicada.

— Aposto que consigo adivinhar. — Ela solta um suspiro e coloca a cabeça no meu ombro. — Então você aparece no meu quarto me acusando de fazer o Spencer trair você ou algo do gênero e falando sobre um blog de vingança que não existia. Em algum momento as coisas que você falava e fazia simplesmente pararam de fazer sentido.

Penso por um minuto.

— Em primeiro lugar, o site realmente existiu. Ele foi tirado do ar. Quanto a você armar para o Spencer ficar com a Jessica, ou muitos celulares foram hackeados ou muita gente está mentindo em relação a hackear telefones ultimamente.

— Parece uma coisa típica do Spencer, de um jeito ou de outro.

— Falou a maior fã dele. — Endireito-me. — Sinto muito. Tudo que aconteceu no último mês foi meio épico.

Ela concorda com um movimento de cabeça.

— É justo. — Brie olha para um trem que está correndo na direção oposta lá fora, um fraco borrão de cores e rostos atrás de janelas cobertas de geada. É começo de tarde, no entanto, o céu está tão cheio de nuvens que parece muito mais tarde. — Desculpe-me por não ter dito nada sobre Maddy e Spencer. Justine me contou e eu não queria que isso fosse verdade. E, se fosse, não queria que você ficasse sabendo. Foi só uma vez, logo depois que terminaram, mas eu sabia como você ficaria abalada. Então a Tai piorou as coisas com aquele lance estúpido de Notória R.B.G., e eu tinha certeza de que você ia acabar descobrindo. Obviamente ela sempre foi apaixonada por ele.

— Considere-me inocente.

— Sempre a considerei inocente. — Ela tenta sorrir. — E você vivia perguntando por que eu agia de um jeito estranho quando estava por perto dela, e menti. Sinto muito. Ela era um doce. Eu me sentiria horrível se ela achasse que eu a odiava. — Os olhos de Brie ficam marejados e eu pressiono meu rosto no dela.

— Ela teria sabido exatamente o porquê. Não teria culpado você. Tinha a mim para culpar. — Cutuco o ombro dela com o meu, e Brie esfrega o rosto nele e solta um suspiro.

— Não mais. Chega de mortes. Chega de mentiras.

Hesito.

— *Houve* mais uma coisa. Greg me contou que você e a Jess eram amigas, e que essa amizade se transformou em um sério ressentimento. Alguma coisa a ver com você zoando com ela e ela encaminhando seus e-mails pessoais para seus pais ou algo do gênero.

Os lábios de Brie tremem e ela desvia o olhar.

— Não falo sobre isso por um motivo, Kay — diz ela baixinho. — Nós éramos amigas. Não deu certo. Não me sinto confortável falando merda dela agora.

— Mas é verdade?

Garotas como nós

Ela endireita-se.

— Sim, é verdade. E é coisa minha. E as informações extremamente pessoais que ela roubou de mim e mostrou aos meus pais antes que eu estivesse preparada para lhes contar, isso era coisa minha também. Lamento por ela ter morrido. Mas não preciso falar sobre o que aconteceu conosco. Com ninguém. Foi doloroso e ficou no passado.

Coloco a mão com a palma virada para cima no braço da poltrona entre nós, como uma oferta de paz.

— Ok. Você não precisa falar sobre nada disso. Sinto muito.

Ela fecha a mão em volta da minha.

— Ter ficado longe de todo mundo nos últimos dias foi realmente útil. Agora parece que tudo está por fim ficando mais claro.

— Você não parecia se importar antes.

— Como você saberia se eu estava me importando ou não? Nem atendia a meus telefonemas. Acho que sei quem é a assassina. Mas, antes que eu diga quem penso que é, diga-me você. Quem acha que matou a Jessica?

— Papai Noel! — grita uma voz aguda vinda de algum lugar acima.

Deixo escapar um grito estridente. Uma pequena e grudenta criança está pendurada acima da minha cabeça no assento atrás de mim. Uma mulher que parece irritada a puxa para cima e para longe e sibila para mim:

— Podem falar baixo sobre suas coisas de adultos, por favor?

Olho para o meu caderno.

— A polícia reduziu a lista de suspeitos a mim e ao Spencer.

— Acho que eles estão errados — diz Brie.

— Nunca pensei que veria o dia em que Brie Matthews se ofereceria para defender Spencer Morrow *pro bono*.

— Quanto a isso, veremos.

Olho curiosa para o papel.

— O que é que você tem aí?

— Não podemos nos abandonar agora. Temos de nos proteger.
Ela toca na minha mão.

— Eu de fato protegi você — digo, baixinho. — Mas há uma
turma querendo o meu sangue e você se calou.

— Sinto muito. Mas confie em mim agora.

Brie desdobra o pedaço de papel que colocou no meu caderno e
olho para ele. É uma lista de evidências, parecida com aquela que
fiz, mas muito mais certinha, disposta em seções de anotações or-
ganizadas em volta de uma palavra central, todas apontando para
um nome escrito em grandes e pretas letras maiúsculas: NOLA.

Agarro o braço dela.

— Ah, meu Deus, Brie — sussurro. — Nola é tão esquisita. É
superpossessiva, diz coisas só para arrancar reações das pessoas e
tem tremendas brigas com os pais.

O rosto de Brie fica iluminado sob a luz de leitura acima de nós.

— Tudo faz sentido.

Reviro os olhos.

— Isso descreve a mim, a você, a Tricia e a Tai. Que prendam
todas nós!

— Ela não é uma de nós.

Afasto-me e desenho um coração na janela coberta de geada
enquanto passamos por uma série de prédios abandonados. Não
sei ao certo por que desenhei um coração. Dói ouvir as palavras
saindo da boca de Brie, especialmente depois que acabei de voltar
da minha casinha de duendes e ela está voltando de sua preciosa
mansão como se estivesse dançando uma valsa. Porque eu não
sou "uma de nós".

Garotas como nós

— Apenas olhe. — Brie aponta para o papel. — Está bem aqui.

— Você faz alguma ideia de tudo que estou enfrentando? Ando recebendo telefonemas no meio da noite com ameaças físicas. Tentei ligar para a polícia do campus para dar queixa, mas não vão me ajudar. Sei que você no mínimo viu meu mural no Facebook. Estou passando por situações infernais, e Nola tem sido uma amiga de verdade.

Os olhos de Brie se enchem de lágrimas e, quando ela fala novamente, sua voz soa embargada:

— Nunca vou conseguir me desculpar o suficiente por abandonar você.

— E eu disse que está tudo bem. Mas você não vai culpar a Nola pela morte de Jessica.

Afasto os cabelos da frente do meu rosto. Estou começando a me arrepender de tê-los cortado. Fica mais difícil afastá-los do rosto agora.

Brie tira sua faixa de cabelos e a entrega a mim.

— Tenho um milhão dessas.

— Obrigada. — Com os cabelos não mais no rosto, sinto-me um pouco mais no controle, um tiquinho menos caótica. — E quanto ao Spencer?

— Ele é uma possibilidade. Mas tenho uma sensação quanto à Nola.

Inclino a cabeça de lado.

— Uma sensação. Então vamos direto falar com os tiras?

— Vamos brincar de advogadas — ela sugere.

— Não estou no clima para joguinhos.

O trem parece seguir aceleradamente em frente de um modo mais descuidado do que o de costume, a estrutura toda se mexendo ruidosamente como se estivesse prestes a desabar.

— Eu bancarei a promotora. Você, a advogada de defesa.

— Certo.

Tomo um gole de água e consulto o meu relógio. Só quero que essa viagem de trem acabe.

Brie me olha esperando permissão e eu faço que sim com um movimento com a cabeça e um gesto para que ela exponha seu caso.

— Nola Kent é uma menina brilhante. Ela tem a capacidade de memorizar quantidades enormes de informações, de hackear bases de dados da escola e armar para cima de colegas de classe inocentes por assassinato. Também tem a habilidade de matar e ficar amiga da pessoa que está tentando enquadrar por assassinato. Logo que Nola veio para a Academia Bates, ela teve dificuldades para fazer amigas. Um grupo de garotas em particular foi bem nojento com ela. Nola jurou vingança. E foi paciente. Dois anos depois, ela matou Jessica Lane a sangue frio e armou para que a líder das meninas, Kay Donovan, fosse culpada pela morte. Usou suas habilidades com computadores para fazer um site que colocaria Kay contra as amigas e vice-versa, antes de dar o golpe final: mandá-la para a cadeia por assassinato. Nola Kent matou Jessica e fez isso para culpar Kay pelo crime.

Espio pela janela através do brilho da geada, com meus olhos focando e desfocando os borrões cinzentos de trailers obscurecidos pela neblina pelos quais estamos passando, retângulos bem dispostos e firmemente plantados na terra, como túmulos na margem da ferrovia. Nola me perdoou na noite seguinte ao confronto com Cori, na noite em que nos beijamos. Ouvir Brie trazer isso à tona faz com que me sinta uma pessoa terrível novamente.

— Defesa — diz Brie, dando-me a deixa para entrar.

Olho para ela com ar cansado.

Garotas como nós

— Você não sugeriu nem um único motivo pelo qual ela teria matado a Jessica. Por que a Jessica? No tribunal, sua teoria seria desbancada. Porque precisa provar que Nola matou Jessica, e não que ela guarda ressentimento em relação a mim. E a teoria de Nola contra Spencer ganha. E sabe o que mais você tem de admitir? Que o caso contra mim ganha de todos os outros. É o melhor.

Brie fecha os olhos e reclina a cabeça no assento.

— Eu sei que ela é a assassina. Eu sei.

— Saber de algo não prova nada — digo.

— Então vamos falar com o Spencer. — Ela ergue o olhar para mim. — Nós duas. Só por segurança.

Olho para fora da janela novamente. Não sei ao certo se ele vai concordar com a ideia depois de tudo que aconteceu, mas, a essa altura, talvez seja a única maneira de conseguirmos algum tipo de resolução.

— Preciso falar com ele sozinha. Apenas deixe seu celular ligado.

Capítulo 26

Nola me envia mensagens durante o dia todo, e respondo com frases concisas e banais. Ela não respondeu a nenhuma das minhas mensagens de texto no Dia de Ação de Graças, e pergunto-me o que terá acontecido com a família dela, mas não quero ficar me metendo. Odeio Brie ter plantado a semente da dúvida na minha cabeça. Sim, Nola tem um motivo para me odiar. Estou certa de que me odiou por um tempinho. E, logo que começamos a ficar mais juntas, ela não era exatamente a personalidade mais cálida nem fofa. Mas provou sua lealdade. Ou talvez eu apenas não queira acreditar em nada de ruim em relação a ela. Talvez seja a síndrome do Todd. Ligo para o Spencer assim que chego à estação de trem, e, na verdade, fico surpresa quando ele me atende.

— Ainda me odeia?

— Desde que me perguntou se eu matei a Maddy para ferir você?

— E desde que me chamou de assassina e disse que arruíno tudo em que toco?

— Tenho bastante certeza de que foi o Charlie Brown quem disse isso. No especial de Natal. Certamente eu fui mais original.

Ouço-o tomar um gole de alguma coisa.

— Você está bebendo?

— Apenas achocolatado. Não deixe de tomar seu Ovomaltine.

— Uau, você realmente está entrando no espírito de Natal.

— No espírito de *especial* de Natal — ele me corrige.

Uma rajada de vento joga um jornal na minha cara e me agacho atrás de uma lata de lixo, pois todos os bancos estão cheios de gente.

— Estou na estação de trem.

— E precisa de uma carona.

— E queria ver você, ou poderia ter dividido um táxi de volta para o campus.

Espero a resposta.

Ouço-o engolindo o restante do achocolatado.

— Cinco minutos.

Paramos em um Dunkin' Donuts, pois não há nenhuma cafeteria legal nem Starbucks perto da casa de Spencer, e, verdade seja dita: prefiro o café com baunilha deles com um donut coberto de açúcar. Isso me lembra da minha casa, das poucas partes boas de casa, de quando Todd me trazia restos de comida dos treinos, ou do cheiro da caminhonete do papai. Ele é um pintor de casas e geralmente saía para trabalhar todas as manhãs antes de eu acordar e voltava com uma dúzia de copos vazios de café do Dunkin' Donuts no lado do passageiro da cabine da caminhonete. Quando eu era criança, ganhava vinte e cinco centavos todas as semanas para limpar a caminhonete do papai por dentro e por fora. Então o Dunkin' Donuts é uma das associações felizes que tenho com a minha casa.

Depois de fazermos nossos pedidos, tento encontrar uma mesa isolada, mas o lugar está bem lotado. Nós nos acomodamos a uma mesa na lateral do prédio, com vista para uma rua transversal movimentada. Este lugar é o oposto do Cat Café. Lotado, quente demais, com um pouco de cheiro de suor. Canções de Natal da década de 1990 estão sendo tocadas no último volume de um alto-falante posicionado bem acima da nossa cabeça. Ao redor, todo mundo está absorto em sua própria vida. Há casais rindo (e um casal brigando), mães lutando com crianças que estão jogando comida para o ar e grupos de jovens adolescentes conversando enquanto tomam café.

— Então, Katie D, vamos realmente conversar desta vez?

Spencer abre um largo sorriso e noto como ele está com uma aparência melhor do que da última vez que nos encontramos. Como se tivesse dormido por um bom tempo e deixado os pesadelos para trás. Pergunto-me se ele me superou e seguiu com sua vida e, embora estivesse beijando Nola apenas uns dias antes, isso me emputece. E automaticamente desperta em mim o desejo de tocá-lo. Sou um caso perdido sem nenhuma chance de conserto.

Mas não consigo impedir que uma pergunta saia da minha boca:

— Você está saindo com alguém?

— Talvez.

— Ah. Eu também.

Tento soar casual, mas sinto meu rosto começando a assumir o choro.

— Como pode ficar chateada com isso?

— Não estou chateada.

Ele toma um gole de café.

— Talvez parte de todo o nosso problema seja o fato de termos entrado com tudo nisso de Brie e Justine versus Kay e Spencer.

— Eu não deveria ter transformado isso em uma competição.

— Meu Deus, Katie, dê algum crédito à Brie. Esse lance todo do pedestal é perturbador. — Spencer solta um suspiro e estica a mão sobre a mesa, mas a minha parece pesada demais para encontrá-lo no meio do caminho, de modo que ele apoia o queixo no cotovelo e ergue o olhar, encarando-me. — Eu realmente sempre vou amar você.

— Como amiga — digo, revirando os olhos.

— Como você — ele afirma, sério. — Não importa o que qualquer um de nós faça algum dia. Estou falando sério. E não de um jeito sinistro. É difícil de descrever. Temos uma história, sabe?

Sei sim. É como o fato de eu continuar amando o Todd, mesmo depois do que ele fez. Todd tirou Megan de mim. Minha Megan. A campeã da *trivia* da John Butler Junior High, uma conhecedora de cookies, e uma campeã do aconchego. Entre nós, eu e Megan tínhamos sete identidades secretas, e conseguíamos nos comunicar em Sindarin, um dos idiomas élficos de J. R. R. Tolkien. E Todd a destruiu. E eu ainda o amo.

Empurro as mãos de Spencer para longe.

— Não quero que faça isso.

Os olhos dele ficam anuviados e olha para baixo, fazendo sombra na frente do rosto com a mão.

— Por que você continua ligando para mim?

Sinto-me estufada e enjoada, mas me forço a continuar comendo só para ter o que fazer.

— Não quero que você me ame por força do hábito. Não quero que você fique preso a isso. Acabará maluco, Spencer. Não vale a pena ficar se prendendo a mim.

Ele ergue o olhar; no rosto, o largo sorriso que costumava fazer pular meu coração. Spencer era o meu guardador de segredos. Marcado como meu. Mas agora os olhos dele estão brilhando com as lágrimas, e isso só faz com que eu queira rebobinar as coisas e voltar ao dia em que nos conhecemos, de modo que, quando ele

Garotas como nós

se sentasse ao meu lado, eu pudesse dizer a ele: "Corra, Spencer. Não olhe para trás. Corra".

— Não sorria pra mim.

— Por quê? — Ele pressiona os lábios.

— Porque é esquisito. Você está chorando e sorrindo, e isso é esquisito.

— Estou feliz e triste ao mesmo tempo. Lide com essa situação. Então, o que é isto, nosso sétimo término?

— Nós não estávamos juntos.

— Agora não podemos ser amigos? Era por isso que você queria se encontrar comigo? Para me dizer isso?

— Não. Meu Deus. — Se eu colocar o foco em uma coisa, isso vai bagunçar ainda mais algo que já está particularmente ferrado. — Eu queria ver você. Tudo está realmente uma zona, mas você continua dizendo que me ama, e isso me lembra do motivo pelo qual não podemos…

— Você está certa. É culpa minha. — Ele limpa os olhos na manga da camisa. — Fracassei totalmente em retomar esse ponto. Katie, você nunca mais será amada por mim de novo. Minha opinião positiva sobre você está perdida para sempre.

— Você também andou vendo *Orgulho e preconceito*?

— É um filme longo, mas me ensinou que não há problemas em se casar com alguém mais pobre do que a gente.

— Você também andou vendo *Morte em Pemberley*?

— Hein?

— É um outro livro que virou filme e série também. A gangue se reúne e um personagem secundário é morto. É um mistério de assassinato.

— Tem no Netflix?

— Spencer, precisamos conversar sobre a Jessica.

Ele engasga com o café.

— Achei que você estivesse farta desse negócio de assassinato.

— Já se deu conta da seriedade do assunto? Nós somos agora os únicos suspeitos da polícia.

— Como é possível?

— Eu estava na cena do crime, não tenho nenhum álibi, eles encontraram algo meu no quarto da Jessica naquela noite e parece que fiz algo bem ruim para ela uns anos atrás. — Ele inclina a cabeça, interessado. — E a polícia pode achar que ela dormiu com você para se vingar de mim.

— Bem. Isso faz eu me sentir especial.

— Isso faz parecer que eu e a Jessica tínhamos uma treta constante ou algo do gênero.

— E sou aparentemente um suspeito por causa da minha maldição sexual mortal. E quanto ao Greg?

Pego um segundo donut e tiro um pouco do açúcar dele, distraída.

— Ele não tem nenhuma ligação com a Maddy.

Spencer toma um cauteloso gole de café.

— A morte dela poderia não estar relacionada à da Jessica.

— Greg me contou outra coisa interessante. A polícia acha que está com a arma do crime. E alguém tentou armar para Greg, pegando uma na casa dele e plantando-a no lago, mas agora estão com a arma do crime de verdade e já fazendo testes de DNA.

Ele me olha com um ar calmo.

— Parece que então estamos inocentados.

— Você não vai me perguntar qual é a arma do crime?

Ele fica olhando nos meus olhos por um instante.

— Claro.

— Uma garrafa quebrada de vinho.

Garotas como nós

Eu fiquei segurando tão firmemente aquela garrafa na noite do assassinato. Não me lembro, na verdade, de tê-la colocado de lado desde o instante em que deixei Tai e as outras e fui procurar o Spencer. Parecia que estávamos nos beijando fazia horas quando o telefone tocou pela segunda vez, mas talvez fossem apenas alguns minutos. Nesse ínterim, fomos até o carro dele, só com as roupas de baixo, o calor abrasador, a música pulsando. A zonzeira do álcool estava desaparecendo e dando lugar a um borrão mais firme de desejo e determinação. Eu estava determinada a não pensar em Brie, a não visualizar Spencer com alguma outra garota e a não me lembrar da expressão no rosto dele quando me viu com a Brie.

Eu estava muito determinada.

E então o telefone tocou, e Spencer se afastou de mim.

Peguei sem fôlego o celular dele.

— Que merda é essa?

Era um número não rastreável do campus. Todas as linhas fixas da Bates têm números irrastreáveis por motivos de segurança.

Ele esticou a mão para pegá-lo.

— Só me deixe atender à ligação.

Sentei-me direito.

— Por quê?

— Porque eu deveria ter ido me encontrar com alguém. Sabe, não fiquei vagando aleatoriamente por aqui procurando você. Vou dispensá-la; só me deixe atender ao telefone.

Puxei o vestido de Gatsby do chão, sentindo-me uma imbecil.

— Enquanto você está comigo?

Os olhos dele assumiram um ar de súplica.

— Não era tipo um encontro. Ela se sentia apavorada e queria que eu desse uma passada lá para ver como estava.

— Incrivelmente original.

O celular parou de tocar.

Spencer jogou-se para trás junto ao assento.

— Nada nunca está bom o bastante.

Soquei a lateral do carro.

— Não se atende ao celular no meio de um encontro quando você está ficando com alguém. Nunca.

O celular recomeçou a tocar. Era o mesmo número do campus. Atendi.

— Spencer? Por favor, anda logo. Estou trancada para fora do...

— Vá se ferrar.

Desliguei. Spencer pegou o celular, vestiu-se e saiu tempestuosamente do carro. Fui tentar pegar a garrafa de prosecco e me dei conta de que deveria tê-la deixado do lado de fora quando colocamos as coisas no carro. Mas, quando voltei para a trilha para procurar a garrafa, não consegui encontrá-la.

Reclinei-me junto a uma árvore e soltei um suspiro. Minha zonzeira havia desaparecido por completo e a noite estava arruinada. Não tinha como, de modo algum, eu contar a alguma das minhas amigas que eu havia voltado rastejando para o Spencer para ser humilhada, depois que a noite começou com elas me chamando de heroína do campus. Portanto, eu teria de ficar com uma expressão radiante e brilhante, fazer uma cara de "tudo é incrível" e encontrá-las lá no gramado, como se nada tivesse acontecido. Decidi pegar o trajeto longo pelo vilarejo para me acalmar, e comecei a caminhar para longe do lago, na direção das lojas apagadas.

Garotas como nós

— Katie.

Virei-me novamente para o Spencer.

— Posso consertar isso?

— Eu já disse tudo que tinha a lhe dizer.

— Não tenho como desfazer o que fiz. Não tenho como fazer com que ela desapareça.

— Eu mesma posso desaparecer.

Enquanto eu saía andando, ouvi o som de vidro sendo estilhaçado em algum lugar atrás de mim.

Fico observando o Spencer cuidadosamente do outro lado da mesa.

— Aonde foi depois que eu deixei você naquela noite?

— Para casa. — Ele não rompe o contato visual.

Decido colocar todas as cartas na mesa.

— Acho que minha garrafa foi a arma do crime.

— Isso passou pela minha cabeça.

— Que matei a Jessica?

— Você estava insistindo bem firmemente que eu deveria me livrar dela.

De repente cai a ficha de que, nesse tempo todo, tudo em que venho tentando não pensar porque faz com que Spencer pareça culpado também se tornou um peso para ele. Só que para ele sou eu que pareço a assassina. Fui eu que fiquei insistindo que ela tinha de sumir.

— Eu ainda não sabia quem ela era, Spencer. Ouvi você falar o nome Jess, mas poderia ser uma dezena de pessoas diferentes, e nunca tinha ouvido falar em nenhuma Jessica Lane.

— E quanto à pegadinha do *Dear Valentine?*

— Aquilo foi anônimo — digo, desesperada. A mesa acabou de virar para cima de mim de um jeito estonteante.

— E Maddy? Você simplesmente estava lá e a encontrou? Você simplesmente estava lá e acabou encontrando as duas mortas?

Sinto meus olhos enchendo-se de lágrimas.

— Spencer, você acha que sou a assassina? Achei que você me apoiava.

— Não, você achava que eu as tinha matado. — Uma expressão dura surge nos olhos dele.

— Não pensei isso. Só não sabia o que pensar. É você ou eu.

— Só porque a polícia pensou nisso tudo, não quer dizer que só haja essa possibilidade. Você tem certeza de que Greg está fora de questão?

Mordisco a borda do copo até que começa a se desfazer na minha boca.

— Ele diz que sim. — Spencer revira os olhos. — Acredito nele. Não tem nenhuma ligação com a Maddy, não tem fácil acesso ao campus. Eu o tirei da minha lista de suspeitos.

— E como eu me aplico a esse status?

— Que tal brincarmos mais uma vez de *Eu Nunca?*

— Pode ser.

Chuto a minha mala para ele.

— Vou ficar na sua casa nesta noite. Tenho inimigas demais no campus.

— Isso significa que estou oficialmente inocentado?

— Significa que, considerando tudo, acho que estou mais segura com um assassino em potencial do que em um campus cheio delas.

— Aceito.

Capítulo 27

Sinto-me como se fosse uma fugitiva revisitando a cena do crime quando me sento na cama do Spencer, de pijama. Não estive mais aqui desde a noite em que ele entrou e deparou comigo e com a Brie. Tanta coisa aconteceu desde então. Este lugar costumava ser seguro e familiar. Deito-me, pressiono meu rosto no travesseiro e inspiro o ar profundamente. O cheiro de Spencer e do produto para cabelos com aroma de maçã que ele finge não usar. Sinto falta desse cheiro. Então noto outro cheiro, parecido com patchouli. Pergunto-me se ele e a Jessica fizeram sexo na cama e me sento direito, abruptamente. Neste exato momento, ouço alguém batendo à porta.

— Sim?

Sempre uso minha voz supereducada na casa do Spencer. Quero que a mãe dele me ame. Não sei por quê. Ela é simplesmente uma mulher adorável e dá para ver que tem dificuldade em ser assim. Quero que ela ache que sou perfeita. Acho que isso não importa mais. Espero que a próxima namorada de Spencer puxe o saco da mãe dele do jeito como tem de ser.

Fico claramente decepcionada quando Spencer entra, e não ela.

— Você tem tudo de que precisa aí?

— Na verdade, eu estava aqui me perguntando se você poderia me emprestar lençóis novos.

Ele fica ruborizado.

— Ah, sim, claro, é.

— Obrigada.

Spencer desaparece pelo corredor e volta com um lençol e uma fronha que não combinam, e arrumamos a cama juntos.

— Nós demos uns bons amassos aqui — diz ele, com um grande sorriso juvenil no rosto.

— Isso é um nós coletivo, certo? Você e todas as moças da Easterly.

Ele revira os olhos.

— É. Todas. — Ele coloca o travesseiro na cabeceira da cama e senta-se no chão com as pernas cruzadas. — Mas você foi a mais gatinha de todas.

— Concordo. — Sento-me na cama e trago os joelhos junto ao corpo. — Pode servir.

Ele pega a garrafa de vodca e a embalgem longa-vida de limonada, mistura meu drinque preferido em duas porções iguais e coloca-os à nossa frente. Escolho o copo dos Ursinhos Carinhosos e deixo-o com o do Snoopy.

— Antes de começarmos, eu gostaria de mencionar uma jogada suja no passado. Na noite em que nos conhecemos, quando jogamos isso, eu disse: "Eu nunca matei uma pessoa", e você bebeu.

Ele revira os olhos.

— Você também bebeu e nunca matou ninguém também.

Meus olhos enchem-se de lágrimas, algo que eu não esperava.

— Contei a você a minha história.

— Sinto muito. — Ele inclina-se sobre mim e me abraça. — Bebi de brincadeira. Achei que nós dois tivéssemos feito isso.

— Sem brincadeiras nesta noite. Estamos jogando pela verdade.

Ele bate com seu copo no meu.

— Que vença o pior jogador.

Abro o jogo indo direto ao ponto.

— Não matei Jessica Lane.

Ninguém bebe.

— Não matei Maddy Farrell — ele diz quando chega sua vez.

— Nunca dormi com Jessica Lane.

Ele bebe.

— Nunca dormi com Brie Matthews.

Levanto uma sobrancelha. Spencer parece aliviado. Eu meio que quero dar um soco nele.

— Nunca dormi com Maddy Farrell.

Ele toma um gole.

— Você sabe de tudo isso.

— Detectores de mentiras sempre fazem perguntas de controle.

Spencer agita o copo.

— Eu ainda amo alguém neste quarto.

Ficamos nos encarando. Ele toma um gole e eu mergulho o mindinho no meu copo e o lambo.

— É complicado — digo. — Nunca fiz sexo com Jessica neste quarto.

Ele coloca o copo de lado.

— Você não quer entrar nesses detalhes.

— Quero todos os detalhes. É por isso que estamos jogando. Você foi uma das últimas pessoas a falar com ela. A polícia só não sabe disso. Não teria como saber.

— Não, não fiz sexo com a Jessica neste quarto. Minha vez.

Eu nunca ouvi falar em nenhum suspeito além de mim, você e o Greg.

Eu bebo.

— Eles não são suspeitos sérios. Greg achou que poderia ter sido a Brie por uns cinco minutos porque a Jess e a Brie não se davam bem ao longo do primeiro ano.

— Ah, eu teria adorado isso.

— E a Brie acha que foi a minha amiga, a Nola. O que também é possível, mas não gosto da ideia.

— Por que é possível? Por que você não gosta da ideia?

Solto um suspiro.

— É possível porque eu e a Tai fomos umas vadias com a Nola no primeiro ano dela, então ela meio que tem um motivo para armar para cima de mim. Quem matou a Jessica também fez um blog me ameaçando se eu não levasse a cabo uma vingança em nome da Jessica pela pegadinha que todas fizemos com ela alguns anos atrás. Mas Nola era um dos alvos, não tem nenhuma ligação com a Maddy e, além disso, vem sendo realmente uma boa amiga, enquanto o campus inteiro decidiu, todos ao mesmo tempo, se vingar de mim pelas merdas que eu fiz com todas as alunas. O que faz muito sentido. Tenho que me redimir por algumas coisas.

— Mas não assassinato.

Olho feio para ele.

— Só conferindo de novo.

— Nunca deixo um ente querido se safar facilmente porque quero que ele seja inocente — diz Spencer baixinho.

Bebo todo o conteúdo do copo e me levanto.

— Você já provou o seu ponto.

Ele pega a minha mão.

Garotas como nós

— Katie, estou falando sério. Isso não tem só a ver com o Todd. Por que você não veio falar comigo antes se de fato achou que eu poderia ter matado a Jess? Você mencionou a Maddy, mas fez de tudo para evitar falar sobre a Jessica, e acho que é porque realmente achou que eu poderia tê-la matado, e que é culpada por ter me dito para me livrar dela e depois desaparecer na noite. Todd, depois eu, agora a Nola. Existe alguma chance de que a Brie esteja certa? Por mais que eu odeie dizer essas palavras?

Sento-me novamente e descanso o queixo nas mãos. A vodca subiu direto para o meu cérebro, e a limonada está deixando a minha boca pegajosa.

— A Brie apresentou seus melhores argumentos, e tudo que ela conseguiu de fato dizer de forma convincente foi que Nola tinha motivação para armar pra cima de mim. Não que ela tivesse mesmo matado Jessica ou Maddy.

Spencer dá de ombros.

— Você é tão inteligente quanto Brie, e Nola é sua amiga, certo? O que acha?

— Acho que não há evidências. — Faço uma pausa. — Fui para a casa de Nola e ela agiu de uma forma um pouco estranha quando estávamos com a família dela. Mente muito. Briga com os pais. Mas a maioria das pessoas que eu conheço também faz isso. Conheci assassinos. Ninguém mais entende. Não há nenhum sinal óbvio de que eles sejam assassinos. Nem sempre é determinado tipo de pessoa. Não é alguém que seja mais ou menos amado. É simplesmente algo que alguém decide fazer. Ou um acidente. Qualquer um poderia ser um assassino sob determinadas circunstâncias. É isso que ninguém entende.

Spencer me serve mais um drinque, agora quase todo limonada.

— Então, quem foi?

— Existe um detalhe em algum lugar que vai fazer com que algo se encaixe. — Bato com os dedos na lateral do copo, e então paro abruptamente. O som faz um calafrio descer pela minha coluna. — O que aconteceu com a minha garrafa naquela noite?

Spencer toma um gole, pensativo.

— Sei tanto quanto você. Fui embora logo depois de você.

— E não viu nada?

— Como poderia ver alguma coisa?

— Eu ouvi vidro se quebrando enquanto estava me afastando. E se aquilo foi…?

— Foi o quê?

Ele ergue o olhar para contemplar as estrelas no teto, e apago a luz para que possamos vê-las brilharem.

— Você vai enlouquecer se seguir essa linha de pensamento. Não havia nenhum motivo para fazer nada que não fosse o que fizemos.

— Jessica ligou para você porque achou que alguém a estivesse seguindo.

— Sim.

— Greg? Por causa da briga deles?

— Talvez. — Ele se senta direito. — Não, a certa altura Jessica falou *ela*. Algo como *"ela"* está lá fora, ou *"ela"* está de volta lá fora. Definitivamente era alguém do sexo feminino.

Soco um travesseiro.

— Ah, meu Deus, Spencer, por que não me disse isso antes?

— Porque você surtou comigo quando atendeu ao telefone e ouviu a voz dela.

— Isso foi antes de eu virar suspeita do assassinato da Jessica. — Minha mente fica a mil. — *Ela*. Conte-me tudo o que Jessica lhe disse.

Ele afasta os cabelos da testa.

Garotas como nós

— Não me lembro de todas as palavras. Tenho certeza de que a polícia tem minha declaração por escrito. Blá-blá-blá, você pode vir até aqui? Blá-blá-blá, assustada. Blá-blá-blá e cousa dantes vossa mercê. Blá-blá-blá, anda logo.

— Cousa o quê?

— Bem…

Franzo o cenho e balanço a cabeça, sem entender.

— Ela falou algo usando linguagem arcaica no meio. Eu estava com o celular no viva-voz no carro, foi difícil entender.

— Jessica falou com você em linguagem arcaica? Tipo *Beowulf*?

— Não, tipo Shakespeare ou algo do gênero.

— Isso não é…deixa pra lá.

Mas já tenho uma sensação desalentadora na barriga. Ele mordisca o lábio, nervoso.

— Essa foi a última coisa que ouvi. A coisa bizarra é que de repente ela soou tão calma. E se não fosse a Jess que estava falando?

Um calafrio desce pela minha coluna.

— "No repouso da morte os sonhos que tenhamos"?

Ele aponta para mim.

— É isso.

Fecho os olhos e descanso a testa no peito de Spencer.

— Merda.

Capítulo 28

Saio na manhã seguinte antes de Spencer acordar e pego um táxi até o campus. O sol está acabando de erguer-se sobre os pinheiros altíssimos quando estacionamos perto dos dormitórios, e sua luz dourada jorra na superfície do lago, que ainda não está congelado, mas que logo estará.

Brie é o tipo de pessoa que acorda cedo, e sinto o cheiro de café forte e ouço a melodia de Schubert quando bato à porta dela. Brie parece agradavelmente surpresa ao me ver e um pouco confusa quando nota a minha mala.

— Noitada?

— Fiquei na casa do Spencer.

Ela abre a porta, entro e me sento na cama como se o mês passado não tivesse acontecido. Brie coloca um marcador de livros em seu exemplar de *Otelo* e reclina-se na beirada da escrivaninha.

— Eu precisava mesmo de uma pausa nos estudos.

— Há quanto tempo está acordada?

— Tempo demais.

Pela primeira vez noto que Brie ficou parecida comigo nessas últimas semanas. Emagreceu, está com olheiras, e seu sorriso perdeu quase toda a força. Sinto uma pontada de culpa por ignorar os telefonemas dela. Brie me oferece uma caixa de docinhos da confeitaria boa e pego um deles. Flocos amanteigados com chocolate macio no meio.

— Então, você e o Spencer?

Antes que eu possa protestar, ela coloca metade de seu café em outra caneca e a entrega a mim.

— Apenas amigos. Não vou roubar seu café.

— Eu insisto. Você pensou mais sobre a nossa conversa de ontem?

Tomo um longo gole do aromático café de torra francesa.

— Um tantinho.

— E?

Brie joga para mim um pacotinho de açúcar e o pego sem romper o contato visual com ela.

Analiso a expressão plácida no seu rosto.

— E se eu lhe dissesse que matei a Jessica?

Ela nem hesita.

— Nós contrataríamos os meus pais.

— Em algum momento chegou mesmo a pensar que eu poderia ter feito isso?

— Nem por um segundo.

— Você me interrogou com uma escuta escondida — afirmo, lembrando-a disso. — Ontem disse que a dúvida era a pedra angular da fé.

— É mesmo.

Ela não parece tão confiante quanto antes.

— Não sei como chegamos a este ponto.

Brie toma um longo gole de café.

Garotas como nós

— Eu faço uma ideia.

— Você me magoou. Eu magoei você. Você nunca vai largar a Justine.

— Eu a amo. — Ela me olha quase com culpa. — Justine sempre está lá quando preciso dela.

Eu me dou conta de que nos abandonamos mutuamente. É uma via de mão dupla.

— Então, antes que eu destrua minha amizade com a única pessoa que esteve lá para *mim* quando precisei dela, conte-me por que você pediu a todas nós que nos separássemos na noite em que Jessica foi assassinada.

— Não me obrigue a fazer isso.

— Se você quer que eu fique contra a Nola, preciso de um sinal de boa-fé.

As bochechas de Brie ficam ruborizadas, e ela morde a manga da blusa.

— Você nunca pode contar a ninguém.

— Não farei isso.

— Eu estava com Lee Madera. Pergunte a ela.

— Então não tem realmente a ver com a Justine. O problema sou eu.

— O *timing* nunca foi certo — diz ela, a voz rouca. — Primeiro você conta aquela piada homofóbica sobre a Elizabeth Stone logo antes de eu chamá-la para sair. Depois fez aquela palhaçada do *Dear Valentine,* justo quando eu pensei que talvez você não fosse como as outras. E então veio a festa do elenco, que achei que seria um encontro nosso, mas você se jogou pra cima do Spencer. Partiu o meu coração tantas vezes! Quando finalmente me beijou e depois afastou minha mão e voltou para o Spencer… Quero dizer, foi o fim. Até mesmo depois

357

daquilo, na Dança do Esqueleto, quando eu e a Justine tivemos uma tremenda briga, fui procurar você e a encontrei se pegando com aquela estudante mais nova. As coisas simplesmente nunca deram certo.

A imagem se forma de um jeito novo na minha mente. Ela não tinha o meu coração como refém esse tempo todo. Tive uma oportunidade atrás da outra de consertar as coisas, e nunca as consertei.

— Sinto muito, Brie. Não me dei conta disso.

Brie ergue os olhos na altura dos meus, hesitante.

— Não quero perder você de novo.

— Eu não estou perdida. Maddy e Jessica estão mortas. Elas não têm de onde voltar. Cori é protegida por nepotismo, e Tai e Tricia vão conseguir lidar com a escola pública. Eu consegui, e Spencer e Justine também. Você e eu vamos nos recuperar. Ou não. Cabe a você.

— Sinto sua falta.

Sorrio, mas meus lábios parecem tremer.

— Eu também. Você é a minha única coisa boa.

— Você é meu hábito muito ruim. — Ela abre um largo sorriso e passa o dorso da mão sobre os cílios molhados. — Conte à polícia o que sabe sobre a Nola.

Brie coloca o papel que delineia sua teoria sobre a culpa de Nola no meu colo.

Abro uma fresta da janela, inspirando um pouco do ar congelado.

— Não importa o que eu contar a eles. Não há nenhuma evidência contra Nola.

Isso significa que disponho de tempo até o momento em que os exames de DNA estiverem completos. Daí vou ser presa.

Vinte e quatro horas ou menos.

Garotas como nós

Nola volta naquela tarde. Eu a encontro na estação detrem, e ela me atualiza sobre o que aconteceu em seu recesso de Ação de Graças. Os pais surtaram e imploraram que Bianca viesse para casa, o que ela por fim acabou concordando em fazer, e então é claro que, assim que os outros hóspedes chegaram, eles agiram como se nada tivesse acontecido. O restante foi blá-blá-blá: Bordeaux, golfe na encosta da colina e vodca de cranberry.

Paramos no vilarejo para pegar um pouco de comida, mas ela quer voltar para o dormitório para comer. Isso é ótimo porque eu adoraria a oportunidade de dar uma última olhada sorrateiramente nos diários de Nola antes de fazer qualquer acusação. A sorte está do meu lado. Assim que entramos no quarto, ela coloca a comida de lado e vai até o banheiro, e eu vou atrás dos diários e começo a folheá-los loucamente.

Em sua maioria são páginas e mais páginas de relatos entediantes de rotinas diárias daquele treino de caligrafia. Há algumas cópias de poesia e sonetos e discursos shakespearianos. Vejo um ou dois famosos que reconheço, mas a maioria são obscuros, pelo menos para os meus olhos. Por fim encontro algo, datado deste ano, e meu coração para quando leio a primeira linha naquela letra à mão delicada e estudada:

Galinha queimada Tai

Fecho o diário com tudo, a mente a mil. Ela pode voltar a qualquer segundo. Cruzo o quarto e escondo o diário rapidamente atrás das costas, debaixo do casaco. A maior parte das páginas, quase todas, são cópias de coisas que outras pessoas escreveram. Não vi a exata data disso, apenas o ano. Até onde eu sabia, Nola usou o blog da vingança como material fonte para praticar sua caligrafia. Mesmo assim, quão perturbadora é uma coisa dessas? Emily Dickinson, Shakespeare... é uma coisa. Mas isso?

Nola abre a porta e volta caminhando com leveza para o quarto. Ela parece uma boneca antiquada, com um vestido preto e curto de veludo, um colarinho rendado, meia-calça branca e sandálias de salto pretas, os cabelos presos com uma fita preta brilhante e os olhos ainda maiores do que o de costume em razão de um delineador preto e rímel escuro. Voltou à sua versão Nola da Escola.

Fico onde estou, perto da cama, com o diário enfiado nas costas, escondido debaixo do casaco. Uma parte minha quer pegá-lo e sair correndo, mas não consigo fazer isso. Depois de tudo pelo que passamos, se Nola realmente é a culpada, preciso ouvir isso dela. Na minha cara. Chega de jogos de adivinhações e chega de ligar os pontos. Preciso de uma confissão ou de uma negação.

— Quer ouvir algo esquisito?

— Sempre. — Ela põe a bandeja de lado, coloca um pouco de tempero de cor âmbar na salada e então ergue o olhar para mim com olhos cintilantes. — Não poupe detalhes.

— Encontrei a Brie no trem de volta para casa.

A expressão de Nola fica mais sombria, mas ela não diz nada. Em vez disso, dá uma boa mordida em um morango e mexe o chá com uma colher de plástico. Então faz um aceno com a mão, como se estivesse me dando permissão para prosseguir.

— Na verdade ela foi bem enfática em relação à forma como as coisas desandaram.

— Aposto que sim.

— Parecia que estava falando sério.

Garotas como nós

— Ha! — Nola dá uma bufada.

Sento-me na cama e fico mexendo os joelhos para cima e para baixo, nervosa. Não quero sair do assunto.

— Brie tem suas próprias ideias em relação a todo esse lance da Jessica.

— Posso me atrever a ter esperanças de que você tenha gravado o que ela disse?

— É claro que não. Brie armou uma emboscada para cima de mim.

— Você está bem? Por que não me ligou?

Nola parece de fato preocupada, o que simplesmente torna tudo ainda mais doloroso.

— Correu tudo bem. Em todo caso, fui para a casa do Spencer. — Ela volta para mim um olhar de dúvida. — Ele foi inocentado, múltiplos álibis. E dormiu no sofá. Spencer acha que foi o Greg.

Nola assume uma postura mais relaxada.

— Eu deveria ter voltado mais cedo. Meus pais são tão obcecados com a minha irmã que não teriam notado se eu tivesse vindo embora.

Ela balança a cabeça e faz um aceno com a mão.

— Tenho certeza de que isso não é verdade.

— Nunca é o bastante. Eles querem que eu *seja* a Bianca — ela me diz com um sorriso triste.

Está me desviando do assunto. Olho para ela, determinada.

— Brie tem uma teoria realmente interessante.

Ela solta um suspiro sonoro.

— Quer calar a boca e parar de falar da Brie?

— Oi?

— Eu entendo. Você é apaixonada por ela. Sempre foi. Sempre será. — Nola adota um tom de zombaria. — Ela diz que o céu é amarelo e você diz: "Caramba, eu nunca tinha percebido isso, Brie. Você é tão brilhante!".

Fico de queixo caído.

— Você não sabe nada sobre o meu coração, Nola. E isso não me deixa chocada porque nem sei ao certo se você tem um. Age como se fôssemos tão íntimas e então diz coisas assim bem na minha cara?

Ela ri, completamente imperturbável.

— Kay, desça de seu pedestal. Só estou falando a sua língua. É assim que você fala com as pessoas.

— Não mais. Odeio ter sido uma tremenda vaca com você.

— E...?

— E pedi desculpas.

— Pediu?

Ela joga a tigela vazia de salada na lata de lixo e começa a comer um cookie gigantesco com gotas de chocolate. Nola o estende para mim, mas não parece uma oferta de paz. Soa mais como um ritual que marca o começo de uma competição brutal, um cara ou coroa no início de um jogo.

Balanço a cabeça, inquieta.

— Achei que tivesse pedido desculpas. Estou me desviando do assunto. Eu só preciso colocar isso pra fora e acabar de vez com essa história.

— Arranque o esparadrapo de uma vez, Donovan — diz ela, com um sorriso afetado.

— Brie está bastante convencida... Não, ela tem quase certeza... — eu me corrijo. — Ela acha que existe apenas uma pessoa que conecta todas as peças do quebra-cabeça. O gato, o site, eu, a investigação. Tudo, menos a Jessica.

— Lá se vai sua brilhante teoria.

Garotas como nós

— Eu sei. Nós estávamos pensando na Jessica como a peça central, mas, quando se está resolvendo um quebra-cabeça, não se pode ficar obcecado com uma peça que está faltando. Conectamos as peças que temos e então às vezes surge a imagem.

— E se as outras peças não estiverem conectadas?

— O lance é que elas se encaixam perfeitamente bem.

Nola faz uma pausa por um instante.

— Ok. Diga.

Inspiro fundo, tremendo, e entrelaço os dedos.

Meu coração está agitado e me sinto zonza. Essa deve ser a sensação daqueles médicos ou policiais quando contam a familiares que seu ente querido acabou de morrer. Isto é surreal e parece um sonho, e tenho medo do que virá em seguida.

— Brie acha que a única pessoa que possivelmente teria feito todas aquelas coisas é você.

Ela me olha, perfeitamente imóvel, interrompendo no meio a mordida no cookie, como se fosse um cervo que acabou de ouvir alguma coisa se mexendo e ainda não sabe se está em perigo. Então engole o cookie, toma delicadamente um gole de chá e cruza as mãos sobre a escrivaninha.

— O que você acha? — ela me pergunta.

Não sei ao certo o que acho até que as palavras saem dos meus lábios:

— Acho que ela está certa.

Capítulo 29

Nola não mexe nem um músculo.

— Prossiga.

Meu coração está batendo tão rápido agora que parece algo zumbindo em meu peito.

— O que quer dizer com isso?

— Diga-me. Diga-me como eu fiz tudo aquilo. Porque, do meu ponto de vista, parece que é você que vai para a cadeia.

Inspiro fundo, tremendo.

— Você não está negando?

— Estou lhe pedindo que me diga o que acha. E como vai provar.

Deslizo a mão para dentro do bolso e entrego-lhe o gravador que ela comprou para mim, agora desligado, é claro. Ela não falaria comigo se não estivesse. Nola o olha com ar de curiosidade.

— Acho que você é uma mentirosa. Acho que seus pais podem corroborar isso. Creio que seja capaz de crueldade e de matar. Você provou isso quando roubou o Hunter da casa da dra. Klein, matou-o e enterrou o corpo no bosque. Na verdade, não o encontrou depois que ele foi sequestrado e torturado por outra pessoa. Você mesma o fez. Só para sentir a sensação de torturar um gato.

— Errado — diz ela, soando entediada. — Não torturei o Hunter.

— Mas você realmente o pegou. E você de fato o matou.

— E...?

— Algumas pessoas diriam que isso é bem perverso. Algumas até mesmo diriam que matar animais é o precursor natural para matar pessoas.

— Bem, só para deixar registrado, Kay, não planejei matar o bendito gato. O plano original era encontrá-lo de forma heroica e devolvê-lo à dra. Klein. Mas ele foi um imbecil — ela fala de um jeito tão casual que os pelos na minha nuca ficam eriçados. — Coisinha violenta.

— Então tem mais isto — digo. — Eu.

— Tudo está relacionado com você — diz ela baixinho.

Nola abre um sorriso de marionete, como se as cordas tivessem sido erguidas, e então imediatamente deixa cair os cantos dos lábios.

— Creio que desta vez seja assim. O blog da vingança. Você me chantageou para que eu virasse a escola inteira contra mim. Colocando em risco as chances de Tai virar profissional. Forçando Tricia a sair da escola. Humilhando Cori, se é que isso é possível. Quase arruinando o time de futebol. E nem mesmo sei se você tinha alguma coisa contra mim.

— É bem fácil hackear registros policiais. Até mesmo os registros sigilosos de menores.

— Não para a maioria das pessoas. — Nola concorda graciosamente com um aceno de cabeça. — Mas você é melhor do que a maioria.

— E você é pior do que a maioria. Não são muitas as pessoas que se gabam sobre mentir para proteger o irmão morto sinistro

Garotas como nós

dos infernos. Mas você seguiu em frente e fez toda aquela coisa malévola com suas amigas para manter a verdade em segredo, e então me contou isso assim mesmo. No que estava pensando?

Balanço a cabeça em um gesto de negação.

— Confiei em você.

Ela abre um sorriso travesso e morde o lábio.

— Ops.

— Você me pegou. O blog da vingança foi um jogo mental. Seu jogo mental.

Pego o diário que estava escondido nas minhas costas e mostro o registro a ela.

— Ops.

Ela encolhe os ombros.

— Aquele site não existe mais.

— Não sou nenhum gênio da computação, mas tenho plena certeza de que os detetives da polícia são capazes de encontrar páginas deletadas da internet.

— Só com um mandado. E não há nenhuma causa razoável para a emissão de um mandado.

No entanto, os olhos dela continuam fixos no diário, que seguro com força, como se fosse uma arma.

— O que nos leva a Maddy. Que você também matou, logo antes de entrar no meu quarto para destravar a pista sobre ela de modo que pudéssemos encontrá-la juntas. Acho que você esmagou uma dose letal de comprimidos para dormir no café logo antes de ela tomar um banho, e então a empurrou para debaixo d'água para terminar o trabalho. Porém, dessa vez, e aí está a parte que a Brie não entendeu, mas que talvez eu tenha entendido... você fez isso para *desviar* a culpa de mim.

A máscara de convencimento dela fica congelada, e vejo seu lábio inferior tremer com incerteza.

— Você fez isso, não é? — Dou um passo na direção dela, mas também em direção à porta, pois não quero ficar presa no quarto sem ter como fugir. Não sei do que ela é capaz de fazer bem aqui, sem testemunhas. — Você mudou de ideia quanto a armar pra cima de mim para que eu fosse considerada culpada do assassinato da Jessica e quis voltar atrás. E foi tão longe a ponto de matar a Maddy quando viu uma fotografia dela com o Spencer porque essa seria a oportunidade perfeita para incriminar outra pessoa. Você é uma das minhas únicas amigas, Nola. Sei que também sou sua amiga. Não é tarde demais para fazer a coisa certa.

Ela me encara com os olhos vidrados.

— É claro que é tarde demais. Não existe mais coisa certa.

— Entregue-se. Ninguém mais tem de se machucar. Há uma contagem de corpos. Nada pode ser feito em relação a isso. Não podemos voltar no tempo.

— Você faria isso? — ela me interrompe. — Você se arrepende do que fez?

— É claro que me arrependo de ter sido babaca com você.

Ela me fita com os olhos molhados, os lábios trêmulos.

— Você foi muito mais do que babaca. Você me torturou.

Tento me lembrar de quando a escolhemos para vítima. Fazíamos aquelas piadas sobre necrofilia, adoração do diabo... Não eram coisas legais. Mas não me lembro de nada mais marcante do que isso.

Ela me entrega o baú de madeira de sua escrivaninha, abro-o e deparo com uma dúzia de envelopes onde se lê *Dear Valentine,* junto com um pequeno pote de vidro com minúsculas e secas pétalas de orquídeas.

Garotas como nós

E então a horrível e dilacerante verdade me esmaga.

Nola escreveu o blog da vingança, e ela fez a conexão entre mim, minhas amigas e Jessica. Ela sabia de tudo sobre o incidente de *Dear Valentine*. Mas não era a entregadora.

Fico encarando os envelopes e as pétalas por um instante, sem palavras, e então abro um deles. *Tudo de mim.* Pego o osso liso, depois o enfio de volta dentro da caixa, batendo a tampa com força.

— *Dear Valentine* — diz Nola baixinho, em voz cantada.

Ergo os olhos e a encaro.

— Sinto muitíssimo. Faria qualquer coisa para me desculpar por isso.

Ela movimenta a cabeça devagar, em um gesto de afirmação, como se estivesse debaixo d'água.

— Não há pedidos de desculpas suficientes que apaguem o jeito como me senti, por culpa sua. A primeira vez que eu estava distante da minha família. Eles estavam despedaçados e me mandaram para longe, e então vocês todas me trataram como se eu não tivesse valor algum. Fiquei isolada pra caralho. Achei que fosse entender, Kay. Você também não era como as outras. Mas você finge tanto. E você acabou comigo.

— Isso não é justo. Você não deveria ter conhecimento da minha vida antes da Bates.

— Bem, eu tinha, e achei que...

— Você estava errada. Eu me forcei a me encaixar aqui.

— Você se tornou uma vaca. E fez com que eu me tornasse o que sou. Você arruinou a minha vida.

— Eu nem ao menos sabia quem você era — digo, a voz soando fraca.

— Que diferença isso fazia? — Os olhos dela enchem-se de lágrimas. — Ainda assim, você me destruiu.

— Algum dia chegou a falar com a Jessica?

— Eu não a conhecia — responde ela.

— Que diferença isso fazia? — retruco baixinho, ecoando o que ela falou. — Ainda assim você a matou.

— Não tinha nenhuma intenção de matá-la. Eu queria ferir você e eu deveria ser a vítima. Esse era todo o propósito do site.

— Do *seu* site.

— Planejei tudo perfeitamente. Você teria conseguido acesso a ele depois de ter tentando com várias senhas incorretas. Não precisaria de mim de modo algum. Apenas da sua própria paranoia e de tempo para autodestruição.

Faço que sim com a cabeça.

— E você precisava de uma vítima.

— Bem, o plano era armar para que você fosse presa por assassinato. Não é como se eu estivesse animada para matar alguém. E menos entusiasmada ainda em relação a morrer. Mas, para armar pra cima de você, eu precisava de um corpo. Escolhi a noite de Halloween, quando eu cortaria os pulsos e me atiraria no lago. Porque eu sabia que você iria me encontrar.

— Mas não foi isso que aconteceu.

Ela gira um vaso de hera que estava pendurado e então para de repente e o coloca no chão. E começa a colocar no chão todas as plantas que estavam penduradas.

— Não, não foi. Porque tive de observar você nas semanas antes do assassinato, para me certificar de que todos os seus movimentos fossem levados em conta nos meus planos. Mas você se desviou do que eu esperava. Terminou com o Spencer. Ele dormiu com aquela menina que eu nunca havia notado antes. A maioria das pessoas não a notara. Jessica Lane. E o fato é que você

Garotas como nós

tinha um motivo para matá-la. Afinal, ela se enquadrava bem melhor do que eu na armação toda.

— Então decidiu matar a Jessica quando terminei com o Spencer?

— Não. Quero dizer... eu pensei nisso. Mas matar é... — Ela faz uma careta. — Eca!

— Então o que aconteceu?

— A Dança do Esqueleto. Eu fui à festa, como todo o restante das pessoas. Determinada a seguir meu plano, fui até o lago e fiquei encarando a água. E comecei a duvidar de mim mesma. Eu não merecia morrer. Jessica estava lá, andando de um lado para o outro, enviando mensagens de texto, e não ia embora. E eu, por fim, perguntei-lhe se ela estava bem, e ela falou que eu me ferrasse. Perguntei-lhe educadamente se eu poderia ficar sozinha, e ela repetiu a mesma coisa. Então Jessica tomou o meu lugar. Não que eu tenha gostado de matá-la, mas estaria mentindo se dissesse que não fiquei grata por isso. Ninguém quer morrer. Então eu pude viver. Jess teve de morrer. E você tinha que levar a culpa. E até me deixara a arma do crime. Era como um sinal.

Ela segura um cacto na mão, batendo gentilmente nas finas agulhas da planta com os dedos esguios.

Apoio-me na porta, pasmada. Nesse tempo todo vínhamos tentando achar o elo entre o assassino e Jessica, e era tão tênue e quase aleatório.

— Maddy também foi um ajuste. Como você disse. Decidi mudar as coisas.

Maddy foi um ajuste. Sinto-me zonza.

— Fiz tudo por você, Kay — ela diz com um sorriso desprovido de humor. — Então agora você sabe que fui eu. Sabe também que tentei reverter as coisas para limpar o seu nome. E você disse que faria qualquer coisa para se desculpar pelo que fez comigo. Este é o momento da verdade: vai me entregar ou me deixar ir? Porque, agora, você é a única que pode me colocar na cadeia. E, depois de tudo que fez comigo, precisa se perguntar se consegue viver com a culpa.

Nola coloca o cacto no chão e cruza os braços sobre o peito.

Minta por mim como você mentiu pelo Todd.

Mas a mentira que contei pelo Todd foi mortal. A reação em cadeia que isso causou arruinou tantas vidas! E quero compensar a mágoa que causei à Nola, mas Jessica e Maddy merecem justiça. Desse jeito elas não vão consegui-la. E não vou conseguir redenção sendo acusada de matar duas pessoas que não matei.

— Nola, eu nunca, jamais vou me perdoar pelo que fiz. Mas mentir por você não vai fazer com que as coisas sumam. Você matou *duas* pessoas inocentes. E então ainda armou para que eu fosse considerada culpada de assassinato.

— Por favor, Kay. — Os olhos dela começaram a ficar cheios de lágrimas de novo, piscinas azuis brilhantes com margens irregulares e escuras. — Você é a única amiga que tenho.

— Ainda sou sua amiga. Maddy também era minha amiga. Ainda *existe sim* uma coisa certa a se fazer.

Ela revira os olhos e o movimento faz as lágrimas transbordarem e escorrerem, deixando rastros de carvão pelas bochechas, os cílios grudando uns nos outros.

— Coisa certa a se fazer — diz Nola em um tom zombeteiro.

Então ela dá um pulo para cima de mim, de um jeito chocantemente rápido, agarrando um fino vaso de vidro de sua escrivaninha e batendo com ele na minha cabeça, com toda força.

A dor me atinge como um raio e faz uma onda de adrenalina circular por mim. Mil pensamentos passam por minha cabeça em uma fração de segundos. Vou morrer. Devo estar sangrando.

Garotas como nós

Provavelmente meu crânio está rachado ao meio. Meu cérebro está danificado. Mas não tenho tempo. Tenho apenas a dor e a escolha entre fugir ou lutar.

O vidro partiu-se na mão de Nola, lançando os estilhaços até o chão, e filetes de sangue vermelho escorrem pelos dedos dela. Nós duas nos abaixamos rapidamente, ao mesmo tempo, mas os fragmentos estão tão irregulares que ela corta a mão novamente neles e solta palavrões. Tento gritar pedindo ajuda, mas me sinto fraca, e só sai um fiozinho de voz tremida.

Enquanto me forço a ficar de pé, ela se vira e pega uma de suas ferramentas de afiar na escrivaninha, deslizando a lâmina para fora enquanto fica cara a cara comigo. Tento abrir a porta, mas não tenho tempo, então me apoio nela e chuto as costelas de Nola.

Ela voa para trás, mas, considerando que estou com as costas apoiadas na porta, preciso dar um passo à frente, na direção dela, para tentar fugir, e Nola agarra o meu braço e me puxa para perto dela. Então enfia a lâmina na minha barriga e eu grito por causa do impacto, mas ainda bem que não atravessa o espesso casaco Burberry de lã.

— Eu matei por você. Você me deve por isso — ela grita, com o rosto branco de raiva.

Agarro-me na escrivaninha e meus dedos se fecham em volta do vaso de cerâmica onde está o cacto. Bato com o vaso na lateral da cabeça de Nola, que me solta e cai, tropeçando, de joelhos no chão, agarrando o próprio crânio. Abro a porta, desço correndo o corredor e saio do dormitório.

Quando chego à calçada, continuo correndo. Estou zonza e com náuseas, e continuo checando a minha cabeça para ver se há algum sangue ali, mas tudo que sinto são minúsculos fragmentos de vidro quebrado nos cabelos. Nada pegajoso. Tenho medo de olhar para trás, medo de que, de alguma forma, ela esteja bem atrás de mim, medo de que ela vá me retalhar no meio do campus e que ninguém levante um dedo para me ajudar porque todo mundo me odeia. Não vou até a polícia do campus. Sigo direto para a polícia da cidade e peço para falar com a detetive Morgan. Então retiro o meu casaco, levanto o suéter e pego o microfone que estava usando, aquele que Nola havia colocado no meu bolso na manhã depois da morte de Maddy, e o entrego a ela.

— Eis sua assassina — digo.

Ela me passa um lenço de papel e um copo de água sem dizer nada, mas há o traço de um sorriso em seus lábios.

— Agora me diga. Que objeto meu encontraram no quarto da Jessica?

A detetive puxa um saco plástico lacrado de um arquivo e o coloca sobre a mesa.

— Isso é evidência — responde. — Então precisamos ficar com ela por um tempinho.

Lágrimas enchem os meus olhos enquanto aliso o plástico sobre a fotografia perdida que guardava no bolso interno do casaco de Todd.

Capítulo 30

Bianca era a vítima original.

Depois de entregar a evidência e prestar minha declaração de testemunha, fui levada direto para o pronto-socorro para examinarem a minha cabeça. Aparentemente tive muita sorte. Nenhuma pele arrancada, nenhum sinal de concussão. Apenas um amontoado de vidro quebrado nos cabelos e um machucado imenso e dolorido.

Liguei para o Greg do hospital para lhe contar que a coisa toda havia acabado. Ele prendeu a respiração quando lhe disse quem tinha matado a Jessica e depois chorou ao telefone. Vivo me esquecendo do quanto ele a amava. Enviei duas curtas mensagens de texto para Spencer e Brie informando-os de que estava viva, mas fora de combate por ora. Depois liguei para Bernie e para a sra. Kent. Não sei a razão, mas me sentia culpada. Bernie havia me pagado, basicamente, para ser amiga da Nola. Talvez para mantê-la longe de encrencas. E eu a havia entregado à polícia. Independentemente do motivo, liguei para eles na minha caminhada de volta ao campus e informei-lhes que Nola estava sendo presa por assassinato e que isso era em parte culpa minha.

Eles pediram desculpas. Para mim.

Então me perguntaram o que eu realmente sabia em relação à Bianca, e é claro que eu não disse nada.

Se eu estivesse lá quando eles a prenderam, teria ficado sabendo que Nola *é* Bianca. Ela começou a se chamar de Nola quando veio para a Bates. Mudou completamente as roupas, os cabelos, até mesmo o sotaque. E acho que estava cansada de ser Bianca. Da forma como os Kent contaram, era algum segredo terrível.

Mas é meio que a história da minha vida.

Nola também é uma mentirosa patológica. Não há basicamente nenhuma forma de saber se alguma coisa do que ela já me contou é verdade. Os Kent me convidaram para visitá-los de novo, sempre que eu quisesse. Foi estranho.

Passei o restante da tarde me escondendo no meu quarto até que vi as últimas viaturas da polícia deixando o campus. Uma parte minha quer encontrar a Brie e contar a ela como tudo aconteceu enquanto tomamos café e comemos croissants, e outra parte quer fugir do campus e sair de carro sem rumo com Spencer a noite toda. Mas não me sinto preparada para encarar nenhum dos dois. Ambos podem se dar ao luxo de poder voltar para a vida normal agora. Eu fui tirada de órbita e sempre estarei correndo para seguir em frente.

Nola de fato conseguiu cometer um ato final de vingança no intervalo de tempo entre eu ter deixado o quarto dela e sua prisão, e isto vai dar o que falar: ela enviou a história da garota do *Dear Valentine* para a escola toda, para a imprensa e para a família da Jessica, dizendo que Jessica era a vítima. Li a história em sete sites de notícias depois de voltar da delegacia. Decidi que não vou me defender. Conheço a história verdadeira, assim como minhas amigas que restaram, Nola e a polícia. Os pais de Jessica vão descobrir a verdade conforme o desenrolar do caso.

Garotas como nós

Fiz o que fiz, assim como o restante de nós, e o fato de agirmos contra alguém que acabou sendo uma assassina não minimiza nossas ações. Isso também trará consequências. Não serei uma jogadora de primeira. Minha reputação está um lixo. Meus pais simplesmente terão de lidar com a verdade. Jessica está morta e Maddy também, e isso é resultado indireto do meu ego e da minha falta de bom senso. Vou carregar o peso do que fizemos com Nola, das repercussões que recaíram na Jessica e na Maddy, pelo resto da minha vida. Eu pagarei o preço por minhas ações.

Na hora que termino de ler o último dos artigos, o campus ainda está quase deserto e decido dar uma caminhada no frio crepúsculo. A maioria das alunas voltará amanhã à noite, aproveitando os últimos segundos do recesso de Ação de Graças. Fico feliz com todos os momentos de solidão. O sol acabou de se pôr quando chego ao lago, e fiozinhos de um azul gélido formam linhas no horizonte, os resquícios finais do crepúsculo. A terra é esmagada sonoramente sob os meus tênis, não congelada, mas prestes a congelar. Minha respiração sai flutuando pelo ar em nuvens. Dou uma parada no lugar onde encontramos Jessica e olho para a água. Seria de se pensar que haveria algum indício ali, mas não.

Não seria algo agradável de se ver. É apenas água sobre água, perto de água. Só sei disso por causa do arbusto espinhento que destruí tentando resgatar a Brie de horrores desconhecidos. Desconhecidos naquele momento. Agora sabemos o que era.

Tiro o casaco e o enfio sob os arbustos. Não tem vento nesta noite, e o lago está liso como uma pedra polida. Estrelas espalham-se pela superfície como flocos de neve. Também tiro um dos sapatos e a meia e enfio o pé na água até o tornozelo. Está tão fria que a dor é paralisante, hipnótica. Chuto para longe o meu outro sapato.

Posso não ter matado a Jessica, mas fiz outras coisas. Coisas ruins. Talvez piores. E sempre fui capaz de recomeçar, como fiz quando vim para a Bates. É como disse à Tricia: *Todo mundo tem segredos*. E verdades são coisas que a gente cria, não coisas que acontecem. Como na época em que criei o álibi de Todd quando as fotos de Megan foram enviadas do telefone dele.

E quando criei o álibi de Rob quando Todd foi assassinado.

Existem muitas verdades na tragédia. Uma delas, inquestionável, é que o jogo de futebol americano terminou às dez, e é inquestionável somente pelo fato de as pessoas dizerem isso, e continuarem a dizer. Nosso carro foi estacionado perto da escola, mas pedi que ele me levasse até a minha bicicleta, que deixara no playground, porque esse era o plano.

Rob e o amigo dele, Hayden, iam espancar o Todd. Era justo. Depois que o Rob havia me mostrado as evidências na caminhonete, ele dissera que todo mundo naquela lista havia matado a Megan. Eu matei a Megan. E me dei conta de que tinha uma chance de me redimir. Rob concordou de imediato. Ele e Hayden usariam máscaras de esqui e eu correria para buscar ajuda para não parecer um ato arranjado. Sem armas. Ninguém nunca ficaria sabendo. Era o plano perfeito.

É claro que Todd me ofereceu uma carona com seus amigos e eu insisti que fôssemos andando porque era uma bela noite. Esse era o plano.

A caminhada cruzando o estacionamento escuro e deserto, para longe do campo onde as pessoas estavam rindo e celebrando, era interminável.

Meu irmão colocou o braço em volta de mim, bagunçou meus cabelos e me chamou de criança, e senti um nó na barriga apertando-se lentamente até que estava do tamanho de uma bala.

Garotas como nós

Quando chegamos ao playground, fiquei em pé perto da minha bicicleta e esperei. Mas por pouco tempo.

Porque, enquanto eu e Todd estávamos lá no escuro, alguém gritou: "Sai da frente, menina", e os faróis de repente nos iluminaram vindo da lateral do playground. A caminhonete de Rob surgiu em disparada da escuridão e bateu com tudo em Todd, e meu mundo explodiu em infinitos pedaços microscópicos.

Tentei gritar, tentei procurar por Todd, mas Hayden jogou a minha bicicleta na caçamba da caminhonete e me agarrou, e então estávamos descendo a rua derrapando. Eu tremia violentamente no colo dele, incapaz de tirar os olhos dos fortes fachos de luz dos faróis enquanto eles corriam pelas estradas de terra, as vias secundárias, esmagando galhos, cascas de árvores e talvez ossos.

Rob falou com a voz calma, baixa e ameaçadora:

— Me escute. Você veio direto para a casa da Megan para ajudar a mãe dela a preparar cookies. Você veio direto para a casa da Megan para ajudar a mãe dela a preparar cookies. Você veio direto para a casa da Megan para ajudar a mãe dela a preparar cookies.

Uma verdade só é uma verdade porque as pessoas dizem ela e continuam a dizê-la.

Eu havia saído do jogo no final e fui de bicicleta até a casa da Megan para ajudar a mãe dela a preparar cookies com gotas de chocolate, os prediletos da filha. O irmão de Megan, Rob, e o amigo dele, Hayden, estavam lá, comendo pizza e jogando Dungeons & Dragons. Eles estavam jogando fazia umas seis horas de uma campanha de dez horas quando cheguei. Meia hora depois, recebi o telefonema que abalou e paralisou meu mundo pela segunda vez: Todd estava morto; fora morto por um carro que o atingiu e fugiu.

Eu tiro o restante das minhas roupas e encaro a água. Quando mergulhei no lago no meu primeiro ano aqui, eu era a Katie, a garota que havia fracassado ao impedir o suicídio de sua melhor amiga e que depois matara o próprio irmão. Surgi como Kay, a potência social que lutou para estar bem pertinho de tudo que ela sempre desejou: a garota e depois o cara dos meus sonhos, mais amigas do que precisava, uma bolsa de estudos para a faculdade e a ilusão de uma vida perfeita.

Fico andando no lago, com a água na altura do joelho e com o frio raspando a minha pele machucada. Agora entro na água como uma pessoa que no fundo não tem nada nem ninguém. Acho que Brie e Spencer, e até mesmo o Greg, estarão lá quando eu precisar deles. Mas eles não me conhecem. Não sabem o que fiz. Não sabem do que sou capaz. E, apesar de todas as palavras bonitas do Spencer, ele não faz a mínima ideia do que é preciso para amar uma pessoa que faz coisas ruins. Isso muda a gente.

Uma nuvem passa pela lua e a água parece ficar mais funda.

Quem eu serei quando vier à tona desta vez?

Na Tranquilidade, eu era Katherine. Nola me chamou assim.

Só tenho mais meio ano na Bates, e, se conseguir melhorar as minhas notas e voltar a entrar no jogo, talvez ainda tenha chance de conseguir uma bolsa de estudos, embora não vá ser o tipo de escola que os meus pais haviam idealizado para mim. Talvez eu aceite o convite dos Kent para ir visitá-los. É claro que nunca poderei substituir a filha deles, mas a casa ficará vazia por um bom tempo e, apesar do que o meu pai diz, ele me mandou para longe por um motivo. Não sabe que eu ajudei Rob, mas sabe que eu sei

Garotas como nós

mais sobre o que aconteceu do que digo que sei. E ele nunca vai me perdoar. Não o culpo.

Matei o filho dele.

Nunca temos um desfecho para esse tipo de coisa, mesmo que sua intenção não tenha sido essa. É algo que se instala em nós, que é absorvido por nossas peles e penetra até a medula como um parasita, e fica parado quando estamos parados, mas que nunca, nem por um único e solitário momento, dorme.

Eu e Nola não somos exatamente iguais, mas ela não estava de todo errada em relação a mim também. Não fiz com que ela matasse a Jessica e não fiz com que Todd ou Rob fizessem o que fizeram, mas desempenhei um papel. Eu falei.

E se tivesse dito palavras diferentes para Megan?

Se tivesse me recusado a mentir por Todd?

Se não tivesse escrito nenhum cartão de *Dear Valentine* para Nola?

E se pudesse falar com qualquer um deles agorinha mesmo?

Gosto de acreditar que eu saberia o que dizer. Mas acho que cansei de mentir. Talvez seja esse o tipo de pessoa que Katherine vai se tornar.

Não sinto mais frio. Inspiro fundo, preparo-me para uma longa submersão e mergulho no esquecimento.

TIPOGRAFIA:	GRANJON LT E ADDICTIVE
PAPEL DE MIOLO:	AVENA 70 g/m²
PAPEL DE CAPA:	CARTÃO 250 g/m²
IMPRESSÃO:	ORGRAFIC